Ce livre est dédié
à mes parents, ainsi qu'à Jacinda,
Ashley et la #TeamOf5Million.

Bague au doigt et corde au cou

FIONA LEITCH

Traduit de l'anglais
par Audray Sorio

City
Roman

Publié pour la première fois en langue anglais par HarperCollins Publishers Ltd.
sous le titre *The Cornish Wedding Murder, Murder on the Menu.*
Illustration de couverture : Sébastien English
ISBN : 978-2-8246-2144-9
Code Hachette : 23 3000 1

Collection dirigée par Christian English & Frédéric Thibaud
Catalogues et manuscrits : city-editions.com

Dépôt légal : Janvier 2023

Prologue

Je ne suis pas superstitieuse. Je ne l'ai jamais été. D'ailleurs, je mets un point d'honneur à passer sous les échelles, et j'encourage vivement les chats noirs à croiser mon chemin. Cela faisait toujours rire Helen, mon ancienne coéquipière, qui disait que je tentais le diable, un peu comme si je défiais le destin ouvertement, les poings levés, en braillant : « Alors, c'est tout ce que t'as dans le ventre ? » Mais ce n'est pas le cas. Pas tout à fait. Je ne tente pas le diable, mais il peut m'arriver de lui titiller la queue. Disons que si quelque chose ne va pas, c'est plus fort que moi, je m'en mêle.

Je ne suis pas superstitieuse ; en revanche, j'ai quelques rituels, mais qui sont plutôt destinés à contrer le mauvais karma ou la loi de Murphy. Beaucoup de flics ont ce genre de petits trucs. Par exemple : au café ou au restaurant, toujours s'asseoir face à la porte, de manière à voir qui entre et qui sort (à noter toutefois que cela peut vous compliquer la vie lorsque vous allez manger un morceau avec un collègue policier, car si vous n'obtenez pas la bonne table et qu'aucun de vous deux ne cède, vous finissez assis côte à côte). Autre exemple : ne jamais cirer ses chaussures juste avant un service de nuit le vendredi ou le samedi, sans quoi vous pouvez être certain d'être appelé en intervention devant une boîte de nuit à 3 heures du matin, pour empêcher les participantes d'une soirée entre filles trop arrosée de se poignarder à coups de talons aiguilles et, ça ne loupera pas, l'une d'entre elles se délestera de son kebab et de ses sept Bacardi Breezer sur vos chaussures noires bien brillantes au moment où vous tenterez de la faire monter dans le fourgon. Bref, ce genre de petites choses.

Lorsque je déménage, l'un de mes rituels consiste à laisser une carte porte-bonheur aux futurs occupants de la maison que je quitte. Et le moins qu'on puisse dire, c'est que j'ai déjà quitté beaucoup de maisons. Il y a d'abord eu ce petit studio miteux, à mon arrivée à Londres. J'ai adoré cet endroit, parce qu'il était mon tout premier chez-moi (même si c'était une location), parce que j'étais enfin adulte, que la vie commençait pour de bon et que tout me paraissait follement excitant. Je n'habitais plus chez mes parents, et je marchais dans les pas de mon père sans être dans son ombre, pour une fois. Le bonheur, donc, malgré un sérieux problème de moisissures, un vilain courant d'air au niveau de la seule et unique fenêtre, et le propriétaire qui refusait de faire réparer quoi que ce soit, jusqu'au jour où je lui avais appris que j'étais flic. Fort de cette révélation, il n'avait entrepris aucuns travaux, mais m'avait augmenté le loyer d'une centaine de livres par semaine, ce qui m'avait finalement conduit à déménager. Ensuite, j'avais enchaîné quelques expériences de colocation – souvent avec des collègues ; arrangement plutôt judicieux jusqu'à ce que nous nous retrouvions tous en poste à des horaires différents. À toute heure du jour et de la nuit, il y en avait un qui essayait de dormir pendant que l'autre réveillait la maisonnée en rentrant du boulot, et que le troisième s'apprêtait à partir prendre son service. Une période particulièrement pénible. Puis, juste avant ma rencontre avec Richard, il y avait eu ce bel appartement, petit, mais parfaitement agencé et très calme.

J'avais acheté une affiche, une copie bon marché d'un célèbre tableau qui représentait une portion du littoral non loin de ma ville natale, dans les Cornouailles. Souvent, je m'asseyais devant cette affiche, dans la quiétude de mon bel appartement, et je pensais à cette façon qu'avait la lumière de se refléter sur l'eau là-bas, et à la maison de mon enfance. Puis, je me mettais à pleurer parce que j'avais le mal du pays, et que la solitude m'accablait dès que je n'étais pas au boulot. Cela dit, à l'époque, il était hors de question de tout lâcher et de rentrer en admettant que j'avais eu tort de partir.

Enfin, il y avait eu cette maison-ci. La toute première qui m'ait réellement appartenu – enfin, qui *nous* ait appartenu, à Richard et moi –, et même si elle n'était pas parfaite, elle était remplie de souvenirs. Celui de Richard qui m'en fait franchir le seuil, le jour de notre mariage… et qui, au passage, me cogne la tête contre l'encadrement. En parlant de mauvais karma, voilà qui aurait dû me mettre sérieusement la puce à l'oreille. Je me souviens du jour où nous avons ramené notre fille Daisy de la maternité, après un accouchement interminable et épuisant qui m'avait ôté tout désir de réitérer l'expérience, durant un an au moins. De toute façon, le temps que l'envie me revienne, Richard avait définitivement balayé cette idée de sa vie. Il m'avait fallu quelques années pour découvrir pourquoi.

Ma carte porte-bonheur attendait sur le plan de travail vide qui, la veille encore, était jonché de livres de cuisine et d'appareils divers. Tout cela se trouvait désormais dans un carton et avait déjà pris la route à bord d'un camion de déménagement. Un ravissant cottage en pierre à la porte bordée de rosiers grimpants illustrait la carte que j'avais choisie. Fait ironique, car la maison que je quittais n'y ressemblait pas du tout, contrairement à celle dans laquelle je m'apprêtais à emménager. Je saisis mon stylo et commençai à composer un petit texte dans ma tête.

Bienvenue dans votre nouveau chez-vous. J'espère que vous y serez aussi heureux que je l'ai été.

... Du moins avant que mon crétin de mari, ce gros nul qui saute sur tout ce qui bouge, ne décide de me tromper.

Je vous souhaite d'y être aussi heureux que je l'ai été moi-même après avoir débarrassé la maison et ma vie de ce fumier, mais avant qu'il s'installe à dix minutes d'ici avec sa nouvelle conquête, ce qui ne l'a pas empêché de décevoir sa fille en permanence et d'arriver systématiquement en retard (quand il arrivait tout court) lorsqu'il lui avait promis de l'emmener se promener. Mais maintenant, avec des kilomètres de distance entre nous, il ne pourra plus la laisser tomber et elle n'attendra plus rien de lui (ça, elle l'a compris depuis longtemps, mais elle n'a que douze ans et ne peut s'empêcher d'espérer encore un peu).

Je vous souhaite d'être aussi heureux ici que je l'étais à l'époque où je pouvais encore rembourser le prêt, avant que Richard ne fasse tout un foin pour ne pas payer la pension alimentaire et avant que je ne quitte le boulot de mes rêves, parce que ma fille (à la suite d'un événement très fâcheux) ne le supportait plus. Je la comprends. S'il m'arrivait quoi que ce soit, elle serait obligée d'aller vivre chez son père, qui – sur ce point, je pense avoir été claire – n'est qu'un bon à rien, une vraie perte d'espace, d'oxygène et autres ressources naturelles pour cette planète. J'ai donc démissionné, opéré une reconversion professionnelle, et nous voilà prêtes, toutes les deux, à tout recommencer ailleurs.

J'espère que vous serez heureux ici, à dépenser une fortune pour cette bicoque exiguë et son jardin minuscule, son voisinage bruyant et sa route très fréquentée, pendant que je débourserai beaucoup moins pour un endroit bien plus spacieux avec une vue imprenable sur la mer, et des voisins plus susceptibles de m'éveiller à 6 heures avec leurs bêlements qu'à 3 heures du matin avec leur retour tapageur de soirée arrosée.

Mmh. J'en faisais peut-être un peu trop. J'ouvris la carte et écrivis.

Bienvenue.

Il était grand temps de rentrer à la maison.

1

C'est drôle, la vie. Je voulais juste acheter un canapé. *Penhaligon's* était l'une de ces vieilles enseignes familiales traditionnelles – le genre de grand magasin que l'on trouvait autrefois dans chaque ville, mais qui tend à disparaître de nos jours (et à raison, en toute honnêteté : la plupart des articles semblaient exposés depuis les années cinquante, et les prix affichés étaient si exorbitants qu'il fallait ressortir pour s'assurer de ne pas être entré par inadvertance chez *Harrods*). Toutefois, après avoir survécu à deux guerres mondiales, à plusieurs récessions et à l'essor du shopping sur Internet, *Penhaligon's* tenait bon. L'apocalypse zombie pouvait s'abattre sur les Cornouailles (je vous entends d'ici : qui s'en apercevrait ?) que *Penhaligon's* s'accrocherait obstinément à sa place de choix sur Fore Street pour continuer à répondre aux besoins de la population locale et des hordes de morts-vivants mangeurs de cervelle (aussi appelés « touristes »).

En temps normal, je n'aurais même pas pris la peine d'aller chez *Penhaligon's*, mais nous avions pris possession de notre nouvelle maison depuis quatre jours, et nous – Daisy, moi, et plus particulièrement nos fesses – en avions marre de nous asseoir sur les vieilles chaises de jardin de ma mère. Alors, comme je passais par là, j'étais entrée.

Rien n'avait changé depuis ma dernière visite. À vrai dire, quasiment rien n'avait changé depuis ma toute première visite, quarante ans plus tôt. Néanmoins, le rayon des meubles avait été rénové ; une belle surprise, car on trouvait désormais des salons qui semblaient avoir été conçus après la chute du mur de Berlin (les précédents dataient d'avant la construction de celui-ci).

Je me vautrai avec délectation sur un gros canapé moelleux et en caressai l'étoffe avant de saisir l'étiquette. À la vue du prix, je ravalai un petit cri d'effroi (ainsi qu'une malheureuse mouche qui passait par là) ; par chance, la mention « livré le lendemain ! » m'apaisa aussitôt.

Au moment où je me levais pour poursuivre mon examen, une voix tonitruante me fit sursauter.

—Ça alors ! Jodie la Fouine ! C'est bien toi ?

Je fis volte-face ; cette voix, je la connaissais. C'était celle de Tony Penhaligon, l'arrière-petit-fils de M. Penhaligon premier du nom. Tony avait été l'un de mes camarades de classe, et même, à une époque, mon petit ami (nous étions sortis ensemble pendant deux semaines en 1994 ; deux semaines au cours desquelles nous nous étions tenu la main et embrassés, mais sans la langue – *beurk !*), et le voilà qui se tenait devant moi avec un grand sourire. À l'instar du magasin familial, il n'avait guère changé au cours des quarante dernières années, et à chacune de nos rencontres, je revoyais le petit garçon qui avait toujours la goutte au nez, celui qui s'était assis à côté de moi pour mon premier jour en primaire dans la classe de Mme Hobson.

Quoique, à y regarder de plus près… Attendez, en réalité, il avait bien changé ! La dernière fois que je l'avais croisé, au cours d'un séjour chez ma mère, il avait toujours cet embonpoint qui trahissait son amour pour la bière et les chaussons à la viande, la spécialité de la région. Or, là, les kilos superflus s'étaient envolés, et sa silhouette était même plutôt svelte. L'uniforme peu flatteur de la boutique – polo blanc et pantalon chino noir – avait cédé la place à un superbe et luxueux costume bien taillé.

Bon sang, c'est qu'on le laisserait volontiers mettre la langue, maintenant ! lança une petite voix, tout au fond de ma tête. Je la fis taire d'un regard noir intérieur.

—Tony, ça fait un bail ! On ne s'est plus vus depuis…

—Le réveillon du Nouvel An, il y a trois ans.

—Quelle mémoire ! m'extasiai-je avec un petit rire.

—C'est la dernière fois qu'il s'est passé un truc intéressant dans ce trou. Alors, tu as tenu ta résolution ?

—C'était le premier Noël après ma rupture avec Richard. J'ai dû prendre tout un tas de résolutions bien imbibées, ce soir-là.

Tony sourit.

—Oui, quelques-unes. Mais dis-moi que tu as respecté la plus importante : « éviter les connards ».

—Oh, mais celle-là, elle est devenue mon plus grand principe de vie. Et toi, c'était quoi la tienne ?

Il secoua la tête.

—Je ne les partage jamais. Comme ça, si je ne les tiens pas, personne ne le sait.

—Et celle-là, tu l'as tenue ?

—Non. Mais ça n'a plus aucune importance maintenant. Alors, quel bon vent t'amène ? Tu rends visite à ta mère ? J'ai entendu dire qu'elle était souffrante.

—Je suis venue acheter un canapé.

—Je ne sais pas si tu es au courant, mais nous ne livrons pas jusqu'à Londres.

—Parfait, puisque je n'habite plus là-bas.

—Ah bon ? Depuis quand ? demanda-t-il, l'air stupéfait. Alors, tu es de retour ?

—Oui.

Il était évident qu'il mourait d'envie de me bombarder de questions, mais il s'abstint. Il devait craindre de rater sa vente s'il se montrait un peu trop insistant. Et puis, comme je m'installais à long terme, il se doutait qu'il finirait bien par me tirer les vers du nez.

—Alors, que penses-tu de ce canapé ?

Je m'assis de nouveau sur celui-ci.

—Franchement ? C'est comme si mon postérieur décédé était arrivé au paradis et qu'un ange le caressait avec ses ailes.

Il éclata de rire.

—Tu ne voudrais pas rejoindre notre service marketing ? J'ai toujours dit que tu aurais dû devenir poète, et pas flic.

—Je ne suis plus flic, l'informai-je en fouillant dans mon sac.

Je lui tendis l'une de mes nouvelles cartes de visite professionnelles.

—*Fourchette et Festins*. Qu'est-ce que c'est ?

—Mon nouveau projet. Je viens de lancer mon entreprise…

—Attends, tu es chef de cuisine ? Mais dis-moi, est-ce que tu fais les mariages ? demanda-t-il, le regard soudain plein d'espoir.

—Mariages, baptêmes, bar-mitsva, tout ce que tu veux. Si tu as envie de nourrir les invités de ton événement, je suis la femme de la situation.

Du moins, l'espérais-je ; je n'avais pas encore eu le moindre client, mais en théorie…

—Génial ! s'écria Tony. C'est un bel exemple de, de… Comment appelle-t-on ça, déjà ? Sérentipidé ?

J'envisageai de rectifier le mot, puis me ravisai ; à part nous mettre mal à l'aise tous les deux, cela n'aurait servi à rien. Et de toute façon, il était déjà en train d'adresser de grands signes à une femme qui rôdait autour d'un présentoir de vases en cristal telle une reine sur ses terres.

—Cheryl ! Viens voir ! J'ai trouvé un traiteur ! lança-t-il en brandissant ma carte de visite.

La femme la prit et la lut avant de m'étudier de bas en haut, l'air tout sauf impressionné. Pas étonnant, cela dit, dans la mesure où j'étais juste sortie pour acheter des sachets de thé entre deux couches de peinture, et que je ressemblais plus au bonhomme Michelin qu'à un chef étoilé du guide Michelin.

—Nous nous marions, m'annonça Tony avec fierté.

Et l'on comprenait sans mal pourquoi. Cheryl, qui devait avoir dix ans de moins que lui, était séduisante (ou devait l'être sous un éclairage plus flatteur). Enfin, à cet instant, elle arborait plutôt une expression digne d'un bouledogue qui aurait mâchouillé un citron, et sa tenue n'avait rien à envier à celles de Joan Collins dans la série *Dynastie*. Cela faisait bien longtemps que je n'avais plus vu des épaulettes de cette taille, hormis chez les joueurs du Super Bowl. Voilà qui expliquait le costume élégant de Tony, ainsi que sa nouvelle silhouette.

—Félicitations, dis-je.

Tony méritait d'être heureux. Sa première femme l'avait plaqué pour son instructrice d'auto-école, le pire étant que les leçons de conduite avaient été payées par Tony lui-même, et que sa femme n'avait pas eu la décence de le quitter avant d'avoir non seulement réussi l'examen (au bout de trois tentatives), mais aussi suivi une formation en sécurité routière et un cours de conduite préventive ; elle était sur le point d'obtenir son permis poids lourd lorsqu'elle avait enfin officialisé sa liaison. D'après ma mère, qui connaissait celle de l'ex de Tony, son histoire avec la monitrice d'auto-école n'avait pas fait long feu, et elle sillonnait désormais le pays en camion-citerne, avec pour seule compagnie son chien – un loulou de Poméranie prénommé Germaine.

Je croisai les doigts pour que Tony me propose de prendre en charge le banquet de ses noces – j'avais besoin d'argent –, et en même temps, j'avais peur de me planter. Oh, après tout, il me suffirait d'être très, très organisée.

—Notre traiteur nous a laissés tomber, et notre mariage a lieu le week-end prochain, m'expliqua-t-il.

Le week-end prochain ? Nom de…

Il se tourna vers sa fiancée et me désigna d'un geste vague.

—J'étais justement en train de dire à Jodie que c'était un bel exemple de sérentipidé…

—Sérendipité, le corrigea-t-elle avec un sourire condescendant.

Mmh.

—Alors – Jodie, c'est bien ça ? –, quelles sont vos références ? Combien de mariages avez-vous déjà à votre actif ? Nous avons réservé une salle très haut de gamme – au *Parkview Manor Hotel*, vous connaissez ? –, et nous attendons beaucoup d'invités des quatre coins du pays.

Je m'apprêtais à avouer que je n'avais aucune expérience, mais que, avec un délai si court, je leur souhaitais bonne chance pour dégoter un autre traiteur aussi volontaire (ou aussi fauché) que moi, mais Tony me devança.

—C'est une vieille amie doublée d'une ex-flic, tu ne pourras pas trouver meilleures références que celles-là !

Cheryl fit la moue, mais ne broncha pas. Elle avait compris que si elle ne voulait pas servir à ses prestigieux invités les chaussons à la viande et les frites du pub – très bas de gamme – *Kings Arms* de Market Square, elle n'avait pas vraiment le choix. Je souris.

—Si vous ajoutez le canapé, je me charge de tout au même prix que celui que vous aviez fixé avec l'ancien traiteur.

C'est ainsi que, six jours plus tard, je me retrouvai devant l'imposante entrée du *Parkview Manor Hotel*. Nous étions en début de soirée, la veille du Mariage du Siècle™. De nombreux convives passaient la nuit à l'hôtel, et Tony m'avait (sûrement contre la volonté de Cheryl) invitée à leur verre de bienvenue. Je réajustai ma robe ; depuis mon départ de la police, et plus encore depuis ma formation en restauration, j'avais un peu grossi, et mes tenues de soirée, portées trop rarement, étaient toutes devenues étriquées. Sans parler de mes orteils, déjà au supplice dans mes chaussures. On était loin des escarpins Jimmy Choo, mais j'avais enfilé la seule paire de ma garde-robe qui n'était ni des Nike ni des Dr. Martens. Pas d'inquiétude, dès le lendemain, je serais en cuisine, et j'aurais déjà retrouvé mon jean et mes baskets. Réconfortée par cette idée, je pris une profonde inspiration et entrai.

Le hall du très luxueux hôtel aurait eu tout à fait sa place à Londres, plutôt qu'en pleine campagne, au fin fond des Cornouailles. La moindre surface était couverte de marbre et, si je continuais à m'y attarder, bouche bée, je craignais de me transformer moi-même en statue de marbre. L'espace était agrémenté de fougères et de strelitzias luxuriantes, exotiques, et la tueuse de plantes que j'étais (je n'ai pas du tout la main verte) soupçonna d'emblée qu'il s'agissait de vulgaires imitations en plastique. Je caressai discrètement une feuille (vouant ainsi cette pauvre et innocente fougère à une mort prématurée), et dus me rendre à l'évidence : ces plantes étaient on ne peut plus authentiques et particulièrement bien soignées.

La réceptionniste de l'hôtel me rappelait vaguement quelqu'un. Cela faisait presque vingt ans que je n'avais plus habité à Penstowan, mais j'avais grandi ici, et soixante-quinze pour cent des habitants étaient d'anciens camarades de classe, des frères et sœurs d'anciens camarades de classe, ou les parents de ceux-ci. L'employée sourit et, d'un petit signe de tête, me désigna un écriteau : « Mariage Penhaligon et Laity ». Une photo des deux tourtereaux accompagnait l'inscription, ainsi qu'une flèche pointant vers une salle de réception. Vu d'ici, il ne semblait pas y régner une ambiance très joyeuse ; pas de brouhaha et très peu de musique.

À l'intérieur de la salle en question, je découvris Tony en pleine conversation avec quelques invités, debout au bar. De toute évidence très excité par la perspective du grand jour, il pépiait avec un enthousiasme juvénile des plus attendrissants. Il n'y avait pas grand monde, mais la soirée ne faisait que commencer ; et puis Cheryl avait dit qu'ils attendaient des invités venus des quatre coins du pays, peut-être n'étaient-ils pas encore arrivés ?

—Hé ! La Fouine ! héla Tony.

Tout de suite beaucoup moins attendrissant, cet emploi excessif du surnom de mon enfance. Il fallait absolument que je lui en touche un mot. Je plaquai un sourire sur mes lèvres, et m'avançai vers lui d'un pas laborieux, grimaçant à l'idée de l'ampoule qui se formait déjà sur mon petit orteil.

Cependant, je n'eus pas l'occasion de rejoindre Tony et ses amis, car toute l'attention se braqua soudain sur les portes de la salle. Celles-ci venaient de s'ouvrir, et Cheryl fit son apparition dans l'embrasure, adressant un sourire béat aux convives déjà réunis. Tirée à quatre épingles dans une robe de cocktail moulante en soie rouge profond, elle avait coiffé et fixé ses cheveux à la laque avec une exigence extrême. Elle ne démordait pas de ce style années quatre-vingt, mais il fallait reconnaître qu'elle savait y faire. Sous son regard, ma robe de grande surface et mes horribles chaussures me parurent encore moins confortables, et je n'eus plus qu'une hâte : rentrer chez moi et enfiler mon pyjama.

Elle attendit encore un peu, exploitant au maximum son entrée théâtrale, avant d'ouvrir la bouche.

Toutefois, rien n'eut le temps d'en sortir, car elle fut arrachée à notre vue, violemment renversée par une harpie hurlante vêtue d'un treillis kaki.

2

Pendant une fraction de seconde, personne ne bougea ; nous étions tous en train de nous demander ce qu'il venait de se passer. Puis, des bruits de lutte nous parvinrent du hall.

Je me débarrassai de mes stupides chaussures, sortis de la salle en courant et découvris Cheryl plaquée au sol, bras levés, en train de tenter d'étrangler la folle qui était assise à califourchon sur elle – folle qui continuait à l'abreuver d'insanités malgré sa respiration de plus en plus sifflante.

Tony, qui m'avait suivie, resta pantois devant la scène.

—Mel ?

—C'est vraiment Mel ? demandai-je, abasourdie.

Je n'avais plus vu l'ex-femme de Tony depuis des années, mais la dernière fois, elle arborait une magnifique crinière rousse et bouclée. Cette furie avait des cheveux blond platine coupés très court et hirsutes.

—Tu ne peux pas l'épouser ! vociféra-t-elle. Tu ne l'aimes pas ! Je ne te laisserai pas bousiller sa vie !

—Ça, tu t'en es déjà chargée, espèce de grosse vache ! gronda Cheryl, qui suffoquait sous la masse non négligeable de Mel.

Là, il fallait admettre qu'elle marquait un point.

Tout cela était très divertissant, mais la situation dégénérait. Puisque personne ne semblait décidé à intervenir – ils étaient tous sidérés –, je me jetai dans la mêlée. Après tout, j'avais été formée pour ça.

—Très bien, mesdames, ça suffit maintenant.

J'essayai d'écarter les mains de Cheryl du cou de Mel, en vain – elle avait une sacrée poigne pour quelqu'un d'aussi bien manucuré. Je dus lui porter un coup assez franc du tranchant de la main dans le creux du coude pour qu'elle lâche enfin prise en poussant un petit cri. Ensuite, je forçai Mel à se relever et m'interposai entre les deux femmes.

Je jetai un regard noir à Tony et au reste de l'assemblée (des hommes, pour la plupart), qui nous observait, hébété.

—Surtout, ne vous rendez pas utiles, les gars, raillai-je en levant les yeux au ciel.

Tony s'ébroua enfin et aida Cheryl à se relever.

—Elle ne peut pas l'épouser ! éructa Mel en se débattant en direction de la future mariée qui, ulcérée, n'avait plus rien de pur ni d'innocent.

Je la secouai en cherchant à capter son regard.

—Mel ! Mel ! Calme-toi. Tu te souviens de moi ? Jodie.

Elle posa les yeux sur moi et, peu à peu, sembla se rappeler.

—Tu es la fille qui est partie pour entrer dans la police, c'est ça ? Qu'est-ce que tu fais ici ?

Soudain, le soulagement envahit ses traits.

—Tu mènes l'enquête sur eux ? Est-ce que tu…

—Je veux juste que tu retrouves ton sang-froid, l'interrompis-je. Je vais te lâcher, et nous allons discuter calmement, d'accord ? Je ne sais pas ce qu'il vient de se passer, mais je ne veux pas que ça se reproduise.

—J'exige qu'on appelle la police TOUT DE SUITE ! cria Cheryl.

Elle était sous le choc, et ça pouvait se comprendre. Cela dit, elle semblait prendre un certain plaisir à être au centre de toute l'attention, et je ne pus m'empêcher de remarquer que l'assaut avait à peine dérangé ses cheveux raides de laque. Elle devait les avoir aspergés de kevlar liquide.

Tony me consulta d'un regard impuissant. Apparemment, c'est un effet que je produisais sur les hommes : arrivés à un certain stade de notre relation, ils finissaient toujours par me regarder avec impuissance. Je soupirai.

—N'allons pas trop vite, Cheryl, temporisai-je.

Elle me fusilla du regard, mais je ne lui laissai pas le temps de m'aboyer dessus et continuai mon raisonnement. Il était très rare que je prenne d'emblée les gens en grippe, mais elle, j'avais beaucoup de mal à l'apprécier.

—Vous vous mariez demain, tous vos invités sont en train d'arriver, et vous êtes censés prendre du bon temps. Vous tenez vraiment à passer la soirée au poste de police ? Il va leur falloir des heures pour recueillir toutes les dépositions. Votre petite fête sera fichue.

Tony buvait mes paroles avec gratitude, et je lui pardonnai de n'être qu'une poule mouillée. Un jour, ma générosité me perdra.

—Jodie a raison, dit-il. Laissons tomber, et allons boire un bon verre pour oublier tout ça, d'accord ? Il n'y a aucun dégât.

L'espace d'un instant, je crus que Cheryl allait cracher un flot d'insanités à faire rougir un charretier.

—Eh bien, eh bien, que se passe-t-il, ici ?

Cheryl se figea au son de la voix du nouveau venu. Nous nous tournâmes tous vers le petit groupe qui venait d'entrer dans le hall et qui nous observait, stupéfait, se demandant visiblement s'il avait raté le spectacle de la soirée.

J'étudiai l'homme qui m'avait « volé » ce que, en bonne ex-flic qui se respecte, j'estimais être ma réplique. Âgé d'une petite soixantaine d'années, celui-ci était habillé dans un style décontracté, mais très élégant et sans doute onéreux.

Le joueur de polo de Ralph Lauren gambadait discrètement sur la poche poitrine de sa chemise, et son imposante montre de plongeur n'avait pas l'air d'une vulgaire contrefaçon du marché du coin. Il débordait d'assurance et d'humour, surtout aux dépens des autres. Derrière lui se tenait un jeune homme plutôt mignon si l'on aime l'arrogance – le genre de types auquel on sait très bien, au fond de nous, qu'il ne faut surtout pas faire confiance, mais qui parvient quand même à nous persuader du contraire le temps d'accéder à nos sous-vêtements. Il esquissa un sourire narquois lorsqu'il avisa Cheryl, tout à coup étonnamment silencieuse.

—Tout va bien, Cheryl ? demanda-t-il d'un ton moqueur et un peu belliqueux. Je n'ai pas reçu d'invitation, mais je suis sûr qu'il n'y a aucun sous-entendu derrière cet oubli.

—Pourtant, nous t'en avons envoyé une, lui assura Tony, gêné. On ne peut vraiment pas faire confiance à la poste…

Le plus âgé des deux hommes se pencha vers Mel avec un grand sourire – à l'évidence, il se régalait autant du malaise de Tony que du reste de la scène.

—C'est vous qui assurez le spectacle ? J'avoue que l'idée de vous voir exécuter un strip-tease ne me réjouit pas plus que ça.

Oh, nous avions donc affaire à un salaud. C'était bon à savoir.

—Franchement, vous ne nous aidez pas, monsieur… ? intervins-je en prenant ma plus belle voix de représentant de l'ordre.

Les vieilles habitudes ont la vie dure.

—Laity. Roger Laity. Je suis l'oncle de la future mariée.

Il me tendit la main, mais les miennes étaient toujours occupées à contenir Mel.

—Eh bien, monsieur Laity, si vous pouviez vous rendre dans la salle de réception avec les autres au lieu de rester planté là à plaisanter, nous pourrions peut-être sauver la soirée de votre nièce, vous ne croyez pas ?

Il me toisa longuement. S'il croyait me faire rougir ou me troubler, c'était bien mal me connaître. Lorsqu'il se détourna enfin, il donna à Tony quelques tapes condescendantes dans le dos, comme pour dire : « Repos, petit, l'homme de la famille est là, maintenant. » Tony sembla pris d'une furieuse envie de frotter, pour ne pas dire désinfecter, l'endroit où son futur oncle par alliance l'avait touché. Une bouffée de compassion m'envahit : lui, tout ce qu'il voulait, c'était un beau mariage.

Tony prit Cheryl par la main.

—Viens, ma chérie.

Celle-ci décocha un dernier regard meurtrier à Mel, qui, honnêtement, le méritait, puis à moi, qui ne le méritais pas du tout, avant de se laisser emmener par son futur époux. Soudain, elle fit volte-face et s'adressa à moi.

—Faites disparaître cette… *chose* de ma vue, siffla-t-elle. Sinon, je le jure, j'appelle la police !

***

Lorsque Tony, Cheryl et leurs invités eurent quitté le hall, j'emmenai Mel, à présent très docile, dans les jardins de l'hôtel. Je nous trouvai un banc un peu à l'écart, au bord d'un petit étang rempli de carpes koï.

—Alors, qu'est-ce que c'était que ce cirque ? demandai-je.

—Je suis tellement désolée, gémit-elle, l'air rongé par le remords. J'ai essayé de lui parler, mais elle m'a envoyée balader et j'ai vu rouge.

—Fameux plaquage de rugby, en tout cas, notai-je.

Nous échangeâmes un regard tandis que le vol plané de Cheryl, avec son brushing au kevlar, repassait dans notre esprit, et nous dûmes réprimer quelques gloussements.

—Toi aussi, tu la détestes ? s'enquit Mel.

—Je la connais à peine.

—Ce n'est pas un « non », releva-t-elle avec un petit rire.

—C'est vrai, reconnus-je en me laissant gagner par son hilarité.

Le silence retomba, tandis que Mel achevait de reprendre ses esprits.

—Je crois qu'elle n'aime pas Tony, déclara-t-elle au bout d'un moment. Elle va le rendre malheureux.

—Loin de moi l'idée de te faire la morale, mais…

—Je sais, je sais, je m'en suis déjà chargée, me coupa-t-elle avec un soupir. Et je n'y suis pas allée avec le dos de la cuillère. Pourtant, j'aimais Tony. Seulement, je suis aussi tombée amoureuse de quelqu'un d'autre.

—La monitrice d'auto-école…

Elle tourna vivement la tête vers moi, stupéfaite.

—J'oublie toujours que tout le monde est au courant de tout, dans cette ville. Ta mère et ma mère…

—… sont adeptes des réunions du club des retraités du mercredi, à la salle paroissiale, confirmai-je.

Elle hocha la tête.

—Évidemment. Bref, je suis tombée amoureuse de mon instructrice, mais j'aimais toujours Tony. Je n'ai jamais eu l'intention de mener une double vie ; seulement, je ne savais pas du tout qui choisir. Et si ça peut te consoler, ajouta-t-elle dans un nouveau soupir, je n'ai pas fait le bon choix. Ce que j'ai fait subir à Tony, elle me l'a ensuite rendu.

Devant son visage empreint de douleur, je me rappelai le coup de foudre que j'avais eu pour le père de Daisy – officiellement l'agent Richard Doyle, officieusement « ce porc infidèle », titre toujours très prisé par ma mère –, le jour où je l'avais vu pour la première fois dans la salle de réunion. Il venait d'être muté chez nous, et j'avais été chargée de lui faire visiter le poste. J'avais fini par lui faire visiter bien plus que ça, après le service et quelques verres au pub. Au début, j'ignorais qu'il était marié, mais le jour où il avait quitté sa femme pour moi, je n'avais pas eu la moindre pensée pour son ex ; il m'avait choisie, c'était tout ce qui comptait. J'en avais marre d'être un bourreau de travail solitaire, et je ne le laisserais pas m'échapper. Du reste, la maîtresse pour laquelle il m'avait quittée au bout de douze ans de mariage – et qui, je n'en doutais pas un instant, n'était qu'une conquête extraconjugale parmi tant d'autres – n'avait certainement pas eu la moindre pensée pour moi non plus. Pourtant, c'était comme s'il avait arraché et piétiné mon cœur. Le mien et celui de Daisy, parce qu'en me laissant tomber, il l'avait laissée tomber aussi.

Bien sûr, il existait une infinité de cœurs brisés en ce bas monde. Hélas, le malheur des autres ne changeait rien au nôtre, il n'atténuait pas la douleur.

—Ça ne me console pas du tout, répondis-je dans un soupir. Ni moi ni personne. Pas même Tony, parce qu'il n'est pas comme ça.

Je ramassai un caillou, le jetai dans l'étang et observai les ondulations à la surface de l'eau. Puis je me tournai vers Mel.

—Qu'est-ce qui te fait croire que Cheryl va le rendre malheureux ?

—Elle ne l'épouse pas par amour, affirma-t-elle avec aplomb.

—Qu'en sais-tu ? Et pourquoi l'épouse-t-elle, dans ce cas ?

—Pour l'argent.

Un petit rire m'échappa.

—Mais Tony n'est pas riche, si ? Je veux dire, je sais que le magasin est toujours ouvert malgré les années…

Elle me dévisagea d'un air éloquent.

—Le magasin ? Tu crois que c'est ça qu'elle convoite ? m'étonnai-je.

Mel haussa les épaules, mais ne répondit pas. Quel intérêt pouvait bien représenter cette boutique pour Cheryl ? Les bénéfices ne devaient plus être mirobolants ; j'étais même épatée que *Penhaligon's* perdure. Dans les petites villes balnéaires comme Penstowan, les commerces fermaient les uns après les autres.

J'observai Mel, songeuse.

—Tout à l'heure, tu m'as demandé si j'étais là pour enquêter sur eux. Enquêter sur qui ?

—La famille Laity, répondit Mel sans l'ombre d'une hésitation. J'avais raison, tu es là pour ça ?

—Je ne fais plus partie de la police. Je ne suis que le traiteur du mariage.

—Oh.

Elle semblait déçue.

—Cela dit, je suis toujours aussi fouineuse.

Le surnom de mon enfance me collait même encore plus à la peau depuis que j'avais passé quelques années au sein des forces de l'ordre.

—Pour quelle raison la famille Laity devrait-elle faire l'objet d'une enquête ? l'interrogeai-je.

Elle balaya les alentours d'un regard nerveux.

—Ma cousine travaille pour la municipalité. Disons que cette famille a des projets pour Penstowan qui ne plairaient pas à tout le monde.

—Quel genre de projets ?

—Est-ce que tout va bien ?

Je levai la tête. C'était Tony. Il nous regarda toutes les deux à tour de rôle, l'air soucieux malgré son petit sourire.

—Tony ! s'écria Mel. Je suis tellement désolée…

Elle semblait sur le point de fondre en larmes.

—Je ferais mieux de vous laisser, vous devez avoir des choses à vous dire, suggérai-je en me levant.

Les séquences émotions, très peu pour moi. Cependant, ils semblèrent tous les deux horrifiés par ma proposition. Mel s'accrocha à ma main.

—Je voulais juste m'assurer que tu allais bien, Mel, dit Tony. Je me doute que ce ne doit pas être facile pour toi de me voir nager dans le bonheur, aller de l'avant...

—Oh, pour l'amour du ciel, Tony ! rétorqua-t-elle sèchement. Si tu t'imagines être au centre d'une espèce de triangle amoureux, sache que mon intervention n'avait rien à voir !

Il sembla outré, puis furieux.

—Ah, c'était juste pour le plaisir, alors ? Tu t'es dit que ce serait sympa de débarquer ici et de gâcher mon mariage ?

Mel se leva. La situation risquait de nouveau de partir en sucette. D'un bond, je m'interposai entre eux.

—Tony, merci d'être venu t'assurer que tout allait bien ; c'est le cas, comme tu le vois. Maintenant, Mel va gentiment rentrer chez elle, et toi, tu vas retourner faire la fête. Quant à moi, je te rejoins dans une minute et nous prendrons un verre.

Oui, après tout ça, j'avais bien besoin d'un verre. Et dire que j'avais eu peur de m'ennuyer à cette soirée... Je le poussai un peu pour l'encourager à rebrousser chemin vers l'hôtel, puis je pris Mel par le bras.

Nous le laissâmes planté là, bouche grande ouverte, comme s'il attrapait les mouches.

—Alors, où en étions-nous ? demandai-je à Mel dès que nous fûmes hors de portée de voix.

Elle secoua la tête.

—Non. Qu'il aille se faire voir. Il veut l'épouser ? Eh bien, qu'il ne se gêne pas.

Nous arrivions sur le parking. Elle s'arrêta et dégagea son bras du mien.

—Merci de m'avoir évité de me ridiculiser encore plus, ajouta-t-elle. Vraiment.

Elle jeta un coup d'œil en direction d'une vieille Opel un peu cabossée, garée de l'autre côté de l'allée de gravier. Une petite tête blanche et, sans conteste, adorable, apparut et plaqua sa truffe dans le mince interstice de l'une des vitres.

—J'ai laissé ma petite chienne dans la voiture. Elle doit avoir chaud.

Mel dut remarquer mon air désapprobateur ; cette fenêtre était à peine entrouverte, peut-être même pas assez pour laisser pénétrer l'air dans l'habitacle, et il avait fait très chaud aujourd'hui.

—Je ne peux pas ouvrir plus, sinon, elle s'échappe, se justifia-t-elle en pouffant. Germaine est si intelligente. Elle réussit à faire descendre la vitre en s'écrasant de tout son poids sur la tranche, puis elle saute de la voiture. J'aurais dû l'appeler Houdini. Je vais l'emmener faire un petit pipi, et après, je m'en vais.

Elle commença à s'éloigner, mais je la rattrapai par le bras.

—Tu sais, si tu as besoin de parler… Je te donnerais bien ma carte de visite, mais j'ai laissé mon sac au bar.

Elle esquissa un petit sourire.

—Merci. Ne t'inquiète pas, si tu es revenue vivre à Penstowan, je suis certaine qu'on se recroisera bientôt.

Je la regardai ouvrir la portière et cajoler bruyamment Germaine, fidèle compagne et reine de l'évasion canine. Ensuite, je regagnai la salle de réception.

Je comptais juste prendre un verre avant de m'excuser et de m'éclipser. Ce genre de soirées n'était pas ma tasse de thé. Dans la salle de réception, quelqu'un brillait par son absence : Cheryl.

Lorsqu'il m'aperçut, Tony m'apporta une coupe de champagne et m'entraîna à l'écart, près d'une fenêtre.

—Alors, tu crois qu'elle reviendra ? demanda-t-il.

Je bus une gorgée de champagne.

—Qui ça, Cheryl ?

—Mais non, espèce de sotte ! Cheryl avait envie de se coucher tôt. Je parle de Mel. Est-ce que Mel risque de venir jouer les trouble-fêtes demain ?

—Ah, d'accord. Non, je ne pense pas. Et si ça devait arriver, je serai dans les cuisines, en train de préparer du vol-au-vent et d'autres délices pour une centaine de personnes, et j'aurai plein d'ustensiles bien aiguisés sous la main.

—Oui, tu pourras nous refaire tes trucs d'ex-flic ninja, s'esclaffa Tony. C'était hypersexy…

Je fis mine d'être scandalisée et lui donnai une petite tape.

—Anthony Penhaligon ! Vous êtes un homme quasiment marié !

Il sourit.

—Je sais. Et j'ai beaucoup de chance.

—Mmh, fis-je évasivement en me réfugiant dans mon verre.

—Tu n'aimes pas trop ma fiancée, je me trompe ?

—Je la connais à peine.

J'étais douloureusement consciente d'avoir esquivé cette question de la même façon avec Mel.

—Je note que tu ne contestes pas, dit-il en riant.

Il se tourna vers la fenêtre, puis reporta son attention sur moi.

—Je sais que Cheryl peut se montrer un peu…

Odieuse ?

—… exigeante. Mais elle n'a pas eu une vie facile.

Je songeai à tous les revers que j'avais essuyés ces dernières années.

—Elle n'est pas la seule à en avoir bavé…, commençai-je.

—Elle a perdu ses parents alors qu'elle avait quinze ans.

Ah, mince.

—C'est comme ça qu'elle s'est retrouvée chez son oncle. Je ne sais pas comment étaient ses parents – ils n'habitaient pas par ici –, mais son oncle et le reste de la famille…

Tony secoua la tête et baissa la voix.

—Ces gens ne sont pas très gentils. Alors, ne sois pas trop dure avec elle, d'accord ? Je suis content que tu sois de retour, Jodie. J'aimerais vraiment que Cheryl et toi soyez amies. Tu me promets d'essayer ? demanda-t-il en m'effleurant le bras.

—Bien sûr.

Et j'étais sincère. Je ferais un effort, pour lui.

J'achevai mon verre et quittai la salle. Fallait-il que je monte voir Cheryl ? D'un côté, j'avais hâte de rentrer chez moi pour relever ma mère de ses fonctions de baby-sitter – Daisy avait beau répéter qu'elle n'était plus un bébé, elle n'avait que douze ans –, mais de l'autre (le côté consciencieux… ou fouineur), je préférais m'assurer que la future mariée allait bien.

Arrivée devant sa chambre, j'hésitai. Si elle avait décidé d'aller au lit de bonne heure, je risquais de la déranger. Toutefois, je repérai du mouvement – beaucoup de mouvement – de l'autre côté de la porte, alors, je frappai.

Le remue-ménage cessa aussitôt. Mon esprit interpréta cela comme un silence coupable : je venais de prendre quelqu'un la main dans le sac. Ne me demandez pas comment un silence peut être coupable, c'est un fait. Je le sens, c'est instinctif chez moi…

Je commençais à croire que personne ne répondrait, lorsque la porte s'entrouvrit. Le sourire de Cheryl s'envola à ma vue.

—Oh, c'est vous.

—Je voulais juste m'assurer que tout allait bien après le petit incident de tout à l'heure, expliquai-je avec douceur.

Oui, je peux être douce.

—Je vais très bien.

Par l'entrebâillement, je remarquai une valise ouverte sur le lit, à moitié remplie.

Un tas de vêtements attendait sur le côté.

—Prête pour le grand jour ? Tu prépares ta valise pour la lune de miel ? m'enquis-je en la tutoyant pour tenter de copiner.

—Oui.

Elle referma un peu plus la porte déjà à peine poussée, et j'eus l'affreux pressentiment qu'elle ne préparait pas du tout ses bagages.

—Écoute, on a peut-être pris un mauvais départ, insistai-je. Si tu as envie qu'on en parle…

—Pas vraiment.

—D'accord.

En fait, ça m'arrangeait.

—Tony est vraiment quelqu'un de bien, tu sais, ajoutai-je malgré tout. Il mérite d'être heureux.

Le visage de Cheryl se crispa. *Oh, oh.*

—Je sais qu'il le mérite.

—Alors, si tu as des doutes…

Elle m'étudia pendant quelques secondes.

—Je n'ai pas le moindre doute, répondit-elle avec un sourire forcé. Je te remercie pour ta sollicitude.

Et à ces mots, elle me claqua la porte au nez.

Je rentrai chez moi. Avant de me coucher, je jetai un coup d'œil à Daisy, qui avait renoncé à m'attendre et avait rejoint son lit, puis à ma mère, qui occupait la chambre d'amis. Je lui avais proposé de s'installer définitivement avec nous – elle prenait de l'âge, et cela me tracassait un peu de la savoir seule (d'autant qu'on lui avait diagnostiqué des troubles cardiovasculaires quelques mois plus tôt ; cette nouvelle avait d'ailleurs achevé de me convaincre de revenir au pays) –, mais elle avait rejeté mon idée avec une rapidité presque désobligeante, sous prétexte que son intimité était primordiale ; elle ne se voyait pas ramener un homme chez elle sachant que sa fille et sa petite-fille étaient là.

J'éteignis ma lampe de chevet et étudiai le plafond avant de sombrer dans un sommeil agité. Je fis des rêves peuplés de coupes de cheveux années quatre-vingt, de plaquages de rugby et de connards habillés en Ralph Lauren, et, quelque part au milieu de tout cela, Tony m'annonça qu'il me livrerait le canapé le lendemain. Bien sûr, c'était impossible, puisque le meuble en question trônait déjà dans mon salon et que, le lendemain, Tony se mariait.

Au réveil, un texto du futur marié m'attendait. *Il veut sûrement convenir de l'heure pour la livraison du canapé*, songeai-je, le cerveau encore embrumé par le sommeil.

Évidemment, il n'en était rien. Lorsque j'ouvris le message, je découvris sans surprise que sa fiancée avait disparu.

3

Tony attendait devant l'hôtel, sautillant d'un pied sur l'autre avec impatience. Il releva la tête au moment où je garais ma camionnette et ouvrit grand la bouche.

—Mais que… ? Qu'est-ce que tu conduis ? demanda-t-il, stupéfait, lorsque j'ouvris la portière pour descendre. Ne me dis pas que cet engin t'appartient ?

Il observait avec des yeux ronds l'image qui ornait le flanc de la camionnette.

—Si. Je te présente mon nouveau véhicule de fonction, répondis-je avec désinvolture. Je l'ai racheté il y a quelques jours à un gars de Tavistock. Il fermait définitivement sa boutique fétichiste. Tavistock n'est pas le lieu de rendez-vous incontournable des pervers et autres excentriques olé olé qu'il espérait. Qui l'aurait cru ?

Tony s'approcha pour examiner l'illustration, mais il était clair qu'il n'avait pas envie de l'analyser de trop près non plus.

—Oh, mon Dieu…

—Alors, tu aimes notre Masomobile ? demanda Daisy avec un sourire éclatant.

Elle venait de descendre du côté passager, suivie de ma mère.

—Ne l'appelle pas comme ça ! la sermonnai-je en étouffant un petit rire.

Je devais admettre que ce petit nom lui allait comme un gant.

—Tu ne m'as pas laissé beaucoup de temps pour me préparer, rappelai-je à Tony pour ma défense. Je la ferai repeindre la semaine prochaine.

—Tu aurais au moins pu gratter les autocollants…

Tony frissonna devant l'image qui représentait un personnage dessiné armé d'un fouet érotique.

—J'ai essayé, mais c'est encore pire.

—Comment est-ce possible ?

—La silhouette ne disparaît pas, et l'on a l'impression que ce bonhomme tient autre chose qu'un martinet à la main, si tu vois ce que je veux dire.

Tony déglutit.

—Allons, un peu de nerf, que diable ! intervint ma mère en secouant la tête. Vous êtes des petites natures, vous autres, les jeunes…

J'indiquai mes collègues du jour à Tony.

—Tu connais ma mère, bien sûr.

—Bien sûr. Ravi de vous revoir, Shirley…

—Et tu te souviens de Daisy ? Elle devait avoir neuf ans la dernière fois que tu l'as croisée.

—Mais oui ! Oh là là, comme tu as grandi…

Puis il se tourna vers moi, l'air dérouté.

—Pourquoi est-ce… ?

—Ce sont mes sous-chefs, l'interrompis-je. Comme je te le disais, tu ne m'as pas laissé beaucoup de temps pour me préparer.

La vérité, c'est que Daisy s'ennuyait – c'étaient les vacances d'été, et elle ne fréquentait pas encore sa nouvelle école –, et je doutais que ma mère et elle parviennent à s'occuper une journée entière sans se fourrer dans le pétrin.

—Elles vont commencer à décharger la camionnette. Pendant ce temps-là, toi et moi aurons une petite conversation.

Je lançai les clés à Daisy, et me dépêchai d'entraîner Tony vers l'hôtel avant que ma fille ne se plaigne d'être traitée comme une esclave (même si je lui avais déjà assuré qu'elle serait payée).

Nous traversâmes le hall de réception et empruntâmes le majestueux escalier jusqu'au premier étage. Nous nous arrêtâmes devant la chambre de Cheryl, et Tony sortit la clé de sa poche.

—Nous avions décidé de respecter la tradition, tu sais « les-futurs-mariés-ne-peuvent-pas-se-voir-la-nuit-qui-précède-le-mariage », expliqua-t-il. Elle m'a envoyé un message vers 21 h 30 ou 21 h 45, dans lequel elle disait qu'elle voulait me parler après la soirée, mais je ne l'ai pas vu tout de suite et, le temps que je m'en aperçoive, elle m'en avait déjà envoyé un autre pour me dire de ne pas me tracasser avec ça, et me prévenir qu'elle allait se coucher. Je lui ai répondu pour lui souhaiter bonne nuit, mais elle n'a plus réagi, alors, j'ai pensé qu'elle dormait déjà. Et puis ce matin, quand son amie est arrivée pour la coiffer et la maquiller, elle s'était évaporée.

Il ouvrit la porte et entra. La valise et les vêtements éparpillés que j'avais aperçus la veille sur le lit ne s'y trouvaient plus, et les draps n'avaient pas été défaits pour la nuit – ou bien Cheryl avait été femme de chambre dans une autre vie. À moins qu'elle soit tout simplement très ordonnée et passionnée de linge. En tout cas, ma literie ne ressemblait jamais à ça. Tony s'assit lourdement sur le matelas.

—J'ai essayé de l'appeler, mais elle ne répond pas. Personne n'arrivait à la joindre, alors, j'ai demandé un double de la clé au directeur de l'hôtel. Quand je suis entré, j'ai trouvé ça.

Il me tendit une feuille de papier. *Oh, non.* La veille, mon instinct ne s'était donc pas trompé. Je pris la feuille.

—« Cher Tony », lus-je.

La lettre s'arrêtait là.

—Je ne savais pas vers qui me tourner, dit-il. Je n'avais pas envie d'alerter ma mère, parce qu'elle aurait été dans tous ses états. Quant à la famille de Cheryl, moins j'ai affaire à elle, mieux je me porte.

—Ce n'est pas moi qui te le reprocherai.

D'après ce que j'avais vu à la soirée, la future belle-famille de Tony avait l'air gratinée.

—Je ne peux pas prévenir la police non plus ; elle va conclure que Cheryl m'a quitté. Pourtant, elle n'a même pas terminé sa lettre. Elle aurait pu écrire n'importe quoi.

—En effet…

À contrecœur, j'allais lui faire part du mauvais pressentiment que j'avais eu la veille, après ma petite conversation avec elle, mais ce ne fut pas nécessaire.

—Non. Il faut que j'arrête de me voiler la face, lança-t-il, la mine déconfite. Elle m'a quitté, hein, c'est ça ? C'est ce qu'elle voulait me dire hier soir. J'aurais dû m'en douter, surtout après tout ce cirque avec Mel. Nous ne sommes pas du tout du même monde ; pourquoi Cheryl voudrait-elle d'un type comme moi ? Quel abruti.

—Arrête ça tout de suite ! ordonnai-je avant de m'asseoir à côté de lui. Tu sais que les grandes démonstrations ne sont pas mon fort, alors tu ferais bien d'ouvrir grand les oreilles, parce que je ne le répéterai pas. Tu es quelqu'un de bien, Tony Penhaligon. Surtout depuis que tu as perdu cette vilaine habitude de t'essuyer le nez avec ta manche…

—Ça m'arrive encore parfois, confessa-t-il à voix basse.

Je fis mine de ne pas avoir entendu.

—Tu es quelqu'un de bien, repris-je. Tu es bête comme tes pieds, mais tu as bon cœur et tu mérites d'être heureux. Cheryl a beaucoup de chance ; si elle est trop idiote pour s'en rendre compte, alors tu seras bien mieux sans elle.

—Non, je ne me sens pas bien du tout sans elle, gémit-il.

Je poussai un soupir et posai ma tête sur son épaule.

—Je m'en doute.

Nous restâmes assis en silence pendant un moment.

—Que dois-je faire ? Annuler le mariage ? finit-il par demander.

—Eh bien, ce n'est pas moi qui vais t'épouser.

—Nous attendons une centaine d'invités. Je ne peux pas tous les appeler pour leur dire de faire demi-tour !

—Laisse-les venir. Tu n'as pas à avoir honte. Tout est déjà payé, de toute façon. J'ai trois cents feuilletés de vol-au-vent qui attendent d'être garnis en bas. Laisse-les venir, comme ça, ils apprendront tous la nouvelle en même temps. Ils pourront prendre un verre, se restaurer et commérer à souhait. Laisse-les donc te donner des petites tapes dans le dos et te dire à quel point ils sont désolés pour toi…

Il poussa un gémissement, et je lui donnai moi-même quelques tapes dans le dos. Il allait devoir s'y habituer.

—Je sais, je sais, compatis-je, mais au moins, tu seras débarrassé de tout ça en une seule journée. Pas la peine de faire durer le plaisir.

—C'est un cauchemar.

J'acquiesçai, puis me redressai d'un coup. Quelque chose avait attiré mon attention sur la coiffeuse : un trousseau de clés, presque caché sous une serviette roulée en boule.

—Ce sont les tiennes ? demandai-je.

Surpris, Tony se redressa à son tour, puis secoua la tête.

—Non, ce sont celles de Cheryl.

—Alors, elle n'a pas pu rentrer chez vous, puisqu'elle n'a pas les clés de la maison ni celle de sa voiture. Elle doit toujours être ici, quelque part.

—Elle a peut-être pris un taxi.

—Pourquoi aurait-elle fait ça ? Si je m'enfuyais, je ne perdrais pas de temps à attendre un taxi.

Je me levai et tirai Tony par le bras pour qu'il me suive.

—Viens ! Ses nerfs lui ont sûrement joué un petit tour à la dernière minute, et elle est partie évacuer son stress en marchant. Si ça se trouve, elle est dans les jardins de l'hôtel en ce moment même.

Nous redescendîmes dans le hall et scrutâmes les jardins depuis le perron. Tony désigna une Mazda rouge flamboyant d'allure sportive, à l'autre bout du parking.

—Sa voiture est toujours là. Je n'avais même pas pensé à vérifier ; entre la lettre et sa valise disparue, j'ai tout de suite supposé qu'elle s'en était allée.

Je m'approchai de la Mazda et jetai un coup d'œil à l'intérieur. La valise de Cheryl était sur la banquette arrière.

—Vous partez en voyage de noces juste après le banquet, non ? Quelle voiture aviez-vous l'intention de prendre ? La tienne ou la sienne ?

—La sienne. Elle voulait un grand départ après la réception avec tout le tralala – voiture décapotée, confettis, ballons, acclamations –, et elle trouvait que mon vieux tacot n'était pas vraiment à la hauteur.

—Eh bien, voilà ! Elle prépare tout simplement votre voyage de noces.

Certes, il était bizarre que la future mariée se préoccupe de ça le matin du grand jour, alors qu'elle aurait dû être en train de se faire coiffer. Et ça n'expliquait pas pourquoi elle ne répondait pas au téléphone. Le soleil était radieux, il faisait déjà chaud, et les jardins où devait se dérouler la cérémonie étaient superbes ; une magnifique journée s'annonçait. Seul bémol, ce chien qui n'arrêtait pas d'aboyer, mais on ne pouvait pas tout avoir. L'hôtel acceptait les chiens et était même réputé pour ça ; il devait s'agir du caniche pomponné ou du bichon frisé au collier clinquant d'un client.

—Va faire un tour, essaie de la retrouver, suggérai-je. Il reste plusieurs heures avant la cérémonie. Pour être honnête, tu m'as l'air aussi anxieux qu'elle, avec tes conclusions hâtives. Et maintenant, si tu le permets, il faut que j'aille en cuisine. Nous avons un banquet de mariage à préparer !

Je le laissai sur les marches de l'hôtel, la mine moins inquiète que lorsque je l'avais retrouvé, et pris le chemin des cuisines. Le directeur avait été ravi que nous engagions son personnel de service en salle, mais Tony et Cheryl avaient décidé de se passer de la brigade ; j'avais donc dû engager mes propres commis. Restait à espérer que les cuisiniers de l'hôtel, vexés, ne nous mettent pas de bâtons dans les roues. Et que le mariage soit maintenu, bien sûr…

Maman et Daisy travaillaient déjà d'arrache-pied, pour peu que siroter du thé dans une atmosphère de mutinerie soit considéré comme du « travail ». Daisy releva la tête d'un énorme tas de pommes de terre.

—C'est gentil de te joindre à nous, lança-t-elle, sarcastique.

—Dites donc, jeune demoiselle, vous oubliez que je ne suis pas que votre mère aujourd'hui ; je suis votre patronne. Pas d'insolence, ne m'obligez pas à vous congédier.

—Franchement, ça ne me dérangerait pas, rétorqua-t-elle.

Je la serrai dans mes bras, et elle se tortilla pour tenter de se dégager.

—Merci beaucoup d'être venue aider maman, mon petit sucre d'orge, débitai-je d'une voix infantile. Maman n'aurait jamais réussi à préparer tout ça toute seule.

Elle détestait quand je parlais comme ça et lui donnais ce petit nom.

—Tant que tu n'oublies pas de me payer, maugréa-t-elle, la voix étouffée par mon étreinte.

Je la libérai en riant.

—Lundi, je t'emmènerai te faire percer les oreilles, annonçai-je.

Elle déploya de gros efforts pour ne pas exulter, mais je décelai sa joie. Pas étonnant : elle me harcelait avec ça depuis l'âge de sept ans.

—Deux trous dans chaque oreille ? s'enquit-elle.

J'hésitai, puis acquiesçai. Pourquoi pas ? Le règlement de sa nouvelle école l'interdisait sûrement, mais elle pourrait toujours enlever une paire à la rentrée et, pour une fois, je n'aurais pas le mauvais rôle.

—Et un piercing au nez ? Je peux aussi ?

—Mais bien sûr ! Et au nombril aussi. Et pourquoi pas un tatouage, tant que tu y es ? Nana en profitera pour se faire percer un téton.

—Ooh, fit ma mère. Tu imagines, si ça s'accroche à mon pull ?

Daisy leva les yeux au ciel.

—Sinon, tu pouvais juste répondre « non », maman.

—D'accord. C'est non.

Ma mère acheva sa tasse de thé, et commença à fouetter une sauce Marie-Rose dans un bol.

—Comment va Tony ? Tu crois que Cheryl s'est enfuie ?

Elle plongea l'index dans la sauce, le lécha, puis ajouta un filet de jus de citron à sa préparation.

—Je ne lui ai jamais vraiment parlé, mais cette femme ne m'a pas fait bonne impression, ajouta-t-elle.

J'interceptai son bras en douceur juste avant qu'elle ne replonge le même doigt dans le bol.

—Maman ! L'hygiène, s'il te plaît ! Sers-toi d'une cuillère, et si tu veux goûter une seconde fois, prends-en une autre. Une propre !

Elle souffla comme si j'en faisais tout un plat alors que ce n'était qu'une broutille.

—Tu sais très bien que j'ai raison, insistai-je. Une petite négligence quand il n'y a que toi qui manges, passe encore, mais là, c'est ma première mission dans le monde de la restauration professionnelle. Je n'ai pas envie de contaminer la moitié de la ville avec tes microbes gériatriques.

—Oh ! Quel toupet !

L'air faussement indigné, elle fit claquer son torchon de vaisselle à l'arrière de mes jambes.

Je l'esquivai sans difficulté.

—Aucun respect pour les aînés, grommela-t-elle.

Je rattrapai de justesse une pomme de terre épluchée qui venait de s'échapper de la planche à découper de Daisy.

—Je suis persuadée que Cheryl a eu un petit moment de panique, dis-je pour changer de sujet. Tout se passera sans la moindre contrariété.

—Pourtant, se marier, c'est s'abonner aux contrariétés, gloussa ma mère. Quand je pense que tu aurais pu être à sa place, affirma-t-elle avec un petit air entendu.

À mon tour de lever les yeux au ciel.

—Deux semaines, maman. Deux semaines en 1994.

—Nonnn ! Ne me dis pas que tu es sortie avec *Tony* ? s'écria Daisy.

Elle semblait trouver ça hilarant. Pourtant, Tony aurait certainement fait un bien meilleur père que ce bon à rien de Richard.

—Non, avec Cheryl, raillai-je. Elle devait avoir cinq ans, à l'époque. Pourrait-on nous activer un peu, s'il vous plaît ? Nous avons du pain sur la planche.

J'entrepris de donner un coup de main à Daisy avec les pommes de terre. Mon cœur se serra ; la voir debout en tablier devant le plan de travail me rappelait ma propre enfance. Ma mère n'avait jamais travaillé dans la restauration, mais elle avait toujours adoré cuisiner. Quand j'étais petite, mes parents organisaient de grands dîners, et je l'assistais toujours en cuisine. Ce que je préférais, c'était la préparation des desserts, parce que je pouvais lécher la spatule à la fin ; mais c'était aussi l'occasion de faire plein d'autres expériences sous la surveillance maternelle. En général, je dînais avant tout le monde (frites et bâtons de poisson pané, le plus souvent), puis je montais dans ma chambre pour laisser les adultes bavarder tranquillement et déguster les bons petits plats que nous avions concoctés. Passer à côté de tous ces mets raffinés ne me dérangeait pas, parce qu'à mes yeux, le meilleur, c'étaient les bons moments partagés en cuisine avec ma mère. Il n'était pas rare que les Penhaligon fassent partie des invités. Tony et moi adorions écouter les conversations, assis dans l'escalier ; que n'avions-nous pas ri des échanges de plus en plus épicés de nos parents qui, émoustillés par le vin, oubliaient notre présence. Il nous arrivait aussi de descendre en douce pour picorer les restes de pudding.

Mon penchant pour la bonne chère remontait à cette lointaine époque, mais j'avais vite compris que, pour bien manger, deux solutions s'offraient à moi : soit je gagnais assez d'argent pour aller régulièrement au restaurant, soit j'apprenais à cuisiner. Avec mon salaire de flic, le choix était vite vu ; mais c'était devenu un plaisir, à tel point que lorsque j'avais dû opérer ma reconversion professionnelle, cette activité s'était imposée d'elle-même. Après une année d'études à l'école hôtelière, c'était désormais une véritable passion.

Au menu de ce soir, nous avions des saucisses au fenouil à base de porc fermier bio élevé en plein air (préparées par un fournisseur local) accompagnées d'une purée crémeuse à la truffe et d'une compotée de pommes rôties, le tout rehaussé par une sauce au cidre. Ma mère commença à garnir une partie des feuilletés de vol-au-vent avec un cocktail de crevettes ; les autres seraient farcis de légumes méditerranéens grillés, ou d'un fromage à croûte fleurie du sud-ouest de l'Angleterre, agrémenté de gelée de groseille. La plupart des convives choisiraient la saucisse, mais pour les végétariens, nous avions dix portions d'aubergines à la Parmesane prêtes à être enfournées, et du couscous israélien. Pour le dessert, les invités auraient le choix : une part de tarte au chocolat accompagnée de framboises et d'une boule de glace à la crème caillée, ou de la panna cotta à la vanille avec les mêmes accompagnements. Cheryl voulait absolument un menu très chic, tandis que Tony préférait soutenir les fournisseurs locaux et faire la part belle aux spécialités de notre région. Je pensais avoir élaboré un menu qui mariait au mieux leurs *desiderata.*

Je consultai l'horloge ; nous étions parfaitement dans les temps, malgré le petit retard pris à cause des frayeurs du futur époux. Pourvu que ce petit moment de panique soit déjà oublié et que tout ait repris son cours normal. Plus rien ne pourrait arrêter ce mariage, désormais, n'est-ce pas ? Et quelqu'un ferait sûrement taire ce fichu chien qui n'en finissait plus d'aboyer dans les jardins de l'hôtel ?

En réponse à mes deux questions, un cri hystérique particulièrement aigu retentit de l'autre côté de la fenêtre.

4

Nous nous précipitâmes toutes les trois dans la cour adossée à l'aile de service de l'hôtel. Les cris s'étaient mués en appels à l'aide affolés ; nous nous élançâmes dans leur direction, laissant le bâtiment derrière nous pour nous enfoncer dans les jardins. Un attroupement de membres du personnel et de clients commençait à se former près du petit étang au bord duquel je m'étais assise avec Mel la veille.

Tony, qui avait revêtu la moitié de son costume de cérémonie, arriva en même temps que nous.

—Bon sang, mais que se passe-t-il ?

—Je ne sais pas, répondis-je.

Rien de bon, c'était certain. Une boule se forma au creux de mon estomac, et j'eus un horrible pressentiment.

—Des nouvelles de Cheryl ? lui demandai-je.

Il me dévisagea, bouche bée, sous le choc.

—Aucune. Tu ne crois tout de même pas… ?

Nous nous tournâmes vers l'attroupement.

—Laissez-moi passer ! lançai-je avec assez d'autorité pour que les badauds s'écartent avant de se rendre compte que je n'étais que le traiteur.

Le chien avait enfin cessé d'aboyer, mais il était toujours là ; il gémissait tandis que l'un des convives arrivés à l'avance – Brenda, la mère de Tony – lui caressait la tête d'un air absent.

—Qui est-ce ? C'est… c'est Cheryl ? s'inquiéta Tony.

Il bouscula une femme affublée d'un chapeau énorme et ridicule.

—Non.

Même sans reconnaître le chien, ces cheveux courts blond platine ne permettaient aucun doute.

Mel – ex-Mme Penhaligon, conductrice de poids lourds et briseuse de mariage repentie – gisait sur le sol, chevelure peroxydée maculée de sang, la peau froide et livide, les yeux éteints. Au début, je crus qu'elle s'était fracassé la tête en tombant sur le banc où nous étions assises la veille – le sang qui formait une mare sous son corps semblait essentiellement provenir de la base de son crâne –, mais elle présentait une autre blessure sur le front, une plaie incrustée de sang séché, sombre. Se heurter la tête deux fois, à l'arrière, puis à l'avant, au cours de la même chute était hautement improbable, pour ne pas dire impossible. On pouvait en conclure que quelqu'un lui avait fait ça. Fidèle jusqu'au bout, Germaine avait dû monter la garde à côté de sa maîtresse pendant des heures, aboyant sans relâche pour que quelqu'un vienne. Hélas, ce quelqu'un était arrivé trop tard.

—Dieu merci, soupira Tony avant de prendre conscience de ce qu'il venait d'exprimer. Je veux dire, pas que Mel soit morte, bien sûr, mais que Cheryl…

Submergé par l'émotion, il s'interrompit et se laissa choir sur le sol, à côté du cadavre de son ex-femme.

L'heure suivante se passa dans un flou total. On appela M. Bloom, le directeur de l'hôtel, dans les jardins. Petit homme soigné et tatillon, il me faisait penser à Hercule Poirot, pour peu que le détective belge ait choisi de négliger ses petites cellules grises pour se consacrer à l'hôtellerie. À la vue du cadavre, M. Bloom chancela fortement et, l'espace d'un instant, je craignis qu'un second corps se retrouve allongé à côté de cette pauvre Mel. Cependant, il parvint à se ressaisir d'une manière assez remarquable, bien qu'un peu efféminée, et dirigea son équipe avec l'efficacité d'un général sur le champ de bataille.

Les clients de l'hôtel et les invités du mariage furent rassemblés dans une salle de réception – pas celle qui surplombait les jardins, où s'était tenue la petite fête de la veille, mais une autre salle, située côté parking et dont la vue beaucoup moins charmante était aussi moins prisée. On y servit du thé, du café, et quelque chose d'un peu plus corsé pour détendre les nerfs. Pendant ce temps, la police fut alertée et, en attendant le ruban de balisage, on déploya autour du corps les cordons en velours qui servaient en général à délimiter les différentes zones lors des cérémonies au jardin. Je ramenai Daisy et ma mère dans la cuisine avant que l'une d'entre elles n'aperçoive la dépouille de Mel. Daisy fut un peu agacée de rater le spectacle, mais elle était trop jeune pour être confrontée à une scène aussi macabre et bouleversante. Pauvre Mel.

Je remis donc mes sous-chefs au travail, et nous préparâmes les vol-au-vent ainsi que quelques canapés. À ce stade, même si Cheryl réapparaissait, il était peu probable que le mariage soit maintenu. Néanmoins, nous avions sur les bras une salle remplie de convives dans tous leurs états, du choc à l'effervescence, en passant par tout un panel d'émotions. Le pouvoir apaisant des amuse-gueule est infaillible ; et puis, difficile de commérer ou de spéculer quand on a la bouche pleine de cocktail de crevettes.

Je trouvai Tony seul, assis dans la salle de restaurant de l'hôtel que le personnel avait magnifiquement agencée pour le banquet de noces. Le gâteau, une superbe création à cinq niveaux nappée d'un glaçage blanc éclatant et parsemée de fleurs en pâte à sucre violettes, trônait sur un guéridon dans le fond de la pièce, à côté de la table d'honneur. Tony s'essuya vivement les yeux tandis que je m'approchais pour m'asseoir à côté de lui.

—Ma mère est allée s'allonger un peu, m'informa-t-il. Mon père veille sur elle. Ça leur a fichu un sacré coup. Parfois, j'oublie qu'ils ne sont plus tout jeunes.

—Et toi, tu te sens bien ? m'enquis-je, même s'il était évident que non, il n'allait pas bien. As-tu réussi à joindre Cheryl ?

—Non.

Il se leva et s'approcha de la fenêtre à grands pas pour scruter le jardin, comme s'il y cherchait sa fiancée.

—Où diable peut-elle être ? J'en deviens fou. Et si…

Il s'arrêta, incapable de formuler sa pensée, alors je m'en chargeai pour lui.

—Et si Mel n'était pas la seule victime ?

Il se tourna vivement vers moi.

—Tu crois qu'il lui est arrivé quelque chose ? Tu disais que c'était juste une petite crise d'angoisse de dernière minute.

—Je n'en sais rien, reconnus-je.

Une autre hypothèse m'était venue à l'esprit, mais j'appréhendais sa réaction.

—Écoute, je vois trois scénarios possibles, dis-je. Le premier, c'est qu'elle a pris la fuite.

Je levai la main pour l'empêcher de me couper la parole.

—Soit parce qu'elle a changé d'avis et ne reviendra pas, soit parce qu'elle avait besoin de s'éclaircir les idées. Le deuxième scénario, c'est que l'assassin de Mel ne s'est pas contenté d'une seule victime.

Tony frissonna et se tourna de nouveau vers la fenêtre.

—Et le troisième…

—Le troisième ?

—C'est que Cheryl a tué Mel. Ça expliquerait qu'elle ait pris la fuite.

Mes paroles restèrent en suspens entre nous. Cette fois, Tony ne se tourna pas, mais sa posture avait changé.

—Tony…

Par la fenêtre, je vis deux voitures de police arriver, les gyrophares allumés, mais pas les sirènes. Elles étaient talonnées par une camionnette – les experts de la police scientifique, supposai-je. Ou les pompes funèbres.

—Tony, la police va te demander…

Je posai ma main sur son bras. Brusquement, il fit volte-face et la colère qui enflammait son regard me frappa. Je le connaissais depuis des années, et jamais je ne l'avais vu aussi furieux. Mais au fond, pouvais-je vraiment me vanter de le connaître encore aujourd'hui ? Nous étions amis d'enfance, et je veillais toujours à passer le voir lorsque je rendais visite à mes parents, mais je n'avais pas vécu ici pendant presque vingt ans et, durant ces deux décennies, les moments où j'avais passé le plus de temps en sa compagnie étaient les quelques soirées que nous avions organisées au pub avec d'autres vieux copains d'école.

Machinalement, je reculai. Il combla aussitôt la distance.

—Comment oses-tu ? fulmina-t-il. Cheryl ne ferait jamais une chose pareille. Tu ne l'aimais pas ; tu ne la connaissais même pas…

—Je ne la connaissais pas ? Ou je ne la connais pas ?

Sa façon de parler d'elle au passé ne me plaisait pas. Pendant quelques secondes, il sembla désarçonné, puis il secoua la tête.

—Ne déforme pas mes propos ! C'est typique. Flic un jour, flic toujours.

Je soutins son regard noir calmement, jusqu'à ce que ses épaules s'affaissent et qu'il baisse les yeux. Il tira une chaise et s'y laissa choir lourdement, heurtant au passage un verre de vin vide posé sur la table dressée. Il le redressa d'une main tremblante.

—Ce que je veux dire, c'est que ça ne peut pas être ça. Elle est partie, non ? Elle n'est pas m… Non, c'est impossible. Elle m'a sûrement quitté. Enfin, je l'espère.

Un petit rire dépourvu d'humour lui échappa.

—J'étais censé me marier aujourd'hui, et me voilà en train d'espérer que ma fiancée m'a posé un lapin.

Je tirai la chaise voisine de la sienne, la retournai et m'assis à califourchon face à lui.

—La police est là, ils vont t'interroger, dis-je avec douceur. Ils te poseront des questions sur l'altercation d'hier soir, entre Mel et Cheryl.

—Je sais.

Il saisit la cuillère à dessert qui se trouvait devant lui, et se mit à jouer avec, la faisant tournoyer, puis la tapotant contre une assiette sans avoir l'air de s'en rendre compte. *Tap, tap, tap.*

Je pris une profonde inspiration. Ce que je m'apprêtais à lui dire n'allait sûrement pas lui plaire, mais mieux valait qu'il déverse sa colère sur moi plutôt que sur la police.

—Mel a proféré certaines… accusations à l'encontre de Cheryl, lui révélai-je.

Tony me regarda, l'air alarmé.

—Quel genre d'accusations ?

Tap, tap, tap.

—D'après elle, la famille Laity a des vues sur ton magasin, et c'est pour ça qu'elle t'épousait.

Tony lâcha la cuillère, et me dévisagea pendant quelques secondes avant d'émettre un petit rire.

—C'est ce qu'elle croyait ? Sacrée Mel, il faut toujours qu'elle mise sur le mauvais cheval.

—Il y a donc un bon cheval sur lequel miser ?

Il s'empara de nouveau de la petite cuillère, mais ne répondit pas. J'interceptai sa main avant qu'il ne recommence ce petit bruit agaçant.

—Tu t'attendais à une autre révélation, n'est-ce pas ?

J'avais ce… cette *impression* que Tony me cachait quelque chose.

—Y a-t-il autre chose ? Quelque chose que tu aurais découvert, ou un détail qui te serait revenu depuis ce matin ?

Il scruta mon regard, comme s'il hésitait à me faire une confidence. Il ouvrit la bouche et…

—Monsieur Penhaligon ?

Un grand blond d'environ trente-cinq ans et (force était de constater) d'une beauté renversante se tenait dans l'embrasure de la porte. Avec sa mâchoire carrée et toute la testostérone qu'il dégageait, il semblait tout droit sorti de l'une de ces comédies romantiques dans lesquelles le héros porte des chemises à carreaux et cultive des citrouilles quelque part dans le Midwest. Le Midwest des États-Unis, bien entendu. En Angleterre, cela correspondait à la région de Birmingham, qui n'était réputée ni pour ses héros romantiques ni pour la culture de cucurbitacées. Derrière lui, des agents en uniforme et d'autres nouveaux venus, sûrement des flics en civil, interpellaient les clients de l'hôtel qui flânaient dans le hall.

Tony se leva.

—Oui.

—Inspecteur-chef Withers.

Withers. Pas terrible pour un héros de comédie romantique, mais on ne peut pas tout avoir.

—Je dirige l'enquête sur la mort de Mme Penhaligon.

—Ex-Mme Penhaligon, rectifia sèchement Tony.

Je posai ma main sur son bras pour le mettre en garde.

—Tiens, j'avais cru comprendre qu'elle portait toujours ce nom ? s'étonna Withers.

Tony haussa les épaules. Une furieuse envie de le gifler me prit ; il était en train de se donner l'air coupable – si ce n'était pas d'un meurtre, au moins d'être antipathique et récalcitrant.

—C'était bien le cas, intervins-je. Pauvre Mel. Pardonnez Tony, il est bouleversé. On peut le comprendre.

Withers me toisa.

—Et vous êtes chef traiteur, c'est ça ?

—Jodie Parker, ex-agent de la police métropolitaine de Londres. J'étais en poste à Kennington.

—Et maintenant, vous êtes chef traiteur. En poste dans les cuisines.

Petit con arrogant.

—Oui.

Il me congédia.

—Bon. Quelqu'un viendra sûrement prendre votre déposition à un moment ou à un autre, alors ne partez pas tout de suite. Monsieur Penhaligon, suivez-moi, j'aimerais avoir une petite conversation avec vous à propos d'hier soir…

5

Ne sachant que faire d'autre, je regagnai la cuisine, empoignai le couteau le plus grand et le plus affilé, et entrepris d'émincer des pommes. « Et maintenant, vous êtes chef traiteur. » Il insinuait que je n'avais pas tenu le coup dans la police. J'abattis violemment ma lame sur une innocente Granny Smith. Petit con. Il n'avait aucune idée de ce qui m'avait poussée à démissionner ; il ne savait pas à quel point ce métier me manquait, même si j'étais heureuse de pouvoir passer plus de temps avec Daisy et de pratiquer une activité que j'affectionnais presque tout autant : cuisiner. Et, en l'occurrence, pulvériser des fruits.

—Est-ce que tout va bien ? s'enquit ma mère avec prudence.

Elle échangea quelques regards hésitants avec Daisy, tandis que j'exécutais une autre pomme et la débarrassais de son trognon.

—Ne fallait-il pas les éplucher d'abord ?

Et zut ! Je plantai mon couteau dans la planche à découper avec hargne – la lame vibra en émettant un petit *boing* satisfaisant –, puis rassemblai les morceaux de pomme dans un plat.

—Tiens, dit Daisy.

Elle m'ôta le plat des mains et le remplaça par une tasse de thé. Son geste me redonna aussitôt le sourire. Ma vie était fantastique, et j'avais beaucoup de chance, quoi qu'en pense M. l'inspecteur-chef Withers, avec ses joues à peine rugueuses et ses abdos en forme de tablette de chocolat (que je n'avais bien évidemment pas vus, mais que j'imaginais sans peine).

—Je t'ai bien éduquée, n'est-il pas ? dis-je en prenant un accent cockney très prononcé.

Elle haussa les épaules.

—« Daisy, mets de l'eau à chauffer et ne pose pas de question », me parodia-t-elle, suscitant l'hilarité de ma mère et la mienne.

—Ça, c'est ma fille chérie. Merci.

Ensuite, nous attendîmes en buvant du thé. Cela avait-il du sens de continuer à préparer le repas de noces ? Les réjouissances devaient commencer dans une heure et, pour autant que je sache, la future mariée n'avait toujours pas refait surface. D'autant que la cérémonie était censée avoir lieu juste à côté d'une scène de crime, ce qui n'invitait pas vraiment au romantisme et ne constituait pas le meilleur des présages pour un mariage heureux. *Pour peu qu'il existe des mariages heureux*, songeai-je avec cynisme Mais qui étais-je pour juger, moi qui avais renoncé aux hommes – y compris (surtout) aux beaux inspecteurs ? Il n'empêche qu'à cette heure, Cheryl devait avoir appris le funeste sort de Mel ; si elle avait changé d'avis et ne voulait plus épouser Tony, elle aurait au moins eu la décence de lui envoyer un texto pour le prévenir qu'elle allait bien, non ? Il ne restait donc que deux scénarios possibles : soit elle était morte aussi, soit c'était elle la meurtrière…

Mais pourquoi assassiner Mel ? Les accusations de cette dernière – aussi vagues et énigmatiques fussent-elles – n'avaient rien de fracassant, et visiblement, Tony ne les prenait pas au sérieux ; en tout cas, pas au point de faire annuler son mariage. À moins que Mel ne m'ait pas tout raconté et qu'elle ait découvert des éléments plus compromettants sur la famille Laity ? À une époque, nous avions été plus ou moins amies *via* Tony, mais nous n'étions jamais devenues proches, et elle n'avait aucune raison de me faire confiance. Une fois de plus, je soupçonnais Tony d'en savoir davantage qu'il ne l'admettait ; il avait eu une réaction étrange lorsque je lui avais révélé ce que Mel reprochait à sa future épouse. Ce matin, je l'avais encouragé à partir à la recherche de Cheryl dans les jardins, histoire de vérifier que sa fiancée n'était pas juste partie prendre l'air. Comment était-il possible qu'il n'ait pas aperçu le corps de Mel ? Lorsque je l'avais quitté, le chien aboyait déjà et, à sa place, je me serais d'emblée dirigée dans cette direction pour comprendre l'origine de tout ce raffut, ou au moins demander au maître de faire taire son animal.

Une idée désagréable s'immisça dans mon esprit. Si Tony avait soupçonné Mel de détenir des informations compromettantes sur sa future épouse, aurait-il été capable de la faire taire lui-même ? À moins qu'il n'ait surpris Cheryl en train de plier bagage et que, comprenant qu'elle le quittait, il ait perdu son sang-froid et l'ait tuée, avant de s'en prendre à Mel, qu'il tenait pour responsable. Ou alors, je disjonctais complètement. Tony n'était pas un assassin. *Es-tu sûre d'encore si bien le connaître ?* me susurra mon esprit sournois.

—Tu essaies de répondre à la question à un million ? demanda ma mère, m'arrachant à mes pensées.

Je n'avais aucune intention de partager ce qui n'était – du moins, je l'espérais – que des théories infondées, et encore moins avec ma mère ; je l'adorais, mais elle n'avait aucun filtre et se serait fait une joie de répéter la moindre de mes confidences à sa prochaine réunion de retraités, même sans le faire exprès.

—Oh, ça ne vaut pas une telle somme, répondis-je en souriant. Vous savez, les filles, je crois que nous allons tout débarrasser et tout laisser dans la cuisine pour l'instant. Je ne vois pas comment ce mariage pourrait avoir lieu.

Ainsi, nous couvrîmes tout ce qui devait l'être de film alimentaire, et remisâmes un maximum de nourriture dans le frigo de l'hôtel, bien plus grand que celui que je possédais à la maison. De toute façon, je devais attendre les consignes de Tony. Dès que j'en saurais plus, je viendrais tout récupérer si nécessaire. Je m'apprêtais à aller expliquer tout cela à M. Bloom, le directeur, lorsque l'inspecteur-chef Withers entra dans la cuisine.

—Madame Parker ?

—Oui ? répondit ma mère, rayonnante.

Il la considéra, puis se tourna vers moi, l'air désemparé.

—Non, je voulais dire…

—Moi, c'est mademoiselle Parker, lui expliquai-je. Madame Parker, c'est ma maman.

—Mais appelez-moi Shirley, minauda ma mère.

Elle appréciait les beaux jeunes hommes, et c'en était même parfois gênant.

Il hocha la tête avec impatience.

—D'accord. Alors *mademoiselle* Parker, pourrais-je vous poser quelques questions sur la soirée d'hier ?

À ces mots, il recula vers la porte, comme pour m'inviter à le suivre.

—Bien sûr, répondis-je sans bouger.

C'est mesquin, je sais, mais je ne comptais pas lui simplifier la vie. L'insistance moqueuse avec laquelle il avait prononcé le « mademoiselle » ne m'avait pas échappé.

Ma mère leva sa tasse.

—Du thé, Inspecteur ? L'eau vient de bouillir.

—Non merci. Pouv…

—Vous êtes sûr ? Je peux aussi relancer la bouilloire, ça ne prendra qu'une minute.

—Non merci, ça ira comme ça. Pourrions-nous trouver un endroit un peu plus calme ? me demanda l'inspecteur-chef, visiblement désarçonné par l'opération séduction de ma mère.

—Mais nous sommes très calmes, lui assura Daisy, candide.

Ma fille n'était pas la dernière des fouineuses. C'était un trait de famille. Toutefois, Withers ne se laisserait pas attendrir par une gamine de douze ans.

—C'est gentil, mais non merci. Mademoiselle Parker ? Vous êtes prête ?

Il m'indiqua la porte avec insistance.

Continuer de rire à ses dépens aurait été malvenu (quoique amusant). Je sortis de la cuisine, et il m'emboîta le pas. Arrivée dans le hall, je m'arrêtai pour le consulter du regard, et il me désigna la salle de réception dans laquelle s'était tenue la petite fête la veille.

J'entrai et m'installai à l'une des tables. Il sortit calepin et stylo, puis s'assit face à moi.

—Alors, M. Penhaligon me disait que vous étiez de vieux amis ? demanda-t-il comme si nous échangions des banalités.

Il s'exprimait bien, dans le genre présentateur de JT de la BBC, mais avec une pointe d'accent régional que je ne parvenais pas à situer. Peut-être provenait-il bel et bien d'une famille qui cultivait des citrouilles près de Birmingham…

J'acquiesçai.

—Oui. Nous étions à l'école ensemble.

—Un *très* vieil ami, alors.

Quel culot ! Il dut remarquer le durcissement de mes traits, car il s'empressa d'ajouter :

—Je veux juste dire que vous le connaissez depuis aussi longtemps que les autres habitants de cette ville. Et Mme Penhaligon… Melissa Penhaligon ?

—Nous étions au collège quand elle a emménagé ici, donc oui, je la connais depuis un bout de temps.

Je m'interrompis, prenant une fois de plus douloureusement conscience que Mel était morte.

—Ou plutôt, je la connaissais… Uniquement *via* Tony, pour être exacte.

—Vous avez assisté à l'altercation qu'elle a eue hier soir avec Mlle Laity, je crois ?

Withers se pencha sur son calepin, et une mèche de ses cheveux tomba devant son visage. Je fus assaillie d'une irrésistible envie de ranger celle-ci derrière son oreille. Un geste mi-maternel, mi-femme divorcée frustrée. Que m'arrivait-il ? Je me repris.

—Je suis intervenue avant que la situation ne dégénère. Tout le monde était trop estomaqué pour agir.

—Et ensuite, vous l'avez emmenée dehors pour qu'elle se calme ?

J'acquiesçai.

—Vous a-t-elle expliqué pourquoi elle s'en était prise à Mlle Laity ?

J'hésitai, mais juste une fraction de seconde. Ces accusations avaient beau paraître triviales, Mel les avait jugées suffisamment graves pour agresser Cheryl.

—Elle était persuadée que Cheryl – Mlle Laity – épousait Tony pour mettre la main sur son magasin.

Cette accusation paraissait encore plus ridicule prononcée à voix haute. Pour l'amour du ciel, on parlait d'un commerce de petite ville côtière, pas d'un empire pétrolier ou que sais-je encore. C'était Penstowan, ici, pas Dallas. Withers devait partager mon avis, car il haussa les sourcils.

—Oui, j'en suis consciente, c'est un peu farfelu, concédai-je. Je suppose qu'elle voulait dire qu'elle l'épousait pour son argent.

—C'était le cas, selon vous ? Vous pensez que c'est la raison de sa disparition ?

Ainsi, la police prenait l'absence de Cheryl au sérieux ? Bien, bien.

—Honnêtement, je ne saurais dire. Je l'ai rencontrée pour la première fois la semaine dernière. Je ne la connaissais… Je ne la *connais* pas très bien.

L'attention avec laquelle Withers me dévisageait me mit un peu mal à l'aise. Était-ce parce qu'il me donnait l'impression que je lui cachais quelque chose (comme les soupçons ridicules que j'avais émis sur Tony un peu plus tôt), ou parce que cela faisait longtemps que quelqu'un – *a fortiori*, quelqu'un d'aussi sexy – n'avait plus posé sur moi un regard aussi intense ? Bien sûr, ce n'était pas moi qui l'intéressais, mais ce que je disais, ou plutôt, ce que je ne disais pas.

—Chef ?

Un agent en uniforme était apparu dans l'embrasure de la porte. Withers lui adressa un petit signe de tête, puis referma son calepin d'un claquement sec et se leva.

—Merci, madame… pardon, *mademoiselle* Parker. Nous aurons peut-être besoin de vous reparler. Avant de partir, veuillez communiquer vos coordonnées à l'un de nos agents.

***

Plongée dans mes pensées, je regagnai la cuisine. Lorsque j'entrai, ma mère leva aussitôt la tête, une lueur que je ne connaissais que trop bien dans le regard.

—Quel beau jeune ho…

—Non, pas du tout. Prenons ce que nous pouvons et allons-nous-en.

Nous nous frayâmes un chemin dans le hall de l'hôtel, et je m'arrêtai, le temps de donner mes coordonnées à un jeune flic en faction près de l'entrée principale. Au moment de sortir, je repérai Tony par la porte ouverte de la salle à manger, là où je l'avais laissé un peu plus tôt. Il avait l'air dévasté. Ses parents, Brenda et Malcolm, tentaient de le consoler.

—Tony ! hélai-je.

Il releva la tête et m'adressa un faible sourire. Ma mère se précipita vers les Penhaligon, serra Brenda contre elle et frictionna le bras de Malcolm.

—Vous tenez le coup ? leur demanda-t-elle.

Brenda sourit courageusement, tandis que Malcolm secouait la tête.

—Quelle terrible affaire… N'est-ce pas, Shirl' ? dit-il. Quelle terrible affaire…

Il répétait cela comme s'il n'arrivait pas à y croire.

—Nous rentrons chez nous, annonçai-je à Tony. Nous n'avons plus rien à faire ici. Je me doute que la nourriture est bien le cadet de tes soucis en ce moment, mais essaie de me dire, sans trop tarder, ce que je dois faire de tout ce qu'on avait prévu. Je reviendrai m'en occuper plus tard.

—D'accord, répondit Tony. Je ne sais pas trop…

Il semblait complètement déboussolé.

—Ne t'inquiète pas de ça maintenant. Tout est bien rangé pour l'instant. Et toi ? Les officiers t'ont autorisé à partir ? Ils ont l'air pressés de se débarrasser de tout le monde.

—Oui, ils nous autorisent à partir, mais je veux rester au cas où Cheryl reviendrait…

Du coin de l'œil, je vis les Penhaligon échanger des regards soucieux avec ma mère.

—Tu es sûr ? m'enquis-je. Et si elle rentre chez vous ? Elle n'aura peut-être pas envie de regagner l'hôtel si elle croit que tous les invités sont encore là. En plus, la police te contactera tout de suite si elle réapparaît.

—*Quand* elle réapparaîtra, rectifia Tony.

—Quand elle réapparaîtra, oui. C'est ce que je voulais dire, bien sûr.

Incapable de croiser son regard, je me penchai vers lui.

—Entre nous, je crois que ta mère a besoin de rentrer au calme, et elle ne le fera pas tant que tu resteras ici. Elle ne voudra pas te laisser seul, et ton père refusera de la laisser seule, alors… peut-être que tu devrais aller chez eux et veiller sur eux.

—Il vous faut une bonne tasse de thé et un peu de repos, renchérit ma mère.

Brenda hocha la tête.

—C'est une bonne idée. Qu'en penses-tu, mon chéri ? demanda-t-elle à Tony. Viens donc un peu chez nous. Tu pourras toujours revenir ici et tout régler plus tard, quand tu te sentiras d'attaque.

—Oui, je suppose…

Il n'avait pas l'air convaincu, mais à force de douceur et d'encouragements, Malcolm finit par le persuader de se lever.

—Je devrais m'arrêter chez la mère de Mel en chemin, fit remarquer Tony. Elle va être anéantie.

—Tu n'es pas obligé de t'occuper de ça, m'empressai-je de répondre. Elle n'est pas la seule famille de Mel, si ? Mel avait des cousins et une tante. La police doit les avoir contactés, sa mère n'est sûrement pas seule. Et même si ça part d'une bonne intention, elle n'a sans doute pas envie de voir trop de monde débarquer chez elle en pareilles circonstances. Rentre te reposer, Tony.

Il hésita encore pendant un moment, puis hocha la tête. Nous prîmes la direction du parking tous ensemble.

Nous nous arrêtâmes net à la vue d'une camionnette aux vitres teintées, ornée des mots « ambulance privée » au lettrage discret. Deux hommes à l'allure sobre, tout de noir vêtus, chargèrent avec précaution une civière. Enfermée dans un sac noir, l'occupante était un poids mort, au sens propre. Ils accomplirent leur tâche sans chichis ni cérémonie, mais avec respect, se montrant aussi prévenants avec Mel qu'ils l'auraient été avec n'importe quel malade ou blessé.

Ils refermèrent les portières, montèrent à bord de l'ambulance, et emportèrent sous nos yeux le corps de Melissa Penhaligon.

6

Le trajet de retour se passa dans le silence. Enfin, le silence relatif que permettait la Masomobile, qui produisait un vilain grincement à chaque changement de vitesse.

Je proposai à ma mère de la déposer chez elle, mais visiblement, les événements de la journée l'avaient plus secouée qu'elle ne voulait bien l'admettre.

—Il vaut mieux que je reste chez vous.

Puis elle se pencha pour me chuchoter à l'oreille, sur le ton de la conspiration.

—Je crois que Daisy est un peu chamboulée par tout ça. Je t'aiderai à lui changer les idées.

Je jetai un coup d'œil à Daisy. Cette dernière avait bien sûr tout entendu, mais fit preuve de diplomatie (mais de qui tenait-elle ça ?) et s'abstint de tout commentaire. Le moins qu'on puisse dire, c'est qu'elle n'avait pas l'air chamboulée pour un sou, trop occupée à envoyer des textos à ses anciens amis de Londres en fredonnant. Sans doute leur racontait-elle les choses dingues qui se passaient ici.

—Tu as raison, dis-je avec un sourire ironique. Il vaut mieux que tu rentres chez nous.

Je déchargeai la camionnette (j'avais pris soin de reprendre les restes de hors-d'œuvre : avec de la laitue croquante et une bonne salade de pommes de terre, cela ferait un dîner simple et rapide), puis je m'affalai dans le salon, épuisée. Quelle journée ! Et il n'était que 15 h 30.

Nous passâmes les deux heures suivantes à papoter en grignotant les restes de canapés et de vol-au-vent (c'était fichu pour le dîner) avec du thé.

—Je ne l'aimais pas, cette Cheryl, déclara ma mère d'un ton catégorique.

Difficile de prendre sa défense ; au cours de la semaine qui venait de s'écouler, la future mariée s'était montrée particulièrement détestable. Elle avait cherché la petite bête dans toutes mes suggestions de menu, à tel point que Tony avait dû intervenir pour lui rappeler que si elle ne me laissait pas travailler, elle pouvait faire une croix sur son repas de noces. Pourtant, je ne trouvais pas très correct de faire ce genre de déclaration maintenant, alors qu'elle était présumée disparue, voire morte. En tout cas, si elle était toujours en vie, il était inconcevable qu'elle laisse Tony moisir dans le noir le plus complet ; le prévenir était le minimum.

—Je ne la trouvais pas sympathique du tout, continua-t-elle. L'exact opposé de sa mère.

Je me dépêchai d'avaler mon morceau de pâte feuilletée.

—Tu as connu sa mère ?

—Évidemment.

—Nana connaît tout le monde, souligna Daisy.

—Tu te souviens, quand je travaillais à la Coopérative ?

J'acquiesçai. Cela ne me disait rien, mais ma mère avait travaillé dans la plupart des commerces de Penstowan au cours de mon enfance.

—À l'époque, la mère de Cheryl et moi étions collègues. Elle était plus jeune que moi, bien sûr ; elle ne devait pas avoir plus de dix-huit ou dix-neuf ans. Comment s'appelait-elle déjà ?

Elle se creusa la cervelle. On voyait presque la fumée sortir de ses oreilles.

—Clare, c'est ça. Elle était… Oh non, pas Clare. Eileen. Je les confonds toujours, ces deux-là.

Daisy se tourna vers moi, et je lus sa question dans son regard : *Comment peut-on confondre Clare et Eileen ?* Je secouai discrètement la tête.

—Non, attends. Peut-être était-ce bien Clare ? continua à s'interroger ma mère, la mine songeuse.

J'avais envie de hurler.

—Quoi qu'il en soit…, l'encourageai-je.

—Quoi qu'il en soit, cette Clare était une fille adorable. Et très jolie, conclut-elle avec un sourire satisfait.

Comment, c'était tout ? J'eus de nouveau envie de hurler.

—D'après Tony, la famille de Cheryl ne vivait pas dans la région, hasardai-je, pour l'inciter à poursuivre.

Elle hocha la tête.

—C'est exact. Clare – non, c'était bien Eileen, finalement – (je n'osais pas regarder Daisy) était une fille charmante, pleine de vie. Elle a grandi ici, à Penstowan, contrairement à la famille Laity. Les Laity avaient un terrain de camping du côté de Boscastle. Aujourd'hui, ils en possèdent toute une ribambelle.

Elle secoua la tête – d'admiration plus que de désapprobation, me sembla-t-il.

—Cette fille, c'était un sacré numéro ! Les deux frères Laity s'étaient entichés d'elle, mais elle ne faisait rien pour dissuader l'un ou l'autre. Au début, ils lui mangeaient tous les deux dans la main ! Je ne sais plus comment elle les avait rencontrés, mais ils avaient pris l'habitude de venir l'attendre à la fin de son service. L'aîné était beau parleur, mais le plus jeune, quel gentil garçon ! Et charmant, avec ça ! C'est d'ailleurs lui qu'elle a fini par choisir, et ce jour-là, ça a jeté un froid.

—L'aîné, ce serait donc l'oncle de Cheryl ? Roger Laity ?

Je tâchais de m'y retrouver dans cette avalanche de potins.

—C'est ça. Il était toujours si bien habillé..., confia-t-elle avec un sourire nostalgique. Je disais toujours à ton père : « Pourquoi est-ce que tu ne t'habilles pas comme ce Laity ? »

—Et que répondait-il ?

—« Parce que je ne suis pas une chochotte, voilà pourquoi. »

Daisy éclata de rire, et je souris.

—Oui, c'est du papa tout craché. Qu'est-ce qui te fait croire que ça a jeté un froid chez les Laity ?

Ma mère haussa les sourcils.

—C'est un interrogatoire ?

—Mais non, ça m'intéresse, c'est tout.

—L'aîné des Laity avait beau être bien éduqué, il était assez susceptible. J'imagine qu'il n'a pas été ravi que son petit frère rafle le cœur de Clare.

—Eileen, marmonna Daisy.

—Je crois même que c'est à cause de ça qu'ils ont déménagé.

Elle attrapa un vol-au-vent avant de poursuivre.

—Ça a dû provoquer une cassure dans la famille. Ils sont partis quelque part dans l'arrière-pays – Bristol, si j'ai bonne mémoire. Roger a eu le cœur brisé ; il paraît qu'il a mis des années à s'en remettre.

Cela me fit songer au jeune homme sarcastique qui s'était présenté avec Roger Laity la veille, celui qui avait suscité un certain malaise chez Tony.

—Il a un fils, non ? Un vilain petit prétentieux qui était là aussi à la soirée d'hier.

Ma mère hocha la tête.

—Son beau-fils. Craig. C'est un « bad boy », celui-là.

Toujours à se fourrer dans le pétrin. Sa mère était mariée avec un partenaire commercial de Roger, mais ce monsieur a eu un arrêt cardiaque…

—Comment sais-tu tout ça ? demandai-je, incrédule.

Elle haussa les épaules.

—Grâce à mon réseau. Nous autres, vieilles dames, ne sommes pas contre un petit potin de temps en temps.

Daisy s'esclaffa.

—Et le prix de l'euphémisme de l'année revient à…

—Il faut bien s'amuser un peu, se défendit ma mère. Il ne se passe jamais rien ici.

Nous nous regardâmes toutes les trois avant d'éclater de rire. Jamais rien, en effet ; il suffisait de voir la journée que nous venions de vivre.

—Bon, et si tu nous parlais de ce bel inspecteur ? lança-t-elle une fois le calme revenu.

—Ne commence pas, bougonnai-je.

Elle adopta un air ingénu, mais ça ne fonctionnait pas avec moi.

—Je suis sérieuse, ne commence pas. Tu sais très bien que les hommes, c'est terminé pour moi. Daisy et toi êtes mes priorités.

—Ne me dis tout de même pas que tu ne le trouves pas canon.

—Mais si, je te le dis, affirmai-je sans grande conviction. Bon, d'accord, il est super canon. Mais il est aussi très arrogant.

—Ah ! Il me semblait bien que c'était ton genre d'homme.

—La, la, la ! se mit à chanter Daisy en se bouchant les oreilles. On pourrait arrêter de parler du « genre d'homme » de maman ? On s'approche trop dangereusement du moment où elle nous annonce qu'elle a une vie sexuelle.

—Si seulement…, répondis-je en riant.

—LA, LA, LA, LA, LA, LA !

—Daisy, ta mère est encore jeune…

—Merci, dis-je.

—… et relativement attrayante.

—Relativement ?

—Ça me fait penser à ce jeu auquel j'ai entendu trois jeunes filles s'amuser dans le bus, poursuivit-elle. Elles devaient citer trois garçons et choisir celui qu'elles voulaient épouser, celui qu'elles…

—Oh ! Je connais ce jeu ! s'écria Daisy. Ça s'appelle « Je bai… Euh… j'embrasse, j'épouse ou je passe ».

Je lui décochai un regard d'avertissement.

—Je sais comment ça s'appelle.

—Bon, alors, intervint ma mère. Ce beau policier…

—L'inspecteur-chef Withers, précisai-je.

—Withers ? Quel nom affreux, « Jodie Withers ».

—« Witheurk », fit Daisy.

—Exactement ! m'esclaffai-je.

—D'accord. Donc, l'inspecteur-chef Withers, Craig Laity et Tony, trancha ma mère en croisant les bras. Lequel choisis-tu de bai… d'embrasser ?

—Le flic, obligé, s'avança Daisy d'un air entendu.

—Je croyais que tu ne voulais rien savoir de ma vie amoureuse ?

—Oui, mais j'ai raison, non ? Sinon qui d'autre vas-tu embrasser ? Tony ?

Je fis mine de frissonner de dégoût, même si, pour être honnête, l'idée ne me répugnait pas tant que ça. C'était juste… bizarre.

—Mon Dieu, non, ce serait comme embrasser… un cousin ou quelque chose comme ça.

—Techniquement, embrasser son cousin n'est pas considéré comme de l'inceste, fit remarquer Daisy d'un air docte.

—Facile à dire pour toi, tu n'en as pas, répliquai-je. Et tu ne dois pas te souvenir de mon cousin Kev. Celui qui a déménagé à Hastings. Son haleine aurait pu écailler la peinture des murs d'une étable à six mètres.

Je frissonnai, pour de bon cette fois.

—Et Craig Laity ? suggéra ma mère. Il est plutôt sexy.

—Nana !

—Mais c'est la vérité ! Un vrai bad boy. Si j'avais vingt ans de moins… OK, trente…

—Tu serais encore trop vieille pour lui, raillai-je. Non, je m'en méfierais comme de la peste. Je passe. Je fuis, même.

—Donc, si tu passes ton tour avec Craig et que tu ne veux pas embrasser Tony, ça veut dire que tu embrasses l'inspecteur-chef et que tu deviens la nouvelle Mme Penhaligon !

Daisy et ma mère pouffèrent.

—Je ne crois pas, non. Si je ne m'abuse, ni l'ex ni la future supposée Mme Penhaligon n'ont connu un sort très enviable, arguai-je.

Aussitôt, elles cessèrent de rire.

—Non, en effet, reconnut ma mère. Pauvre Mel.

Le silence s'installa tandis que nous pensions à cette pauvre Mel. Et à ce malheureux Tony. Comment allait-il, d'ailleurs ? J'espérais que ses parents étaient aux petits soins avec lui.

—Je devrais peut-être passer un coup de fil à Dorothy pour prendre de ses nouvelles, ajouta-t-elle. Perdre sa fille comme ça, je n'ose même pas imaginer ce que ça fait.

Le silence était de nouveau retombé lorsque la sonnerie du téléphone retentit. Nous sursautâmes toutes les trois.

7

— Mais pourquoi devrais-je m'occuper de ça ? demandai-je.

« Ça » me dévisageait, assis sur son petit arrière-train blanc et duveteux, la tête inclinée sur le côté, les yeux empreints de cette expression qui rend gagas les types les plus costauds et qui fait fondre les cœurs les plus endurcis. Mais moi, je n'étais pas faite du même bois (du moins, je tentais de m'en persuader). En outre, je venais à peine d'emménager, et je n'avais toujours pas fini de décorer la maison. Et puis, même si je possédais quelques économies, je n'avais pas encore de source de revenus régulière. Non, vraiment, me retrouver avec une bouche en plus à nourrir et un nouvel être vivant dans les pattes, c'était la dernière chose dont j'avais besoin, aussi adorable et douce, et… et *pelucheuse* (oui, c'est le mot) soit cette chose. C'est vrai qu'on n'avait qu'une envie : enfouir son visage dans son pelage…

Je me ressaisis. La réceptionniste de l'hôtel m'observait avec son air implorant.

—Je suis désolée, mais je n'ai pas d'autre solution. Je m'en suis occupée pendant que la police était là, pour qu'elle ne les gêne pas dans leur travail, mais M. Bloom veut que nous trouvions son maître…

—Sa maîtresse est morte, dis-je d'un ton neutre.

Elle acquiesça.

—C'est vrai. Je ne savais pas vers qui me tourner, alors j'ai contacté M. Penhaligon qui m'a suggéré de venir vous voir, parce que, je cite : « Jodie sait toujours quoi faire. »

Je poussai un soupir. Parfois, être celle qui garde son sang-froid en toutes circonstances, c'est vraiment une plaie.

—Il pense aussi que votre fille sera contente de s'en occuper, le temps que vous lui trouviez un nouveau foyer.

Que je lui trouve un nouveau foyer ? *Ben voyons.* Si la truffe de cet animal franchissait notre seuil, je ne pourrais plus m'en débarrasser. Daisy ne me le pardonnerait jamais.

Je m'agenouillai pour regarder Germaine, l'adorable loulou de Poméranie (presque) droit dans les yeux. Aussitôt, celle-ci se leva pour me renifler la main, et je compris que j'étais fichue.

—Je ne suis pas sûre que ce soit à moi de la prendre en charge, tentai-je, un peu désespérée. Légalement, elle doit revenir à la mère de Mel…

La réceptionniste secoua la tête en souriant – elle aussi avait compris que j'étais en train de céder.

—M. Penhaligon m'a expliqué que la maison de retraite dans laquelle vit cette dame n'accepte pas les animaux de compagnie. Si vous ne prenez pas cette petite chienne, je devrai l'emmener à la SPA. La pauvre, elle vient de perdre sa maman ; elle a besoin d'une famille qui lui donne de l'attention et des câlins…

Oh, des câlins, je ne demande pas mieux. Puis je me ressaisis. *Non ! Arrête ça tout de suite !*

Germaine émit un jappement et me lécha la main. Ces petites choses étaient-elles dressées pour faire vibrer notre corde sensible ?

—Je n'ai même pas de laisse…, protestai-je sans le moindre aplomb.

La réceptionniste en brandit une, la mine triomphante.

—Nous promenons les chiens de nos clients ; ça fait partie des services que propose notre hôtel. Nous ne manquons pas de laisses, vous pouvez garder celle-ci. Ainsi que ceci.

Elle me remit une liasse de sacs à crottes ornés du blason de l'établissement.

—Elle vient de manger, vous ne devez donc pas vous inquiéter tout de suite de la nourrir. Elle ne devrait plus avoir faim avant demain matin.

—Merci…

Je restai plantée dans l'entrée de l'hôtel à triturer la laisse, l'un de ces modèles rétractables dont le boîtier en plastique est doté d'un bouton pour bloquer ou laisser se dérouler la longue corde. Germaine, qui était une brave fille, demeura patiemment assise le temps que je trouve comment attacher la laisse à son collier et que je fourre les sacs à déjections dans ma poche.

J'avais peut-être tout intérêt à l'emmener faire sa petite affaire avant de rentrer. Je levai les yeux au ciel. « L'emmener faire sa petite affaire. » Je parlais déjà comme une vraie dadame à son toutou. Quoi qu'il en soit, j'ignorais combien de temps Germaine était restée enfermée et, même si une odeur étrange (dont je préférais ne pas connaître l'origine au vu du domaine d'activité du précédent propriétaire) imprégnait déjà l'habitacle, je ne voulais pas prendre le risque qu'elle se soulage dans la Masomobile – avec laquelle j'avais commis l'erreur de venir, ne sachant pas ce qu'on allait me demander de récupérer à l'hôtel. Et puis, la soirée ne faisait que commencer, le soleil n'était pas couché et il faisait beau. Bref, tout était en faveur d'une petite promenade dans les jardins.

Germaine m'entraîna dans l'escalier, puis sur le parking, où elle se dirigea directement vers la vieille Vauxhall cabossée de Mel qui n'avait pas bougé depuis la veille, si ce n'était qu'à présent, elle était encerclée de ruban de police. La voiture devait faire partie des pièces à conviction. Le seul autre détail qui retint mon attention fut une vitre à l'arrière – celle par laquelle Germaine passait sa truffe la veille – désormais presque tout à fait baissée.

—C'est toi qui as fait ça, Houdini ? demandai-je à la petite chienne.

Mel m'avait parlé de ses talents pour l'évasion. L'intéressée se contenta de remuer la queue, comme si elle attendait que je lui ouvre la portière pour grimper à bord. Je soupirai et me penchai pour la caresser.

—Je suis désolée, ma belle, tu vas devoir faire un tour dans ma vieille fourgonnette puante.

Dans la poche arrière de mon pantalon, mon téléphone se mit à vibrer. Un message de Tony :

Tout se passe bien de ton côté ?

Le gredin. Il savait très bien qu'à cette heure, j'étais plongée jusqu'au cou dans une histoire de loulou de Poméranie.

J'étais en train de lui mitonner une réponse de mon cru saupoudrée de sarcasme (pas trop, je n'oubliais pas qu'il était fragile sur le plan émotionnel), lorsque Germaine flaira une piste.

Je devais avoir mal réglé le bouton de la laisse, car elle se retrouva à l'autre bout du parking sans me laisser le temps de dire « ouf ». Je m'efforçai de rembobiner la corde en nylon, mais trop tard : celle-ci était déjà trop déroulée, et la fugitive avait pris trop d'élan. Alors, je tirai de toutes mes forces. Germaine était plus lourde qu'elle n'en avait l'air. Je me serais crue dans l'une de ces émissions de télé sur les pêcheurs de l'extrême – vous savez, celles où l'on voit des types dans les Bahamas en train de pêcher des barracudas ou des trucs si monstrueux qu'ils sont obligés de s'attacher au bateau pour ne pas se faire entraîner par-dessus bord. J'étais dans la même situation, mais plutôt qu'un requin, c'est un petit chien qui se débattait au bout de ma ligne. Pour finir, je n'eus d'autre choix que de me lancer à sa poursuite.

Très vite, sa destination fut claire. En fait, c'était cousu de fil blanc. J'atteignis les abords du bassin ornemental au moment où Germaine arrivait près de l'endroit où sa défunte maîtresse avait été retrouvée. Elle se coucha et se mit à pousser une sorte de hululement triste, un cri très aigu qui fendait le cœur.

La scène de crime à proprement parler était couverte par une tente ; les experts de la police scientifique l'avaient installée pour préserver le corps de la victime des regards indiscrets et abriter les indices. Des cordons empêchaient l'accès à celle-ci, mais je fus un peu surprise de n'y trouver aucun agent en faction. Peut-être les experts avaient-ils terminé leur travail. Et puis, nous étions à Penstowan, un secteur qui, dans le meilleur des cas (ou le pire ?), était en sous-effectif. C'était déjà un problème à l'époque de mon père.

Je m'accroupis devant Germaine ; l'avantage, avec un chien de cette taille, c'est que j'allais tonifier les muscles de mes mollets. Je la caressai pour l'apaiser.

—Je suis désolée, boule de poils, ta maman n'est plus là, dis-je, la gorge nouée.

Pauvre Mel. Pauvre Germaine. Elle me regarda, et je dus ravaler mes larmes. Ridicule. Pendant toutes ces années au sein des forces de l'ordre, j'étais devenue… non pas insensible, mais j'avais appris à maîtriser mes émotions face à des proches endeuillés ou en colère. Et voilà qu'il suffisait d'un petit chien pour que je me liquéfie.

Germaine lécha mon genou et, bizarrement, cela me réconforta, puis elle se mit à renifler l'herbe. Je l'observai pendant un moment. Les lieux avaient été piétinés, et pas qu'un peu ; d'abord par Mel et moi, lorsque nous étions venues nous asseoir sur le banc, plus tard par Tony et, plus tard encore, par le petit attroupement qui s'était formé autour du corps de Mel. Sans oublier la police qui avait foulé tout le périmètre avec ses godillots.

La truffe au sol, Germaine s'écarta de la tente ; elle avait flairé une nouvelle piste. Il devenait urgent de l'emmener loin d'ici. Je me redressai, puis m'arrêtai et m'accroupis de nouveau. On le remarquait à peine lorsqu'on était debout, mais à cette hauteur, c'était bien visible : une sorte de sentier formé dans les hautes herbes qui partait du banc et s'éloignait dans le sous-bois. C'est sur ce sentier que Germaine s'était élancée en remuant la queue.

Je me relevai et scrutai les alentours. Il n'y avait pas âme qui vive. La police n'apprécierait certainement pas que quelqu'un se permette de fouiner si près d'une scène de crime, mais personne ne montait la garde. Et puis, je n'y pouvais rien, moi, si mon chien s'était échappé de sa laisse…

Je suivis donc cette queue frétillante et incroyablement duveteuse. Le sentier, à peine marqué dans l'herbe, était cependant assez large, mesurant à peu près un mètre. *Si ça se trouve, ce n'est rien du tout.* Pourtant, mon intuition de flic me démangeait.

Germaine continua sa course, laissant la tente et le souvenir de sa maîtresse derrière elle. Le sentier serpenta à travers la végétation pendant au moins cinq cents mètres, et je commençais à croire qu'il s'agissait tout bêtement de la piste d'un animal, lorsque nous aboutîmes à une palissade. Derrière cette clôture en bois plutôt bancale, une aire de repos et la route qui reliait Penstowan à Launceston.

L'air satisfait, Germaine s'assit et se mit à lécher ses parties intimes. Avec un soupir, je me tournai en direction de l'hôtel, plutôt bien caché derrière les buissons. Je devais être passée sur cette route et devant cette aire de repos des milliers de fois sans jamais faire le rapprochement avec l'hôtel.

Je baissai les yeux sur Germaine tandis que je rembobinais la laisse. Juste à côté d'elle, quelque chose accrocha mon regard. Une grande boucle d'oreille dorée, clinquante, prise dans un buisson. Curieux. Un glapissement m'indiqua que j'avais un peu trop enroulé la laisse. Je relâchai un peu la corde et me penchai pour étudier le bijou abandonné.

Aucun doute, je le connaissais. Ce large disque en or, martelé d'environ cinq centimètres de diamètre, serti d'une pierre rouge en son centre, appartenait à Cheryl. J'en étais sûre à quatre-vingt-dix-neuf pour cent. Elle arborait ces boucles d'oreilles avec son élégante robe de cocktail rouge à la soirée qui avait précédé le jour de son mariage. Je les avais remarquées, parce que ma mère possédait une paire de bijoux similaire quand j'étais petite. À l'époque, j'aurais donné cher pour pouvoir la porter, mais j'étais trop jeune pour me faire percer les oreilles, et le temps que ce soit possible, la mode était passée, et mes goûts en matière de bijoux avaient changé.

J'allais ramasser la boucle, puis me ravisai *in extremis*. Comment avait-elle atterri là ? Je me redressai, et observai le chemin que j'avais emprunté ; comment ce sentier était-il apparu ? Il était trop large pour avoir été causé par une future mariée en fuite, même s'il menait à une route et à sa promesse de liberté… Après quelques instants de réflexion, je m'allongeai sur le sol, sous le regard perplexe de Germaine.

La coulée d'herbe couchée avait la largeur de mon corps, les bras relâchés de chaque côté. Ce sentier pouvait donc avoir été créé, non pas par des pieds, mais par un corps traîné jusqu'ici.

Je me relevai et inspectai la clôture. Sa hauteur n'était pas infranchissable, surtout en prenant appui sur une planche transversale. Le vieux bois était rêche au toucher. Une écharde s'enfonça d'ailleurs dans l'un de mes doigts et j'ôtai brusquement ma main. J'attachai la laisse de Germaine à l'un des piquets, et escaladai la palissade sans la moindre grâce, en croisant les doigts pour que personne ne passe en voiture à ce moment-là et ne me surprenne dans cette position peu flatteuse.

De l'autre côté, je repérai tout de suite un lambeau de tissu accroché à la clôture. Du coton blanc parcouru par une fine rayure bleue. Rien de bien distinctif ; pas comme la soie rouge que Cheryl portait la dernière fois que je l'avais vue, même s'il était fort probable qu'elle ait troqué sa robe pour une tenue moins contraignante entre-temps. Mais pourquoi se serait-elle enfuie par ici alors que sa voiture était garée dans le parking ? Et pourquoi abandonner sa valise ?

J'examinai l'aire de repos. Il n'y avait rien ici, hormis les déchets et les taches humides à l'odeur douteuse que l'on croisait sur toutes les aires de repos dépourvues de toilettes. Je remarquai une tache plus sombre sur le bitume, à l'endroit où devaient stationner les voitures. De l'huile de moteur, sans doute, ou quelque chose de cet acabit. Rien d'autre.

Je repassai de l'autre côté de la clôture. L'espace d'un instant, j'envisageai d'emballer la boucle d'oreille comme pièce à conviction, puis je me rappelai que, *primo*, je n'avais sur moi que quelques sacs à crottes, et que, *deuzio*, ce n'était plus mon boulot. Par conséquent, je pris mon téléphone et appelai le poste de police.

8

L'inspecteur-chef Withers poussa un gros soupir dramatique, sans doute destiné à lui donner l'air d'un flic désabusé, mais qui le rendit surtout encore plus détestable à mes yeux.

—Auriez-vous l'amabilité de m'expliquer pour quelle raison exactement vous étiez en train de fouiner dans les fourrés à côté de ma scène de crime ? demanda-t-il.

Non, rétorquai-je dans ma tête. Bien sûr, je m'abstins de répondre ça.

—Je n'étais pas en train de fouiner. Le chien m'a échappé, et il s'est enfui.

C'était plus ou moins la vérité.

—Mmh, fit Withers, peu convaincu. Dans ce cas, comment avez-vous réussi à ne pas attirer l'attention de l'agent qui montait la garde à cet endroit ?

Il désigna un jeune policier en uniforme qui se tenait debout derrière lui. Plutôt nerveux, le jeune homme sembla carrément terrifié lorsque Withers le mentionna, et il m'implora du regard.

—Je ne suis pas passée en douce, protestai-je. Je lui ai exposé la situation et il a fait preuve de beaucoup de discernement en me laissant passer. On ne pouvait tout de même pas permettre à un chien de rôder dans le périmètre, et je ne voulais pas obliger votre agent à quitter son poste ni lui causer d'ennuis.

Les épaules du policier se relâchèrent de soulagement, et il m'adressa un regard débordant de gratitude. Il n'y avait donc pas que moi qui trouvais ce Withers pénible.

—Mmh.

Withers se désintéressa de moi pour examiner le sol du sentier que j'avais découvert. Je le laissai faire pendant quelques secondes, mais ne pus me résoudre à me taire plus longtemps.

—Si vous regardez bien, vous verrez que l'herbe n'est pas complètement écrasée comme à l'endroit où le corps a été retrouvé. Je pense que c'est parce que seules une ou deux personnes sont passées par là, pas plus.

—Avant vous, vous voulez dire, se moqua Withers.

J'ignorai son reproche voilé.

—Et la largeur de ce sentier correspond à celle d'un cadavre étendu avec les bras le long du corps.

—Qu'est-ce qui vous permet d'affirmer ça ?

—Je me suis allongée pour essayer.

Withers sembla surpris ; je crus même qu'il allait se laisser aller et éclater de rire, mais cela ne dura qu'un bref instant.

—Vous vous êtes allongée ? Vous avez contaminé la scène ?

Oh, pitié ! Je levai les yeux au ciel.

—À un seul endroit, oui, mais vous devez de toute façon prélever mon ADN pour écarter mon profil de l'enquête, non ?

De nouveau, il sembla surpris, mais pas en bien, cette fois.

—Parce que j'ai été en contact avec la victime au moment de son altercation musclée avec Cheryl, vous vous souvenez ? À moins que ça ne vous soit pas venu à l'esprit ?

—Bien sûr que si, rétorqua-t-il.

J'avais plutôt le sentiment qu'il avait été si prompt à m'écarter de son chemin, qu'il n'avait même pas envisagé que mon ADN puisse se trouver un peu partout sur Mel.

—Vous aurez aussi besoin de l'ADN de Cheryl, notai-je, mais comme elle a disparu, vous devrez prélever un échantillon sur l'une de ses affaires, comme une brosse à cheveux ou…

—Oui, *merci* ! pesta Withers. Tout est sous contrôle. L'un de mes agents va prélever un échantillon tout de suite.

—Euh… les gars de la scientifique sont tous rentrés chez eux, Chef, l'informa le jeune agent, qui l'avait échappé belle.

Withers soupira une fois de plus.

—Ce sera pour demain matin, dans ce cas. Passez au poste et… EMPÊCHEZ CE CHIEN D'URINER SUR LES INDICES !

***

Germaine et moi partîmes sans demander notre reste. Je la ramenai à la Masomobile et l'installai sur le siège passager – pas optimal en termes de sécurité, mais je n'avais pas d'autre solution –, puis je lui caressai la tête.

—Ça, c'est une brave fifille ! Qui c'est qui a mérité une bonne friandise pour avoir énervé monsieur l'inspecteur-chef Grincheux ? C'est Germaine, oh oui ! Elle l'a bien mérité, ma fifille, oh oui !

Je m'arrêtai, écœurée. J'étais revenue à l'hôtel depuis moins de deux heures, et je m'étais déjà transformée en mémère à son chien-chien. À ce rythme, demain matin, on me retrouverait avec une collection de pulls décorés de carlins.

Sans surprise, Daisy fut aux anges lorsque le nouveau membre de notre famille franchit la porte de la maison à petits bonds. Pendant quelques instants, elle oublia d'être une préado délurée super cool du sud de Londres, et poussa un petit cri de joie à la vue de cette boule blanche et duveteuse mignonne à croquer. Je crois qu'elle fut même à deux doigts d'applaudir d'excitation, avant de se rappeler qu'elle avait une réputation à tenir. Elle tomba à genoux et serra Germaine contre elle pour enfouir son visage dans sa fourrure, exactement comme j'avais rêvé de le faire.

Il commençait à se faire tard. Je comptais proposer à ma mère de la ramener chez elle, mais elle semblait si fatiguée que je lui suggérai plutôt de passer une nuit de plus avec nous, et il ne fallut pas trop insister. Peut-être que finalement, elle ne tenait pas tant que ça à sa liberté et à son indépendance.

Daisy alla se coucher à contrecœur – à contrecœur, car elle n'avait pas envie de quitter Germaine. Elle m'avait supplié de la laisser dormir dans sa chambre, mais sans savoir comment elle allait s'acclimater à notre foyer (la chienne, pas ma fille), j'avais refusé. Après un dernier câlin (avec la chienne, pas avec moi), Daisy monta donc rejoindre son lit. Je préparai une tasse de chocolat chaud pour ma mère, nous passâmes en revue les événements de la journée, puis elle se retira dans la chambre d'amis.

J'étais éreintée, mais mon esprit était en ébullition ; jamais je ne parviendrais à trouver le sommeil. Germaine était affalée sur le canapé ; la perspective de retrouver mon canapé tout neuf recouvert de poils ne me réjouissait guère, mais elle semblait si confortablement installée que je n'avais pas le cœur de la déloger… Pourtant, ne fallait-il pas que je l'emmène faire un dernier petit tour dans le quartier, histoire qu'elle se soulage avant la nuit ? J'en étais là dans ma réflexion lorsque mon téléphone vibra. Encore un message de Tony.

Toujours debout ? Je n'arrive pas à dormir.

***

—J'ai l'impression d'être une ado qui fait le mur à minuit pour retrouver un garçon.

Appuyé contre le parapet, Tony contemplait la mer. Il sursauta au son de ma voix, et se tourna pour m'accueillir avec le sourire.

—Il n'est que 22 h 30, m'informa-t-il en consultant sa montre. J'étais épuisé et je pensais aller me coucher tôt, mais pas moyen de trouver le sommeil. J'avais besoin de me relever.

—Pareil pour moi.

Germaine renifla les chaussures de Tony en remuant la queue.

—J'espère que tu ne m'en veux pas trop de t'avoir collé le chien sur les bras ? Je suis désolé, j'aurais dû t'en parler d'abord, mais c'était le chaos dans ma tête.

—C'est bon. Ton idée t'a officiellement propulsé dans le haut du classement des personnes préférées de Daisy.

—Je l'aurais bien adoptée, mais Cheryl est allergique aux chiens, et je me suis dit que quand elle rentrerait…

Sa voix s'enroua.

La ville était étonnamment calme pour un samedi soir. Il y avait bien un ou deux pubs ouverts près du front de mer, et quelques fêtards éparpillés dans la rue qui riaient et parlaient trop fort, mais ces dernières années, la police avait pris des mesures drastiques pour limiter la consommation d'alcool sur les plages (trop de gens ivres décidaient de prendre un bain de minuit). Hormis un groupe d'ados renfrognés qui faisaient du skateboard ou fumaient des joints sur le parking, et un couple imbibé en train de s'embrasser à pleine bouche dans l'entrée d'une boutique, la plage était à nous.

Nous descendîmes l'escalier en pierre qui menait au sable, et nous assîmes sur un amas rocheux. Le froid de la roche traversa le fin pantalon de yoga que j'avais enfilé un peu plus tôt, et la voix de ma mère s'invita dans ma tête pour m'avertir que je risquais d'attraper des hémorroïdes, mais je l'ignorai.

—Comment va ta mère ? Et ton père ?

—Ils vont bien, répondit Tony. Je passe la nuit chez eux. J'aurais préféré rentrer chez moi, mais ma mère est inquiète. Tu sais ce que c'est.

Je hochai la tête.

—Je crois que c'est ce qui m'empêche de dormir, ajouta-t-il. Et puis, leur maison me rend toujours un peu claustrophobe. Comme si les murs allaient se refermer sur moi.

—Les gens accumulent beaucoup de choses avec l'âge.

—C'est vrai, dit-il avec un petit rire. Ma mère a amassé pas mal de babioles au fil des ans…

Ensuite, nous restâmes assis à écouter les vagues pendant un moment. La marée était basse, et le sable mouillé reflétait le clair de lune, luisant comme un miroir au milieu de l'obscurité. Cette vision était-elle sinistre ou romantique ? Je ne parvenais pas à me décider – sans doute un peu des deux.

De son côté, Germaine s'en donnait à cœur joie. Elle creusait des trous dans le sable en prenant soin d'en expédier plein sur son magnifique pelage blanc ; il faudrait la brosser avant de l'autoriser à remettre une patte dans la maison.

—Et toi, comment te sens-tu ? Tu as des nouvelles ? m'enquis-je.

Fallait-il que je lui parle de la boucle d'oreille de Cheryl ? J'étais sur le point de le faire, puis me ravisai. Avec cette découverte, tout portait à croire qu'il lui était arrivé malheur ; or, je ne voyais pas l'intérêt de bouleverser Tony tout de suite. Autant lui laisser quelques heures d'insouciance supplémentaires. Cela faisait-il de moi une mauvaise amie ?

—Non, aucune, répondit-il. Et toi, tu as vu quelqu'un quand tu es allée récupérer le chien à l'hôtel ? Personne n'a rien laissé filtrer sur l'enquête ? Comme tu es la fille d'Eddie Parker et tout…

—Je ne crois pas que l'inspecteur-chef Withers ait entendu parler de mon père, dis-je en riant. Il vient d'une autre époque. La plupart des agents qui étaient en service du temps de mon père doivent être proches de la retraite.

—Oui, j'imagine.

—J'en déduis que Cheryl ne s'est pas manifestée ? Son oncle et sa tante non plus ? Ou son cousin ?

Tony secoua la tête.

—Tu as rencontré son oncle. Il me déteste, mais ce n'est pas très grave, parce que je ne l'aime pas non plus. Sa tante est plutôt gentille, mais elle obéit à son mari au doigt et à l'œil. Elle n'était pas là, hier soir, mais je l'ai vue tout à l'heure à l'hôtel ; c'est elle qui portait ce chapeau ridicule…

—La moitié des invités avait des chapeaux ridicules, fis-je remarquer.

Il sourit.

—Et tu n'as pas vu celui que ma mère avait prévu ! C'est quoi, cette manie de porter des couvre-chefs débiles aux mariages ?

Il remua sur son rocher.

—Je ne comprends pas trop ce qu'il se passe, reprit-il avec sérieux. Ce Withers m'a posé beaucoup de questions sur ma relation avec Mel, puis avec Cheryl. Il m'a demandé si j'avais eu la moindre raison de penser qu'elle allait me quitter…

—Et tu en avais ?

Il soupira.

—Je ne sais pas.

—Tout à l'heure, quand je t'ai expliqué ce que Mel reprochait à Cheryl, tu as eu l'air surpris, mais aussi soulagé. Tu es au courant de quelque chose ?

Il secoua la tête.

—Pas vraiment…

—Tony, s'il te plaît, raconte-moi.

Il s'étira les jambes.

—Il n'y a pas grand-chose à raconter. Mais ces soupçons dont tu m'as parlé, sur Cheryl qui aurait des vues sur le magasin… Eh bien, c'est absurde, parce que ce magasin ne m'appartient pas.

—Ton père en est toujours le propriétaire ?

—Pas tout à fait. Il disait souvent que le jour où il partirait à la retraite, je reprendrais le flambeau ; c'est sûrement pour ça que Mel s'imaginait que le *Penhaligon's* m'appartenait, mais cela signifiait qu'il me passerait les commandes du navire. En réalité, le magasin en tant que tel – le bâtiment – est une fiducie familiale. Si, un jour, je décide de le revendre, je devrai d'abord obtenir l'accord de chacun des fiduciaires : ma mère et mon père, mon oncle et ma tante de Newquay, et ma sœur, même si elle vit en Nouvelle-Zélande et n'a pas l'air d'avoir envie de revenir au pays ni d'être intéressée par le magasin. Il y a aussi des cousins, mais je les connais à peine. Alors, oui, ce bâtiment vaut sans doute une belle petite somme, mais une fois que j'aurai payé son dû à chacun… Bref, Cheryl était au courant de ça, donc il est impossible qu'elle ait décidé de m'épouser pour le magasin, pour mon argent ou je ne sais quoi. Je ne pèse pas assez lourd pour qu'elle se donne tant de mal.

—Mais il y a autre chose, n'est-ce pas ?

Je ne lâcherais pas si facilement.

—Tu t'accroches comme un chien à son os, hein ? Tu n'as pas changé.

—Pourquoi changer quand on est déjà parfaite ?

Cela eut le mérite de le faire rire.

—Si tu le dis…

Il observa la pleine lune au-dessus de nous, et pendant un court instant, je crus qu'il allait rejeter la tête en arrière et se mettre à hurler. Mais non, il finit par se tourner vers moi.

—C'est un peu… vague. Et ce n'est sans doute rien. D'ailleurs, j'avais complètement oublié, jusqu'à ce matin.

Je souris pour l'encourager, mais m'abstins de tout commentaire. L'expérience m'a appris que les gens ont souvent *envie* de tout expliquer, mais si on les presse, ils se ferment comme une huître. Mieux vaut attendre patiemment sans rien dire.

—Il y a environ deux mois, certains trucs ont commencé à disparaître, avoua enfin Tony.

—Des trucs ? Quoi, du magasin ?

—Non, non, de la maison, mais aucune de mes affaires. Je ne parle pas de vol. Je ne sais même pas de quoi je parle. La première chose que j'ai remarquée, c'est cette statuette qui appartenait à Cheryl. Une horreur en porcelaine, cadeau de son oncle pour son vingt et unième anniversaire, mais qui valait son pesant d'or.

—Combien ?

—Je ne sais pas, dans les 500 livres, 600 peut-être ? Je détestais cet objet, mais Cheryl y tenait beaucoup, elle avait même insisté pour lui donner une belle place sur le manteau de cheminée. Un jour, quand je suis rentré, la statuette avait disparu.

—Tu lui as demandé ce qu'elle était devenue ?

—Oui. Elle m'a répondu qu'elle l'avait cognée en prenant les poussières, et qu'elle s'était cassée. J'ai trouvé ça un peu bizarre, parce qu'elle l'aimait tellement que je m'attendais à ce qu'elle essaie de recoller les morceaux, mais elle m'a affirmé qu'elle l'avait jetée à la poubelle.

—D'accord… Et ensuite, d'autres objets ont disparu ?

—Oui, mais des trucs idiots comme des ustensiles de cuisine. Le robot et le mixeur, puis le presse-agrumes. Cela dit, nous ne nous en servions jamais. Cheryl m'a dit qu'elle en avait fait don à une boutique de bienfaisance, parce que nous allions sûrement en recevoir de nouveaux à notre mariage. Pourtant, ces appareils étaient haut de gamme et tous quasi neufs. De toute façon, moi, je ne voulais pas que les gens nous offrent des cadeaux – j'ai quarante ans et je possède déjà tout ce dont j'ai besoin –, mais j'ai pensé qu'elle avait composé une liste de mariage.

—Rien d'autre ?

—Si. C'est même la disparition la plus étrange. Récemment, elle m'a demandé de lui prêter mon ordinateur portable, parce que le sien était en réparation. Il n'y a qu'un seul endroit en ville qui fait ce genre de réparations…

—Chez *Wonnacotts.*

Il acquiesça.

—Exactement. Quelques jours plus tard, je passais justement devant leur boutique, alors je me suis arrêté pour leur demander quand l'ordinateur de Cheryl serait prêt, mais ils m'ont juré qu'ils ne l'avaient pas. Elle ne l'a jamais déposé là-bas.

—Tu crois qu'elle l'a vendu ?

—Oui, et tout le reste aussi. Je n'y ai jamais fait allusion – je ne voulais pas qu'elle s'imagine que je l'épiais, mais… qu'est-ce qui a pu la pousser à vendre tout ça ? Si elle avait besoin d'argent, elle savait très bien qu'il suffisait de m'en parler. Je lui aurais donné tout ce que je pouvais. Je me suis demandé si elle en avait besoin pour acheter… Ça va te paraître idiot, mais tu as sûrement déjà entendu parler des gens qui écoulent tout ce qui leur passe sous la main pour se payer de la drogue…

—Cheryl se droguait ?

Bien sûr, ça ne se devinait pas toujours ; beaucoup de gens avaient des addictions cachées et parvenaient à maintenir un comportement normal (tant qu'ils avaient leur dose), mais j'avais beaucoup de mal à imaginer Cheryl en junkie.

—C'est idiot, hein ? Pour être honnête, je ne pense pas qu'elle prenait quoi que ce soit. Je me suis aussi demandé si elle me préparait une surprise. Peut-être qu'elle avait prévu de m'acheter quelque chose sans que je remarque le retrait d'argent sur notre compte en banque. Mais en découvrant sa lettre ce matin, j'en ai conclu qu'elle devait rassembler de l'argent pour préparer sa fuite.

—Sa fuite ? Mais que voulait-elle fuir ?

Tony se détourna brusquement. Il s'était maîtrisé jusque-là, mais tout à coup, il me fit penser à quelqu'un

– OK, à moi – qui déboutonne son jean trop serré : le rempart qui contenait tout explosa, laissant place à un débordement pas joli, joli. La tête enfouie dans les mains, il éclata en sanglots et, entre deux hoquets, sa réponse me parvint, étouffée :

—Moi.

9

Je laissai Tony sur le seuil de la maison de ses parents. Sa grosse crise de larmes l'avait épuisé, mais aussi apaisé. Tandis que je remontais la rue, je jetai un dernier coup d'œil en arrière. Par la porte ouverte, je vis Brenda prendre son fils dévasté dans ses bras et le serrer contre elle. *On n'est jamais trop vieux pour un bon gros câlin de sa maman*, songeai-je, contente d'avoir insisté pour que Tony passe la nuit chez ses parents plutôt que dans sa grande maison vide.

Avec toutes ces émotions, j'étais moi aussi sur les rotules, et j'eus bien du mal à garder les yeux ouverts tandis que je coiffais Germaine à l'aide d'une brosse à cheveux à poils doux. Dans ma tête, j'ajoutai une vraie brosse pour chien à la longue liste de choses que je devais déjà acheter à l'animalerie, le lendemain. J'éteignis les lampes, bien décidée à laisser Germaine dans le séjour-cuisine pour la nuit (j'avais chipé le fauteuil poire de Daisy dans sa chambre pour l'y installer), mais devant son air suppliant, je ne pus me résoudre à fermer la porte.

Je poussai un soupir.

—Allez, c'est bon. Viens.

Je gravis l'escalier, rejoignis ma chambre, et sombrai aussitôt couchée, Germaine blottie contre mes pieds, sur la couette.

Après avoir bien mieux dormi que je ne m'y attendais, je m'éveillai à 8 heures (une vraie grasse matinée pour moi qui ai toujours été lève-tôt). Germaine n'était plus sur mon lit et, l'espace d'un instant, je crus avoir rêvé tout cela. Puis, un aboiement retentit en bas, suivi d'un gloussement, me confirmant que tout était bien réel.

Je rejoignis ma mère et Daisy dans la cuisine. La porte de derrière était ouverte afin que Germaine puisse entrer et sortir à sa guise, mais comme les humains de cette demeure étaient en train de cuire du bacon pour le petit-déjeuner, la locataire canine était bien plus intéressée par ce qu'il se passait à l'intérieur.

—Je pense que nous ne devrions pas lui donner de bacon, dis-je.

Daisy haussa les épaules.

—C'est de la viande, non ? Les chiens peuvent manger de la viande.

—Je sais, mais je disais ça parce qu'il y a intérêt à ce qu'il en reste pour mon sandwich !

J'allumai la bouilloire pour le thé, et souris en voyant Daisy s'accroupir et tendre la main à Germaine pour lui apprendre à donner la patte. Aussitôt, cette dernière réagit et plaça sa patte dans la paume de Daisy. J'eus le sentiment que notre petite chienne maîtrisait déjà ce geste et que ma fille ne lui apprenait rien, mais elle semblait si heureuse que je n'eus pas le cœur de gâcher sa joie.

—Tu es sortie tard, hier soir, fit remarquer ma mère en retournant le bacon dans la poêle.

En général, je grille le bacon, ça élimine plus de gras ; mais le seul moyen pour l'obtenir bien croustillant, c'est la cuisson à la poêle.

—Oui, je suis allée faire le tour du quartier avec Germaine avant de me coucher.

Ma petite réunion avec Tony avait un je-ne-sais-quoi de clandestin, aussi avais-je décidé de garder ça pour moi pour l'instant.

—Je te prépare un sandwich ? demandai-je à ma mère. Sauce brune ou ketchup ?

—Sauce brune, quelle question !

Je fis mine de frissonner de dégoût.

—Barbare.

Je beurrai les tranches de pain (pour un authentique sandwich au bacon dans la plus pure tradition britannique, il faut du bon pain blanc, mais je n'en avais que du complet, bien meilleur pour les toasts) et envoyai Daisy se laver les mains. Une fois installées, nous attaquâmes notre petit-déjeuner. Une bonne nuit de sommeil associée à ce délice au bacon bien gras, dégoulinant de beurre fondu et de ketchup, il ne m'en fallait pas plus pour me sentir comblée (bien qu'un peu grassouillette). Du moins, jusqu'à ce que je me rappelle que j'étais attendue au poste de police pour un prélèvement ADN, et qu'il était nécessaire de trouver au plus vite une solution pour toute la nourriture stockée à l'hôtel.

Mon téléphone se mit à sonner. Je m'attendais à voir le nom de Tony s'afficher, mais non. Numéro inconnu.

—Allô ? fis-je, la bouche pleine de bacon.

—Allô, Jodie ?

Une voix masculine avec un accent des Cornouailles assez prononcé. Qui cela pouvait-il bien être ?

—Oui, qui est à l'appareil ?

—C'est Cal.

Mon interlocuteur dut déchiffrer mon silence déconcerté, car il clarifia aussitôt.

—Callum Roberts, on était à l'école ensemble.

Oh, mon Dieu ! Callum Roberts n'avait pas été mon premier petit ami (ça, c'était Tony, pendant deux courtes semaines) ; en revanche, il avait été le premier garçon dont j'étais tombée éperdument amoureuse. Un mec sublime. Il avait d'épais cheveux noirs qui avaient tendance à boucler en poussant ; lui détestait ça, mais toutes les filles en étaient folles. Et ses yeux bleus… les plus incroyables que vous ayez jamais vus, avec ce soupçon d'impertinence dans le regard. À tomber raide.

Au cours de la puberté, la plupart des garçons traversent une phase ingrate, pendant laquelle ils sont un peu trop maigres et dégingandés, un peu paumés, sans parler de l'acné. Callum avait été épargné par tout ça et semblait s'être transformé en homme viril et musclé presque du jour au lendemain, avec une pilosité inattendue et… et du sex-appeal. Pas très ragoûtant venant de ma bouche de quarantenaire, mais à seize ans, croyez-moi, il n'en fallait pas plus pour mettre le feu aux hormones de toutes les filles de seconde. C'était comme arriver au lycée un jour, et tomber sur George Clooney au milieu d'un océan de boutonneux à lunettes. La version érotique d'*Où est Charlie ?*

Je me passai la main dans les cheveux pour me recoiffer avant de me souvenir que nous étions au téléphone et qu'il ne pouvait pas me voir.

—Callum ! m'écriai-je, retrouvant enfin ma voix. Quelle belle surprise ! Comment vas-tu ?

—Euh… je vais bien, Jodie. Merci.

Il semblait un peu pris de court par mon enthousiasme. Note à moi-même : mettre une sourdine.

—Je t'appelle pour te proposer qu'on se charge nous-mêmes de tout ce qu'il reste à régler à l'hôtel. Pour soulager Tony.

—Oh, c'est très gentil de ta part.

—Eh bien, je suis censé être le témoin…

Oh, tu ferais un témoin SUPERBE, Callum – enfin, je crois. Après tout, je ne l'avais plus vu depuis vingt ans ; après mon départ pour Londres, il avait complètement disparu de mes radars.

—Alors, qu'est-ce que tu deviens ? demanda-t-il. On se retrouve à l'hôtel ?

Je fermai les yeux. Après toutes les émotions et les rebondissements de la veille, un rendez-vous à l'hôtel avec Callum Roberts me semblait être une excellente idée. Le poste de police attendrait.

—Bien sûr. Quand ça ?

—Je ne sais pas. D'ici une heure ?

Je souris.

—Rendez-vous pris !

N'allez surtout pas croire que j'étais désespérément en manque d'hommes.

Certes, il m'arrivait parfois de remarquer un mec bien foutu quand j'en croisais un dans la vie de tous les jours. L'inspecteur-chef Withers était un bon exemple : il était agréable à regarder, et je me plaisais à imaginer ce qu'il se cachait sous sa chemise un peu trop ajustée, mais son arrogance faisait de lui quelqu'un d'infréquentable. Cela dit, j'étais très heureuse de mon existence – indépendamment de ce meurtre et de la situation compliquée qui en découlait. Il n'empêchait que découvrir ce qu'était devenu Callum m'intriguait ; j'avais passé quelques années de mon adolescence à rêver de lui, à m'imaginer en Mme Jodie Roberts, et il m'arrivait encore parfois – en général, quand tout allait mal et que je remettais en question tous mes choix de vie – de me demander quelle existence j'aurais menée si mes rêves d'adolescente étaient désormais réalité, ou si je n'avais pas commis de stupides erreurs. Quel aurait été mon métier si mon père n'avait pas été policier ? Aurais-je marché dans ses pas, s'il avait été maçon, barbier ou pêcheur ? Et dans le cas contraire, aurais-je tout de même choisi d'aller vivre à Londres ?

J'arrivai donc à l'hôtel peut-être un petit peu plus coquette que d'habitude (mais pas trop), en hommage à mes rêves d'adolescente, et brûlante de curiosité, impatiente de découvrir ce qu'était devenu mon premier béguin, et de constater à quel point mon existence aurait été différente si seulement il avait daigné me remarquer au bal des terminales de 1996.

Je garai la Masomobile et me précipitai dans le hall de l'hôtel. Une famille se trouvait au comptoir de la réception. La mère, qui s'entretenait avec la réceptionniste, avait un fort accent du Nord – de Manchester, me sembla-t-il, mais j'avais été élevée dans une région où l'on considérait tout ce qui se trouve au-dessus du Dorset comme « le Nord ». Les enfants – un garçon et une fille de sept et dix ans environ – tournoyaient assez violemment en se tenant les mains. Ils riaient aux éclats, mais il était évident que l'un des deux finirait par devoir lâcher l'autre, et que cela se terminerait dans les larmes. Le père, que nous pourrions diplomatiquement qualifier de « costaud », et dont le crâne chauve luisait de sueur, était concentré sur son téléphone.

Aucun signe du bel étalon de ma jeunesse dans ce hall. Je me dirigeai vers la salle à manger encore à moitié décorée pour le mariage ; les employés de l'hôtel avaient débarrassé tous les couverts, la vaisselle et les verres, mais les montages floraux et le gâteau (qui appartenaient à Tony et Cheryl) attendaient toujours.

Quelqu'un arriva derrière moi. Le gros chauve en sueur (oups, pour la diplomatie, je repasserai) se tenait dans l'embrasure de la porte.

—Jodie ? demanda-t-il avec un accent cornique très prononcé.

—Callum ?

Je m'efforçai de ne pas laisser transparaître mon effarement. Je ne suis toujours pas sûre d'avoir réussi.

Il se rua sur moi et me serra chaleureusement la main.

—Bon sang de bonsoir ! Jodie la Fouine, tu n'as pas changé !

—Toi non plus…

Non seulement Callum était devenu le double de ce qu'il était, mais en plus, il faisait désormais partie des gens qui disent « bon sang de bonsoir ». J'allais avoir besoin d'un peu de temps pour digérer tout ça.

—Par ici, Deb', Jodie est là ! lança-t-il par-dessus son épaule. Viens lui dire bonjour.

La femme du Nord que j'avais aperçue à la réception s'approcha. Elle était blonde, et portait plus de maquillage qu'un rayon cosmétique entier. Après m'avoir étudiée de la tête aux pieds, elle m'adressa un grand sourire et me serra la main. Dotée d'un tempérament un peu fougueux, elle était surtout extravertie et sympathique, et je l'appréciai tout de suite.

—*Hello!* Moi c'est Debbie. Mariée à celui-ci pour expier mes péchés, déclara-t-elle en couvant Callum du regard.

—Ravie de faire ta connaissance.

À cet instant, le téléphone de Callum sonna et il s'éloigna pour répondre. Debbie me considéra de nouveau et sourit.

—Alors, laisse-moi deviner : toi aussi tu étais l'une de ses groupies du lycée, fit-elle, amusée.

—Mais pas du tout, protestai-je.

Cependant, elle n'était sûrement pas dupe, et ça devait se lire sur mon visage, alors je capitulai et choisis d'en rire.

—D'accord, j'avoue tout. J'ai eu un gros béguin pour ton mari il y a une vingtaine d'années, comme presque toutes les filles du bahut, à l'époque.

—Il n'a pas beaucoup changé, n'est-ce pas, affirma-t-elle.

—Pas beaucoup, non... Il a *énormément* changé ! ne pus-je m'empêcher de répondre.

Elle éclata de rire, puis regarda son époux avec tendresse.

—Eh oui, je sais. Nous nous sommes rencontrés il y a bien longtemps, à l'époque où il était venu à Manchester pour le boulot, à l'hôpital des enfants ; il travaillait dans le gaz à usage médical, l'ingénierie, ce genre de trucs. Moi, je n'y comprenais rien... J'étais infirmière, et il a débarqué avec son visage incroyable, ses boucles noires, ses magnifiques yeux bleus et son adorable accent. Il m'a fait chavirer tout de suite.

Elle poussa un soupir mélodramatique.

—À force d'avaler des hamburgers, c'est tout un bateau qu'il pourrait faire chavirer aujourd'hui.

Elle remarqua mon malaise.

—Oh, mais ne t'inquiète pas, je l'aime toujours. Il lui reste ses magnifiques yeux bleus et son accent.

—Pour l'accent, je te le confirme, dis-je en riant, et elle pouffa à son tour. Je suis contente que Tony l'ait choisi comme témoin. Il a bien besoin de vrais amis en ce moment.

Debbie retrouva tout son sérieux.

—Oh oui, c'est sûr. Que penses-tu qu'il soit arrivé à sa fiancée ? Tu crois que la personne qui a tué Mel...

Elle s'interrompit. Callum revenait vers nous.

—Tony sera là d'ici vingt minutes, nous annonça-t-il. Il doit juste faire un saut chez lui d'abord. Il m'a dit qu'on pouvait se débarrasser de toutes les fleurs et du gâteau.

—Nous pourrions en faire don à une maison de retraite du coin, suggéra Debbie.

J'acquiesçai.

—Excellente idée. Ou à une maison de convalescence. Ils apprécieront sûrement les fleurs. Il reste aussi des tonnes de nourriture dans la cuisine. Est-ce qu'il y a une banque alimentaire dans la région ? Nous pourrions leur donner tout ce qui n'est pas périssable.

Nous continuâmes à bavarder, et Callum me présenta leurs deux fiertés, Matilda et George. Ensuite, je les laissai s'activer dans la salle à manger pour me rendre à la cuisine.

10

Pour commencer, j'ouvris le frigo et dressai la liste de tout ce qu'il s'y trouvait. Par chance, il ne restait plus de hors-d'œuvre, puisque nous avions fini par les servir aux invités pendant que la police prenait toutes les dépositions. Néanmoins, j'avais commandé deux cents saucisses pour le plat principal. Il était bien sûr possible de les congeler, mais mon congélateur n'était pas assez grand pour tout ça. Peut-être intéressaient-elles l'Armée du Salut et sa banque alimentaire ? Il n'y avait plus que quelques jours avant la date de péremption. Peut-être pouvions-nous les revendre à un pub ; tous ceux du coin proposaient de la petite restauration, et les touristes des Cornouailles étaient friands de produits locaux et bio (et les patrons d'établissements aussi, puisque ça leur permettait d'augmenter le prix de la saucisse de deux livres). Il me restait également dix portions d'aubergines à la Parmesane à consommer impérativement aujourd'hui. Hélas, hormis les convives végétariens, mais qui étaient tous rentrés chez eux, peu de gens à Penstowan seraient intéressés par ces aubergines – encore moins par dix portions. Heureusement, j'avais laissé tomber la préparation du couscous. En revanche, Daisy et moi avions épluché presque toutes les pommes de terre (à l'origine destinées à être transformées en purée à la truffe pour accompagner les saucisses). Celles-ci attendaient dans le frigo, débitées en morceaux, dans de grands pots de crème glacée vides que j'avais dénichés au fond d'une armoire et remplis d'eau. Je déteste gaspiller la nourriture, mais à part les jeter, que pouvais-je bien en faire ?

J'envisageai un instant de les proposer au chef cuisinier de l'hôtel, mais je l'avais brièvement croisé la veille, et l'homme s'était montré revêche et peu coopératif. Apparemment, il prenait ma présence comme un affront personnel, une insulte à ses talents culinaires. Si ça se trouve, c'était vrai ; je n'avais pas eu l'occasion de goûter ses réalisations. Depuis le début, il brillait par son absence, et je le soupçonnais de se cacher délibérément. Non, réflexion faite, solliciter son aide n'était pas une bonne idée. De toute façon, avant de me lancer dans quoi que ce soit, il fallait vraiment que je parle à Tony…

Debbie fit irruption dans la cuisine.

—Jodie, viens vite !

Elle avait déjà fait demi-tour et ressortait.

Je fermai le frigo.

—Que se passe-t-il ?

—C'est Tony, il est devenu fou…

Nous traversâmes le couloir en courant, et nous nous précipitâmes dans le grand hall. Du fracas, des cris, et la voix de Callum implorant Tony de se calmer nous parvenaient. La réceptionniste, qui était au téléphone, releva la tête à notre passage.

—N'appelez pas la police ! lui lançai-je en dérapant sur le sol en marbre. Je m'en occupe.

De moins, je l'espérais. Cela dit, elle n'avait même pas besoin d'appeler la police puisque, par les grandes portes vitrées, j'aperçus deux voitures de patrouille déjà garées sur le parking. C'était à prévoir, ils n'en avaient sans doute pas encore terminé avec la scène de crime.

—Il est dans la salle à manger, dit Debbie.

Précision inutile, car l'origine de tout ce raffut était évidente.

Tony se tenait près de la table d'honneur, celle où il aurait dû se trouver la veille pour trinquer avec sa nouvelle épouse et écouter, un peu embarrassé, le discours de son témoin. Au lieu de quoi, rouge de colère, il brandissait au-dessus de sa tête l'un des étages de la superbe pièce montée de son mariage. Je n'eus pas besoin de lui demander où se trouvaient les étages supérieurs ; ceux-ci gisaient sur le sol, où ils avaient été projetés, piétinés, complètement détruits.

—Tony ! criai-je.

Il interrompit son geste pour me regarder, mais ne sembla pas me reconnaître.

—Tony, arrête ! Ne te venge pas sur ce gâteau. Il n'y est pour rien, et la moquette de l'hôtel non plus.

Le glaçage au fondant et la pâte d'amande étaient particulièrement pénibles à récupérer sur la moquette épaisse ; je l'avais appris à mes dépens après l'une des premières fêtes d'anniversaire de Daisy. La moitié d'un gâteau sirène avait fini écrasée sur mon tapis Axminster pendant l'échange des cadeaux.

—À quoi bon ? lâcha-t-il.

Il baissa son morceau de gâteau – composé d'une moelleuse génoise aux fruits, à en juger par ce qui était déjà étalé sur le sol –, et étudia les délicates fleurs violettes en pâte à sucre qui le décoraient.

—Sais-tu combien a coûté cette maudite pâtisserie ? Deux mille livres. Deux mille livres ! Tout ça pour ça !

À ces mots, il projeta le morceau de toutes ses forces à travers la pièce. Celui-ci alla s'écraser contre un buffet chargé de verres, et j'entendis quelque chose se briser.

—Tony, mon pote…, tenta Callum en levant les mains dans un geste d'apaisement.

Tony le fusilla du regard.

—Callum, mon *pote*, tu étais au courant ? Je parie que tout le monde savait.

Il s'attaqua à l'étage suivant de la pièce montée. Je ne pus m'empêcher d'étudier la consistance de ce qu'il venait d'arracher et son riche mélange de fruits. *Bon sang, ça a l'air délicieux.*

—Au courant de quoi ?

Callum semblait sincèrement ne pas comprendre à quoi Tony faisait allusion.

—Tout le monde était au courant, sauf moi, répéta Tony en pressant le gâteau entre ses doigts.

Il analysa ceux-ci, puis ajouta :

—Même la Fouine le savait, je parie.

Il perdait complètement les pédales.

—Tony…, commençai-je.

Il se mit à lancer d'autres parties du gâteau, en direction des verres empilés sur le buffet, tel un enfant grognon jouant au chamboule-tout.

—Toi aussi, tu savais que j'avais fait un mauvais choix, hein ?

Un autre morceau vola. Par chance, il visait mal.

—Tu n'aimais pas Cheryl, gronda-t-il. Personne ne l'aimait, à part moi.

Nouveau tir, plus puissant. Cette fois, il toucha un verre qui éclata sur le sol. Il leva ses poings serrés en signe de victoire avant de se resservir.

M. Bloom entra dans la salle en trottinant, et s'arrêta, bouche bée, devant cette scène de désolation.

—Monsieur Penhaligon ! éructa-t-il.

Tony se tourna vers lui, armé de son projectile comestible.

Je m'interposai en écartant les bras pour protéger le directeur de l'hôtel.

—Tony, arrête tout de suite !

—Sinon quoi ? Tu vas me passer les menottes ? railla-t-il.

—Elle non, mais moi oui, intervint quelqu'un dans mon dos.

L'inspecteur-chef Withers. *Zut.*

Tony haussa les épaules et effectua son lancer en le prenant pour cible. Je plongeai et réussis à intercepter le projectile, non sans tituber sous la force du tir. Deux agents en uniforme se matérialisèrent derrière Withers, et se ruèrent sur Tony sans lui laisser le temps de recharger ses munitions fruitées. Foutu pour foutu, il s'empara de ce qu'il restait de l'étage qu'il avait commencé à démanteler et l'abattit sur la moquette, avant d'être saisi par les bras et cloué à la table. Je m'élançai vers eux, talonnée par Withers qui m'écarta de son chemin.

—Allons, pas la peine d'en arriver là, protestai-je en voyant l'un des hommes sortir les menottes.

Tony se débattit en poussant des jurons et parvint, je ne sais comment, à libérer l'une de ses mains, donnant accidentellement un coup au petit nez parfait de Withers. Malgré la gravité de la situation, un éclat de rire dangereux me monta à la gorge. Toute cette scène était déjà ridicule, mais alors, la baffe sortie de nulle part, c'était la cerise sur le gâteau – si j'ose dire.

—Anthony Penhaligon, je vous arrête pour trouble à l'ordre public, refus d'obtempérer et voie de fait sur un représentant de l'ordre, récita Withers.

Avec sa façon de se tenir le nez, ça ressemblait plus à « Andony Bendalion ».

En des circonstances moins dramatiques, j'aurais vraiment éclaté de rire, mais là, je me campai devant Withers.

—Mais enfin ! C'était un accident ! m'indignai-je. Accident que vous avez vous-même provoqué en lâchant vos gars, alors que nous aurions très bien pu le ramener à la raison par le dialogue.

—Écartez-vous de mon chemin, mademoiselle Parker, sinon, je vous arrête aussi, pour entrave.

Withers n'avait pas l'air enchanté ; il devait se sentir un peu bête, à tenir ainsi son nez qui venait de se mettre à saigner.

Tony finit par reprendre ses esprits, mais trop tard.

—Je suis désolé. Je ne l'ai pas fait exprès. Je ne comprends pas ce qu'il s'est passé…

Il semblait si perdu, à deux doigts de fondre en larmes. Mon cœur se serra.

—Jodie, je suis désolé, ne les laisse pas faire…

Hélas, je ne pouvais pas intervenir. Withers me décocha un dernier regard noir, puis sortit de la salle. Les deux agents le suivirent en emmenant Tony, et le firent monter à bord de l'une des voitures de police garées devant l'hôtel.

11

Ma première impulsion – et celle de Callum – fut de bondir dans la Masomobile pour foncer au poste de police, à la rescousse de Tony. Cependant, je savais que Tony ne serait pas inculpé tout de suite. Ils commenceraient par le laisser mijoter en cellule jusqu'à ce qu'il ait tout à fait retrouvé son sang-froid. En outre, mon petit doigt me disait que cette arrestation pour trouble à l'ordre public n'était qu'un prétexte. Withers avait été un peu trop prompt à sortir les menottes ; en pareilles circonstances, la plupart des flics avec lesquels j'avais travaillé auraient d'abord tout tenté pour désamorcer la situation, puis auraient demandé à l'un de ses amis de ramener Tony chez lui. Cela aurait engendré aussi beaucoup moins de paperasse. Peut-être Withers voulait-il le garder sous la main pour l'interroger à loisir sur le meurtre de Mel.

Après mûre réflexion, plutôt que de nous précipiter sur le parking, Callum, Debbie et moi allâmes chercher de quoi nettoyer dans la cuisine avant de nous affairer à réparer le carnage de la salle à manger. Même les deux enfants, Matilda et George, que l'on avait vite envoyés jouer dehors lorsque oncle Tony s'était mis à péter les plombs, vinrent prêter main-forte. Pensant sans doute que personne ne faisait attention à lui, George ramassa un gros morceau de gâteau par terre et le fourra dans sa bouche, et à une ou deux reprises, je surpris Callum sur le point de l'imiter.

Il est possible que l'idée m'ait aussi traversé l'esprit, mais vous n'en saurez pas plus. Une chose est sûre, ce gâteau était vachement bon, même si j'étais heureuse de ne pas en être la créatrice. Tout ce travail pour rien…

J'avais bon espoir de convaincre M. Bloom de renoncer à porter plainte ; si nous faisions preuve de bonne volonté, récurions la moquette et proposions de payer les dégâts, il changerait peut-être d'avis. Debbie offrit d'aller elle-même trouver le directeur de l'hôtel pour le « persuader » de faire preuve d'indulgence envers Tony, mais Callum – qui était un bon gros géant, je commençais à le comprendre – la devança et obtint gain de cause. J'imaginais sans mal les talents de « persuasion » de sa femme qui, avec toute l'affection que j'avais pour elle, avait parfois un petit côté vieille mégère.

Nous grattâmes la moquette pour ôter le plus de glaçage possible, puis, après avoir promis au directeur de financer l'intervention d'une entreprise de nettoyage professionnel, nous regagnâmes la cuisine avec la base du gâteau, qui avait été miraculeusement épargnée. Je lorgnai cette dernière tandis que je préparais du thé ; la matinée avait été stressante, et j'ai tendance à manger plus quand je suis stressée. Bon, d'accord, quand je suis heureuse aussi. Et quand je déprime. Et quand je suis émue. Oh, ça va, j'aime les pâtisseries, voilà tout. Ne me jugez pas.

—Ce serait une honte de le gaspiller, fis-je remarquer.

—Enfin ! J'espérais que quelqu'un dise ça, avoua Callum en riant.

C'est ainsi que, tout en échafaudant un plan d'attaque, nous nous régalâmes du gâteau de noces. Tony ne nous en tiendrait sûrement pas rigueur.

—Si nous débarquons là-bas, est-ce que la police nous laissera lui parler ? s'enquit Callum.

Je secouai la tête.

—Je ne pense pas. Même si… Je me demande s'il reste des agents de l'époque de mon père.

—Ton père était flic ? s'étonna Debbie.

—Oui, c'était l'inspecteur-chef Eddie Parker.

—C'est une légende dans la région, expliqua Callum. Mais il y a longtemps qu'il…

Sa voix s'étiola. *Est mort*, achevai-je dans ma tête. *Tout va bien, tu peux le dire.*

—Bref, je ne peux pas te répondre, Jodie. Deb' et moi vivons à Manchester aujourd'hui ; on est juste revenus pour le mariage.

Je me resservis distraitement de gâteau et cherchai l'inspiration dans sa saveur fruitée (tous les prétextes sont bons). Soudain, la révélation ! Je souris.

—Je viens de me rappeler que j'ai justement rendez-vous au poste de police aujourd'hui. Voyons voir s'il en ressort quelque chose.

Me garer devant les quartiers de la police de Penstowan fut un peu bizarre. J'y avais si souvent retrouvé mon père, quand j'étais petite. Plus tard, après avoir été promu inspecteur-chef, il avait dû partager son temps entre Penstowan et les locaux plus modestes de Wadebridge et Launceston.

À l'instar du reste de la ville, le poste n'avait guère changé. C'était une affreuse construction des années soixante recouverte de crépi, qui faisait tache au milieu des cottages pittoresques en pierre et de la vieille église avoisinante. Seul le panneau bleu « Police » qui surmontait l'entrée avait été modernisé au fil des ans.

Y pénétrer me parut encore plus bizarre. Le hall d'entrée était vide, à l'exception d'une femme assise sur l'une des chaises en plastique alignées contre le mur. La mine affligée, celle-ci n'arrêtait pas de consulter sa montre en poussant de lourds soupirs impatients. Je m'avançai jusqu'au bureau d'accueil désormais planqué derrière un panneau en plexiglas ; de mon temps, l'espace était ouvert et le bureau dominait la petite fille que j'étais, venue s'enquérir de son papa.

Personne au guichet. J'actionnai la sonnette.

—N'êtes pas pressée, j'espère. C'est qu'ils aiment bien nous faire poireauter, ces margoulins, rouspéta la femme à la mine affligée.

—Arrête tes jérémiades, June ! lança le préposé à l'accueil en arrivant derrière moi. Ça ne sert à rien de l'attendre, je me tue à te le répéter. Il sortira bien assez tôt.

Le sergent se tourna vers moi avec un clin d'œil.

—Son mari ne tient pas la bière, on lui offre souvent le gîte pour la nuit. Que puis-je faire pour vous ?

—L'inspecteur-chef Withers m'a convoquée pour que je fournisse un échantillon de mon ADN dans le cadre de l'enquête Penhaligon. Je m'appelle Jodie Parker.

Il se détourna pour passer sa carte dans le lecteur mural et ainsi accéder à son bureau, puis se ravisa et pivota vers moi.

—Jodie Parker ? La fille d'Eddie Parker ?

—Celle-là même.

Visiblement ravi de me voir, il m'entraîna dans une énergique poignée de main, et ne me lâcha plus tandis qu'il scrutait mon visage.

—La petite Jodie ! Ça alors ! Ça fait combien de temps ?

—Vingt ans, répondis-je, un peu décontenancée par son examen. Bien sûr, j'ai rendu quelques visites à mes parents, mais je n'avais plus mis les pieds ici depuis au moins vingt ans.

Je fronçai le nez.

—L'odeur n'a pas changé.

La femme à la mine affligée poussa un reniflement moqueur et marmonna quelque chose, mais je l'ignorai.

—Vous ne devez pas vous souvenir de moi. La dernière fois que je vous ai vue, je n'étais encore que l'agent Adams…

Cela me revint d'un coup.

—Mais si, je me souviens de vous ! Vous aviez toujours des bonbons.

—C'est bien moi, confirma-t-il en riant. Je vais vous confier un secret : j'en ai encore.

Il inséra de nouveau sa carte dans le lecteur et accéda à son bureau, dont il ouvrit un tiroir. Il en extirpa un paquet de friandises et me le tendit.

—Voilà pourquoi mes dents sont en si mauvais état.

—En tout cas, je suis ravie de vous revoir, dis-je en piochant un bonbon rouge. Et maintenant, je ferais mieux d'aller régler cette histoire de prélèvement ADN. Ce Withers m'a l'air un peu tatillon.

Le sergent Adams leva les yeux au ciel.

—Oh, ça, je ne vous le fais pas dire. Quel jeune loup, n'est-ce pas ? Ça ne fait pas cinq mois qu'il est là, et il sait déjà tout.

Il composa un numéro sur le téléphone du bureau, et parla à voix basse dans le combiné. Je souris en l'entendant annoncer « la fille d'Eddie Parker » ; le bon souvenir laissé par mon père me permettrait peut-être d'obtenir des informations, comme espéré.

Adams raccrocha.

—On viendra vous chercher dans une minute, si vous voulez vous asseoir. Je suis vraiment content de vous revoir, ajouta-t-il avec un sourire chaleureux. J'aimais beaucoup votre père. C'est grâce à lui que j'ai rejoint la police.

—Vraiment ?

—Oh oui. J'étais un petit voyou quand j'étais jeune, toujours à me fourrer dans le pétrin. Rien de méchant, notez, mais je m'ennuyais. À l'époque, votre père allait encore sur le terrain, et il m'a surpris en train de jeter des cailloux sur l'ancienne boulangerie de Fore Street. Elle était inhabitée et j'essayais de casser une fenêtre. Il m'a passé un de ces savons… J'ai eu une sacrée trouille. Il m'a expliqué ce qu'il se passerait si je continuais sur cette voie. Il m'a aidé à revenir sur le bon chemin, si l'on peut dire.

—Et des années plus tard, vous êtes toujours là.

Il bomba le torse et acquiesça.

—Oui, toujours là, en uniforme. Nous sommes encore quelques-uns, vous savez. Je parle des recrues d'Eddie Parker.

Tout à coup, j'eus les larmes aux yeux. Rhume des foins, sûrement.

—Dites, vous allez encore me le garder là-dedans longtemps ? geignit l'autre femme.

—Oh, arrêtez de vous plaindre, June, grommelai-je en allant m'asseoir à l'autre extrémité de la rangée de chaises.

Une jeune agente vint me chercher comme annoncé, et m'invita à m'asseoir dans un couloir le temps qu'elle se procure un kit de prélèvement.

—Dès que je me retourne, je tombe sur vous. Comment expliquez-vous ça ?

Je souris en mon for intérieur. Je ne m'attendais pas nécessairement à croiser Withers – il était peu probable que j'obtienne la moindre réponse de sa part –, mais toute occasion de l'asticoter était trop belle pour que je passe à côté.

—Oh ! Inspecteur-Chef Withers, vous ici ! lançai-je d'un ton jovial.

Il se fendit d'un maigre sourire.

—Je travaille ici. Et vous, quel est votre prétexte ? Vous postulez à la cantine ?

—Prélèvement ADN, vous vous rappelez ? Je dois vous fournir un échantillon.

—Et moi qui croyais que vous veniez me sonner les cloches pour avoir arrêté votre ami.

—Je suis une femme. Je peux faire plusieurs choses en même temps.

L'agente revint avec son kit de prélèvement.

—Vous préférez faire ça dans une salle d'interrogatoire ? demanda-t-elle.

—Non, ça ira, répondis-je en souriant. Il n'y en a que pour une minute, pas vrai ? Ensuite, je pourrai reprendre ma gentille conversation avec l'inspecteur-chef Withers.

Clairement surprise, elle sortit néanmoins un coton-tige et le frotta contre l'intérieur de ma joue. Ensuite, elle le plaça dans un tube en plastique, et répéta l'opération avec l'autre joue. Withers assista à la scène. La raison pour laquelle il restait planté là m'échappait.

—Merci, dis-je à l'agente.

Elle sourit, puis nous laissa, et je me tournai vers Withers.

—Il ne fallait pas rester pour moi.

Il m'adressa de nouveau l'un de ses petits sourires pincés.

—Au contraire, je préférais attendre pour être sûr que vous ne trébuchiez pas « accidentellement » sur une autre scène de crime.

—J'ai laissé mon chien chez moi, aujourd'hui. Alors, c'était bien la boucle d'oreille de Cheryl ? Et le morceau de tissu accroché à la clôture, vous en avez tiré quelque chose ?

Il secoua la tête.

—Mademoiselle Parker…

—Jodie, rectifiai-je en me demandant aussitôt pourquoi.

—Jodie.

Il semblait un peu gêné d'employer mon prénom.

—Vous savez très bien que je ne peux vous communiquer aucune information sur une enquête en cours. En plus, vous êtes proche du principal suspect.

Mes joues s'enflammèrent.

—Proche de qui ? De Tony ? Nous ne sommes qu'amis…

Puis je pris conscience de ce qu'il venait de dire.

—Le principal suspect ? Vous ne soupçonnez tout de même pas Tony ?

—Mademoiselle Pa… Jodie, réfléchissez : son ex-femme a tout fichu en l'air en débarquant à son mariage.

—Elle n'a pas débarqué pour la cérémonie ; c'était la veille au soir.

—Vous m'avez très bien compris. Son intervention sème la pagaille, et puis, comme par hasard, on la retrouve morte et l'on apprend que la future mariée a disparu en laissant une boucle d'oreille dans un buisson. Avouez que ça ne se présente pas bien.

—Peut-être, mais je connais Tony. Il ne ferait jamais de mal à une mouche.

Cependant, son visage déformé par la colère lorsque j'avais émis l'hypothèse que Cheryl soit la meurtrière me revint en mémoire. Ainsi que la rage avec laquelle il s'était acharné sur cette pauvre pièce montée sans défense. Le Tony que je connaissais n'aurait jamais fait de mal à une mouche, mais ce Tony-là existait-il toujours ?

Withers me dévisagea.

—Allons, vous avez fait partie de la police, inutile de vous expliquer comment ça fonctionne. Vous savez aussi bien que moi que l'hypothèse la plus évidente est souvent la bonne, et que la plupart des victimes de meurtre sont assassinées par un proche. Et que la plupart des victimes de féminicide sont assassinées par leur mari ou leur partenaire.

—Mais pas Tony…

Hélas, il avait raison. Sans connaître Tony, je serais certainement parvenue, moi aussi, à la conclusion que c'était lui, le coupable.

—Je ne vous apprends rien. Nous devons faire les choses dans les règles de l'art, pour Melissa Penhaligon et pour Cheryl Laity.

J'ouvris la bouche pour lui demander si elle avait été retrouvée, mais il anticipa ma question.

—Où qu'elle soit. Laissez-nous faire notre boulot. Vous n'êtes plus dans la police. Ce n'est pas à vous de trouver les réponses.

12

— Chef ?

Un agent en civil d'une cinquantaine d'années arrivait derrière Withers. Lorsqu'il m'aperçut, il s'arrêta.

—Pardon, je n'avais pas vu que vous étiez occupé. Un appel téléphonique pour vous.

—Mlle Parker et moi avions justement terminé, répondit l'inspecteur-chef. Pouvez-vous la raccompagner jusqu'à la sortie ?

—Parker ? fit le nouveau venu, étonné. Vous ne seriez pas la fille d'Eddie Parker ?

Withers se tourna vivement vers moi.

—Votre père était l'inspecteur-chef Parker ? J'entends beaucoup parler de lui depuis mon arrivée à Penstowan. Fameux héritage…

Sans doute n'était-ce que le fruit de mon imagination, mais j'étais persuadée qu'il pensait : *« Trop fameux ; pas étonnant qu'elle ait démissionné ! »*

—Chef, insista l'agent, une pointe d'urgence dans la voix.

Withers hocha la tête.

—J'y vais tout de suite. N'oubliez pas ce que je vous ai dit, mademoiselle Parker : ce n'est plus votre boulot.

L'agent en civil me ramena à l'accueil et se tourna vers moi en souriant.

—Le sergent Adams m'avait prévenu que vous étiez de retour. Je me souviens de votre père. À l'époque où je n'étais encore qu'un bleu, j'ai traversé une mauvaise passe, et c'est lui qui m'a empêché de démissionner. Je lui en serai éternellement reconnaissant.

—Merci, dis-je, même si je ne pouvais m'empêcher de rester focalisée sur le « fameux héritage… »

Pour faire court, c'était exactement la raison qui m'avait poussée à rejoindre la police de Londres, et pas celle du Devon ou des Cornouailles. Pas évident d'être la fille de quelqu'un d'aussi respecté.

—Une minute !

Withers se tenait dans l'encadrement de la porte qui menait à l'intérieur du poste.

—Attendez, j'ai quelque chose pour vous.

Il s'effaça pour laisser passer un Tony tout penaud qui traînait les pieds. Il semblait harassé. Je consultai Withers d'un regard stupéfait.

—M. Bloom, le directeur de l'hôtel, renonce à porter plainte. Apparemment, vos amis sont très doués pour limiter les dégâts, monsieur Penhaligon. J'imagine que c'est grâce à vous, mademoiselle Parker ?

Je tâchai de prendre mon air le plus innocent, mais le résultat devait être plus proche de l'arrogance.

—Je ne saurais vous dire…

—Ramenez-le chez lui. Nous nous reverrons bientôt, Tony.

En chemin, je tentai d'engager la conversation, mais Tony était éreinté et desserra à peine les dents. Je me garai devant son cottage en pierre grise et me tournai vers lui.

—Merci, Jodie.

Il tritura nerveusement la ceinture de sécurité, pressé de descendre de la Masomobile.

Je posai une main sur son bras.

—Oh non, ça ne se passera pas comme ça ! Tu me dois une petite explication, tu ne trouves pas ? Bon sang, qu'est-ce que c'était que ce cirque, ce matin ?

Il soupira.

—S'il te plaît, j'aimerais aller m'allonger.

—Courage. Crache le morceau d'abord.

Ses yeux s'embuèrent de larmes.

—Alors, tu ferais mieux d'entrer, dit-il en les essuyant avec colère.

Sa maison était sens dessus dessous. On aurait dit qu'elle avait été mise à sac, un peu comme le gâteau de mariage. Devant mon air interrogateur, Tony détourna la tête.

—Je vais faire du thé, grommela-t-il.

Je l'arrêtai.

—Non. JE vais faire du thé. Toi, va plutôt te rafraîchir, au moins le visage. Ensuite, nous aurons une petite conversation.

Je mis la bouilloire à chauffer et fouillai la cuisine, en quête de tasses et de sachets de thé, tandis qu'à l'étage, Tony s'activait. L'eau venait de bouillir, lorsqu'il réapparut la mine un peu plus éveillée et vêtu d'un tee-shirt propre.

Je ressortis les sachets de l'eau chaude et les posai dans l'évier. Tony me passa le lait avec un petit sourire.

—Désolé.

—Pourquoi ? Parce que tu n'as que du lait entier chez toi ou parce que tu nous as plongés dans une situation absurde ce matin ? Callum était vraiment très inquiet pour toi. Nous l'étions tous.

Il prit sa tasse et se dirigea vers le salon.

—Je sais. Je suis désolé.

Je lui emboîtai le pas.

—Que s'est-il passé ?

Je m'assis en face de lui, et l'observai tandis qu'il soufflait sur son thé bouillant.

—Je suis rentré de chez mes parents ce matin. Je voulais me changer avant d'aller vous aider à l'hôtel.

Son regard resta rivé au fond de sa tasse.

—Une lettre attendait sur le pas de la porte, adressée à Cheryl. C'était une grosse enveloppe, il était écrit « ne pas plier » dessus. Je me suis demandé ce que c'était.

—Tu l'as ouverte ?

—Évidemment. J'ai pensé que ça avait peut-être un rapport avec ce dont nous avons parlé hier soir – tu sais, l'argent que Cheryl aurait mis de côté pour s'enfuir ou pour je ne sais quoi. J'ai cru que ça pourrait m'aider à découvrir où elle était.

D'une main tremblante, il posa son thé intact sur la table basse.

—Et ça t'a aidé ? De quoi s'agissait-il ?

Il me dévisagea comme s'il était torturé par des crampes d'estomac.

—Oh, Jodie, je croyais la connaître, mais je ne la connaissais pas du tout…

—Que veux-tu dire ? Pour l'amour du ciel, dis-moi ce que contenait cette enveloppe !

Des coups secs retentirent à la porte. Nous sursautâmes tous les deux. Tony se leva pour jeter un coup d'œil par la fenêtre et poussa un juron.

—Encore eux ! Ils ne peuvent donc pas me foutre la paix ?

—Monsieur Penhaligon !

Withers. Deux voitures de police étaient garées devant la maison.

—Pourriez-vous ouvrir la porte, s'il vous plaît, monsieur ?

J'étais furieuse.

—Bon sang, à quoi joue-t-il ?

Il venait à peine de relâcher Tony ; c'était de l'acharnement.

Aux abois, Tony regarda partout autour de lui. Je lus dans ses pensées et lui barrai le chemin.

—Non, ne fais pas ça, dis-je d'un ton ferme. Si tu t'enfuis, pour eux, ce sera la preuve de ta culpabilité. Et tu n'es pas coupable, n'est-ce pas, Tony ?

—Bien sûr que non ! Tu le sais ! s'écria-t-il en m'implorant du regard. Je n'ai jamais fait de mal à personne !

Je le regardai droit dans les yeux, puis hochai la tête. Je le croyais. C'était le bon vieux Tony que j'avais toujours connu. Je lui faisais confiance, il était comme mon frère.

—Alors assieds-toi, et laisse-les entrer, ordonnai-je.

Il obéit, et je compris qu'il s'en remettait totalement à moi pour le sortir de là. Restait à espérer que je sois à la hauteur.

—Mademoiselle Parker, dit l'inspecteur-chef Withers d'un ton las. Je savais que je vous trouverais ici.

Je désignai du menton la Masomobile toujours garée devant la maison, et qui ne passait pas vraiment inaperçue.

—Beau travail, Inspecteur, répondis-je avec sarcasme. Si vous envisagez d'entrer dans cette maison, j'ose espérer que vous avez un mandat. Sans quoi je vais commencer à croire que vous harcelez mon client.

Il sembla surpris.

—Votre client ? Je pensais que vous étiez traiteur. Vous êtes aussi conseillère juridique, maintenant ?

—Non, rétorquai-je.

Les mots dévalèrent de ma bouche avant même que je ne sache ce que j'allais dire.

—J'enquête à titre privé sur le meurtre de Melissa Penhaligon et sur la disparition de Cheryl Laity. Contrairement à vous, je veux découvrir la vérité.

Withers me dévisagea avec stupeur pendant quelques secondes, puis éclata de rire, comme si c'était la chose la plus hilarante qu'il ait jamais entendue. Je le fusillai du regard. Cela dit, qu'est-ce qui m'avait pris de lâcher ça ? J'étais désormais obligée de prouver l'innocence de Tony, et si je n'avais aucun doute sur son innocence, j'en avais en revanche sur mes compétences.

—Je ne vois pas ce qu'il y a de drôle, grommelai-je en lui décochant un regard encore plus noir.

Il secoua la tête, sans cesser de rire.

—Mais si, voyons, c'est très drôle. Vous voulez jouer les détectives privés ? Mais pour qui vous prenez-vous ? Pour Miss Marple ? Non, non, attendez… je sais : pour Magnum !

Il s'esclaffa de plus belle.

—Il ne vous manque que la moustache, ajouta-t-il avant d'étudier mon visage. Quoique…

Je baissai la tête – je suis à un âge où l'on s'épile plus souvent la lèvre supérieure que le maillot. Je m'apprêtai à claquer la porte, mais aussitôt, Withers cessa de rire et coinça son pied dans l'embrasure.

Il brandit un document.

—Nous avons un mandat de perquisition, alors, à moins que vous teniez à être accusée d'obstruction, libérez le passage.

Il se pencha un peu plus près.

—C'est la seconde fois aujourd'hui que je suis obligé de vous faire cette menace. Tâchons de faire un effort pour qu'il n'y en ait pas une troisième, mmh ?

Je reculai pour le laisser entrer. Trois autres agents le suivirent, dont celui avec lequel j'avais échangé au poste.

—Rebonjour, lança-t-il, un peu embarrassé.

Withers lui jeta un regard sans équivoque et il la boucla.

—Que se passe-t-il ? s'inquiéta Tony, l'air désemparé.

Je m'assis à côté de lui et lui pris la main.

—Tout va bien. Ils veulent juste fouiller la maison.

Il parut alarmé, paniqué.

—Mais… ils sont déjà convaincus que j'ai tué Mel. C'est un coup monté, ils vont me coincer…

—Non, lui assurai-je.

Withers avait l'air de tout, sauf d'un flic corrompu.

La police fouilla la maison de fond en comble sous nos yeux. Tony était si tendu que je me laissai peu à peu gagner par son anxiété. L'un des agents resta debout dans un coin du salon, tandis que ses collègues passaient les autres pièces au peigne fin. Qu'espéraient-ils trouver ? Je les soupçonnais de ne pas le savoir eux-mêmes.

—Pour revenir à ce dont nous étions en train de parler…, dis-je tout bas pour éviter que l'agent qui était de faction m'entende.

Par chance, il avait perdu tout intérêt pour nous, et regardait par la fenêtre d'un air absent.

—Qu'y avait-il dans l'enveloppe ?

Tony déglutit avec peine.

—Des photos. De Cheryl. Elle me trompait, Jodie. Elle me trompait, et quelqu'un m'en a envoyé la preuve.

—C'est de ces photos que vous parlez, Tony ?

Withers se tenait sur le seuil de la cuisine, un petit sac transparent à la main. À l'intérieur, on distinguait une photo format A4. Celle-ci avait été déchirée, mais Withers avait recollé les morceaux et, même de loin, on reconnaissait sans mal le visage de Cheryl. Cela dit, son visage n'était pas la seule partie de son corps visible.

—C'était une belle femme, votre Cheryl, n'est-ce pas ? lança Withers sans le moindre tact, en tournant le cliché pour l'étudier de plus près. Très belle. Très… photogénique.

À côté de moi, Tony se raidit de colère. Je posai la main sur sa jambe et la serrai pour le mettre en garde : « Ne perds pas ton sang-froid, il essaie de te piéger. » Withers dégaina un second sac en plastique, qui était caché derrière le premier.

—J'aime particulièrement celle-ci. L'éclairage est assez artistique. Tout ressort avec une telle précision… Tout, sauf la personne avec laquelle elle se trouve.

D'un bond, Tony se leva et se rua vers Withers sans que je puisse l'en empêcher. Je m'élançai et lui agrippai les bras pour qu'il ne commette pas de bêtise.

Withers ne cilla pas.

—Voici ce que je crois. Mel a découvert que Cheryl vous trompait, et c'est pour cette raison qu'elle a voulu faire annuler le mariage.

—Je vous ai rapporté les propos de Mel, intervins-je. Elle pensait que Cheryl était intéressée par l'argent de Tony.

Withers attendit que j'aie terminé pour poursuivre.

—Je pense que Mel est allée trouver Cheryl pour la prévenir qu'elle était au courant de tout. Que s'est-il passé ensuite ? Peut-être Cheryl a-t-elle décidé d'avouer la vérité, à moins qu'elle ait jugé préférable de prendre la fuite avant que vous ne découvriez le pot aux roses. Quoi qu'il en soit, quand vous avez appris qu'elle vous trompait, vous avez vu rouge. Et vous avez décidé de lui donner une bonne leçon…

—Wow, wow, wow ! le coupai-je, lâchant les bras de Tony pour m'avancer vers l'inspecteur-chef.

J'étais outrée, et si proche de Withers que j'apercevais les poils qui dépassaient de son nez.

—Vous avez retrouvé le cadavre de Cheryl ? Non. Alors, vous n'avez pas la moindre idée de ce qui lui est arrivé. À ce stade, elle est toujours portée disparue. Vous n'avez pas le droit de traiter cette enquête comme un double meurtre.

Withers leva moqueusement les mains, m'obligeant à reculer.

—D'accord, d'accord, au temps pour moi. Je me suis laissé emporter. Et ça arrive vite quand on a le sang chaud, n'est-ce pas, Tony ? Alors, si je disais plutôt que Mel a fait fuir Cheryl et que vous le lui avez reproché… Vous êtes allé la trouver pour en découdre, et elle vous a fait part de ses soupçons ; mais cela n'a fait qu'accentuer votre colère, parce que, au fond de vous, vous saviez qu'une femme comme Cheryl ne serait jamais tombée amoureuse d'un homme tel que vous.

Tony serra les poings. Je posai une main sur son torse avec douceur et fermeté, et m'interposai entre lui et l'inspecteur-chef.

—Ne fais pas attention à ce qu'il dit. Tout ce qu'il veut, c'est te faire perdre les pédales pour te piéger.

Je me tournai vers Withers avec un air menaçant ; il haussa les sourcils, mais ça ne l'empêcha pas de continuer son raisonnement.

—Vous étiez furieux contre Mel, parce que c'est sa faute si Cheryl vous a laissé tomber, si elle vous a largué devant l'autel, devant tous vos amis et vos proches. Alors, vous l'avez tuée. Ensuite, vous êtes rentré chez vous, et quand vous avez découvert ces photos, vous avez compris à quel point vous aviez été idiot, parce que Mel avait vu juste. Alors, j'ai raison ? Ou peut-être étiez-vous déjà en possession de ces photos ? Vous auriez alors assassiné Cheryl au moment où vous les avez découvertes, pour ensuite être « obligé » de tuer Mel, car elle était au courant de cette liaison et si elle avait raconté cela à tout le monde, votre culpabilité aurait été évidente.

Tony ouvrit la bouche, mais aucun son n'en sortit.

—Comment ? Pardon ? fit Withers en tendant l'oreille avec exagération.

—Je n'ai pas…, commença-t-il d'une voix rauque.

Il déglutit avec peine.

—Je n'ai pas tué Mel.

—Dans ce cas, comment expliquez-vous que votre ADN ait été retrouvé sur le corps de la victime ? Nous avons aussi des témoins qui prétendent que vous avez quitté le bar ce soir-là, et qui vous ont vu vous rendre dans les jardins de l'hôtel. D'autres témoins ont entendu un homme et une femme se disputer violemment.

—Ont-ils identifié les voix de Mel et de Tony ? demandai-je.

Withers ne réagit pas ; la réponse devait donc être « non ».

—Sinon, ça ne prouve rien du tout. Et il doit y avoir une explication très simple pour l'ADN.

Je me tournai vers Tony. *S'il te plaît, trouve une explication très simple...*

—Je me suis en effet rendu dans les jardins pour voir Mel, confessa-t-il. Juste après le départ de Jodie…

Mon ventre se noua.

Withers m'interrogea du regard.

—J'ai quitté la salle de réception vers 21 h 30. Je suis montée voir si Cheryl allait bien après son altercation avec Mel, répondis-je.

—Et c'était le cas ?

—Oui.

Sans savoir si cette information servirait la cause de Tony, je m'abstins de préciser que j'avais eu l'impression qu'elle pliait bagage.

—J'ai aperçu Mel dans le jardin, elle promenait son chien, reprit Tony. Je culpabilisais parce que je n'avais pas été très tendre avec elle un peu plus tôt, quand elle discutait dehors avec Jodie après la bagarre. Nous étions divorcés, mais je ne gardais aucune rancœur.

Withers parut sceptique.

—C'est vrai, je vous le jure. Au début, oui, bien sûr, mais après ma rencontre avec Cheryl, je lui ai pardonné. Je suis allé la voir parce que je voulais que nous redevenions amis comme avant. J'étais heureux, et je voulais que Mel le soit aussi.

Tony était de nouveau au bord des larmes. Je le croyais. Mel lui avait brisé le cœur, mais Cheryl l'avait apparemment réparé.

—Pendant combien de temps avez-vous discuté ?

—Je ne sais pas. Une demi-heure environ ?

L'un des agents se mit à prendre des notes, ce qui sembla perturber Tony.

—Et pour les traces d'ADN que nous avons retrouvées sur elle ? demanda Withers.

—Après cette conversation, nous nous sommes réconciliés, et je l'ai serrée dans mes bras. La seule fois où j'ai posé la main sur elle ce soir-là, c'était pour lui faire un câlin.

Withers le dévisagea.

—Vous avez fait un « câlin » à la femme qui venait de tenter d'étrangler votre fiancée et de ruiner votre mariage ?

Il secoua la tête, incrédule.

—Anthony Penhaligon…

—Ah non, ça ne va pas recommencer ! explosai-je, révoltée.

—… je vous arrête pour présomption de meurtre sur la personne de Melissa Penhaligon. Vous avez le droit de garder le silence, mais tout ce que vous direz pourra être retenu contre vous. Vous comprenez ?

—Oui, répondit Tony d'une petite voix abattue.

La police l'emmena, et je dus m'asseoir. Bon sang, mais qu'est-ce qu'il se passait ?

13

— Et c'est comme ça qu'il est reparti au trou.

J'avisai le visage choqué de mes auditeurs. Après m'être assurée que la police n'avait pas fait de dégâts dans la maison de Tony, j'étais rentrée chez moi et j'avais convoqué un conseil de guerre : les parents de Tony – Brenda et Malcolm –, Callum et Debbie (qui avaient confié leurs enfants aux parents de Callum), et bien sûr, ma mère, qui n'avait toujours pas remis un pied chez elle et dont je ne pensais pas me débarrasser de sitôt. Ce qui ne me dérangeait pas. Daisy était partie faire un tour avec Germaine ; elles étaient déjà comme les deux doigts de la main.

—Je ne comprends pas. Ils l'ont arrêté, puis ils l'ont relâché pour ensuite l'arrêter de nouveau ? demanda Brenda, des larmes dans les yeux et dans la voix.

Elle devait être folle d'inquiétude pour son fils. Je pris conscience que peu importe l'âge de nos enfants, dès qu'ils ont des ennuis, ils redeviennent nos bébés.

—Quelle cruauté ! C'est comme s'ils jouaient au chat et à la souris avec lui.

—Je sais. Pourtant, ce n'est pas le cas, assurai-je. Selon moi, ils ont prélevé un échantillon de son ADN hier à l'hôtel, et quand ils ont obtenu les résultats aujourd'hui, ils ont demandé un mandat de perquisition dans la foulée.

Après l'incident de ce matin, Withers espérait voir arriver le document pendant que Tony était en garde à vue. Il voulait faire la perquisition et, si elle était fructueuse, pouvoir inculper Tony pour le meurtre de Mel tout de suite, pendant qu'il était au poste. Mais comme M. Bloom a refusé de porter plainte, ils ont été obligés de le libérer et d'attendre l'arrivée du fameux mandat.

—Que cherchaient-ils ? demanda Callum. L'arme du crime ?

—C'est très probable. Le coup principal a sûrement eu lieu au moment où Mel est tombée sur le banc, mais elle présentait une autre blessure sur le front, comme si quelqu'un l'avait frappée avec un objet. Et il y avait beaucoup de sang…

Brenda devint blême, et je me rappelai qu'elle avait été l'une des premières à arriver sur les lieux du crime. Elle s'était toujours bien entendue avec son ex-belle-fille, et découvrir ainsi son corps sans vie avait dû lui causer un choc épouvantable.

—Pardon, Brenda. Donc, oui, je crois que le meurtrier a utilisé un objet lourd pour l'achever. Mais ils n'ont rien trouvé de tel chez Tony. Bien sûr, puisqu'il est innocent.

—Oh ça oui, il l'est ! renchérit Malcolm.

Tout le monde murmura son assentiment.

—D'après moi, ils cherchaient aussi des indices sur la disparition de Cheryl, ajoutai-je. Ils n'ont pas retrouvé de corps, mais ils ont l'air certains qu'elle est morte.

Nouvelle vague de murmures d'approbation.

—Mais elle ne l'est peut-être pas, fit remarquer Debbie. Elle l'a peut-être juste quitté. Si elle avait une liaison, elle a pu décider de s'enfuir avec son amant.

Je pris quelques instants pour y réfléchir.

—Peut-être. Mais pourquoi aurait-elle abandonné sa voiture ? Et sa valise ? Tony a dit qu'ils partaient en lune de miel juste après la réception. Je me demande…

—Quoi ? intervint ma mère.

—Je me demande ce que contient cette valise.

Les autres parurent interloqués.

—Mais oui, songez-y, insistai-je. Si ça se trouve, elle essaie de faire croire à tout le monde qu'elle a disparu, ou de feindre sa propre mort…

—Qui, Cheryl ? s'étonna ma mère, dubitative. Je ne sais pas si elle serait assez intelligente pour échafauder une telle supercherie.

—Et avec l'aide de son amant ? arguai-je. Ou alors, elle a peut-être laissé toutes ses affaires pour brouiller les pistes, le temps de s'échapper. Voilà pourquoi je m'intéresse au contenu de cette valise. Où devaient-ils partir en lune de miel ? demandai-je à Brenda.

—À Corfou. Deux semaines à Messonghi, en demi-pension. Dans un magnifique hôtel.

—Si elle a été assassinée, nous devrions retrouver son passeport dans sa valise ou dans sa chambre… Sinon, nous pourrions en déduire qu'elle l'a emmené, et donc qu'elle avait planifié sa disparition.

—Il faut retourner à l'hôtel pour forcer la portière et fouiller sa voiture, déclara Debbie en se levant.

Elle fit craquer ses articulations.

Callum geignit.

—Quoi ? Les enfants vont bien, leurs grands-parents peuvent bien les gâter quelques heures de plus, insista Debbie. Ce sera amusant. Je suis maman, moi. En général, les moments les plus palpitants de ma vie, c'est quand je parie sur l'enfant qui vomira en premier pendant un long trajet.

—George, répondit Callum distraitement. C'est toujours George. Mais tu ne peux pas entrer par effraction dans une voiture comme ça…

—Nous n'aurons pas besoin de le faire, intervins-je.

En effet, j'avais repéré les clés de Cheryl sur la coiffeuse lorsque Tony m'avait emmenée dans sa chambre.

—Mais nous devrons peut-être passer en douce pour éviter d'être repérés par M. Bloom.

Debbie se gara devant l'hôtel. Nous avions pris son véhicule ; après avoir jeté un coup d'œil à la Masomobile, Debbie avait secoué la tête, et était rentrée demander les clés de leur voiture familiale à son mari, qui ne pouvait rien lui refuser. Elle avait raison. Notre but était de passer inaperçus, et j'imaginais, hélas, trop bien la réaction de l'inspecteur-chef Withers s'il me surprenait une fois de plus sur sa scène de crime. Une partie de moi savourait l'idée de croiser le fer avec lui – il avait vraiment le don de m'agacer –, mais je savais surtout qu'il n'était pas très malin de le contrarier ; du moins, pas tant que Tony serait soupçonné du meurtre de Mel.

Nous pénétrâmes dans le hall avec désinvolture. J'avais une excuse tout à fait légitime pour justifier ma présence : je n'avais pas encore récupéré toutes mes affaires dans les cuisines de l'hôtel, puisque j'avais été brutalement interrompue par l'épisode épique du lancer de gâteau. Mais ce qui m'intéressait surtout, c'était de jeter un coup d'œil à la chambre de Cheryl, afin de vérifier si elle n'avait rien laissé qui confirme ou réfute l'hypothèse de la disparition planifiée, et de mettre la main sur ses clés de voiture, si celles-ci y étaient toujours.

Debbie s'avança d'un pas assuré vers la réceptionniste, et je me souvins qu'elles papotaient ensemble lorsque j'étais arrivée ce matin-là. Il s'était produit tant de choses en si peu de temps, c'était à peine croyable… Et le corps de Mel n'avait été découvert que la veille.

—Coucou ! lança-t-elle. Pourriez-vous nous donner la clé de la chambre de Cheryl ? Tony nous a dit que tout le monde était censé libérer sa chambre aujourd'hui, alors nous sommes venues récupérer ses affaires. Pauvre homme, il a le cœur brisé, précisa-t-elle en se penchant vers la réceptionniste. Alors, on s'est dit qu'on allait l'aider et lui simplifier les choses, vous voyez.

Elle prit son téléphone.

—Je préfère demander l'autorisation à M. Bloom d'abord…

—Oh, nous ne voulons pas le déranger, m'empressai-je de préciser. Pour être honnêtes, nous sommes encore gênées par ce qu'il s'est produit tout à l'heure…

La réceptionniste sourit, mais ne reposa pas le combiné.

—Je comprends, mais M. Bloom m'a dit de l'avertir si une personne liée au… à l'affaire se manifestait. M. Laity s'est déjà présenté pour récupérer les affaires de Mlle Laity, mais un policier lui a expliqué que personne n'était autorisé à entrer dans la chambre.

Zut. J'avais espéré que, comme Cheryl était portée disparue et pas considérée comme une victime, la police se concentrerait sur Mel. Cependant, Withers avait l'air convaincu que Cheryl était morte aussi, et que la découverte de son cadavre n'était qu'une question de temps. Pourquoi n'en étais-je pas aussi sûre ? Pourtant, tout ce que Withers avait raconté un peu plus tôt, sur Tony qui aurait assassiné Cheryl après avoir découvert les photos compromettantes, tenait la route. Tony avait un mobile flagrant, et nul doute que Cheryl semblait avoir disparu de la surface de la Terre. Malgré tout…

Je connaissais Tony. Nous avions été très proches à l'adolescence, même après ces deux malheureuses semaines où nous étions sortis ensemble. Bien que j'aie vécu longtemps loin de Penstowan, il avait toujours fait partie de la bande de vieux copains que je retrouvais systématiquement lors de mes visites. La plupart des autres avaient déménagé ou cessé de nous donner signe de vie, mais notre amitié était de celles qui perduraient. Quel que soit le temps qui s'était écoulé entre nos retrouvailles, nous reprenions tout simplement là où nous en étions. Et je savais qu'il n'assassinerait jamais qui que ce soit, il en était tout bonnement incapable, Mel encore moins, et Cheryl, n'en parlons pas, même si je ne la portais pas dans mon cœur.

—Ce policier..., commençai-je.

Une lueur rêveuse brilla dans le regard de la réceptionniste.

—Le plus charmant, dit-elle. Je ne me rappelle pas son nom.

—L'inspecteur-chef Withers, répondis-je du tac au tac.

Pourquoi Debbie m'observait-elle avec un petit sourire amusé ?

—Il n'est pas ici pour l'instant, si ? m'enquis-je.

—Je ne crois pas, répondit-elle, une pointe de regret dans la voix.

—Quel dommage ! fit Debbie en me décochant un grand sourire. Allez, laissez-nous jeter un petit coup d'œil à cette chambre. Nous ne vous causerons aucun souci.

—Vous pouvez toujours demander l'autorisation au policier qui monte la garde devant la porte, proposa-t-elle, songeuse.

Puis elle rit.

—Autant vous prévenir tout de suite : le vieux Davey n'est pas aussi agréable à regarder que l'autre policier, mais il est très gentil.

Je tressaillis.

—Le vieux Davey ? Vous parlez de Davey Trelawney ?

Elle acquiesça. *Bingo !* songeai-je, réprimant de justesse un petit geste victorieux.

—Merci. Nous allons faire un saut là-haut et lui en toucher un mot.

14

L'agent David Trelawney, surnommé dans la région le vieux Davey, faisait lui aussi partie des recrues de mon père. Fils du propriétaire de l'un des pubs locaux, il avait, à l'époque, tendance à lever le coude, et il avait passé pas mal de nuits en cellule de dégrisement, jusqu'au jour où mon père lui avait suggéré, puisqu'il aimait tellement passer du temps au poste, de venir y travailler. Le hic, c'est qu'il doutait que Davey soit capable de réussir le test d'aptitude physique.

La légende raconte que cela eut l'effet d'un chiffon rouge agité devant un taureau – animal qui n'était pas sans présenter quelque ressemblance physique avec Davey. Il releva le défi que mon père lui lança : une course sur la plage de Penstowan.

Mon père le battit sans difficulté. Devant toute la ville, ou presque.

Davey n'était pas ravi, mais plutôt que de noyer sa frustration dans le cidre du coin (qui, selon la rumeur, pouvait rendre aveugle à forte dose), il commença à s'entraîner. Un peu plus tard, ce fut à son tour de braver mon père dans une autre course… que ce dernier gagna aussi, mais cette fois de justesse.

N'étant toujours pas satisfait, Davey arrêta complètement l'alcool et se mit à courir chaque matin ; il s'entraîna à soulever les fûts de bière de son père comme des poids.

Lorsqu'il se sentit prêt, il défia de nouveau mon père, toujours à une course sur la plage, mais avec une règle supplémentaire : ils devraient porter un tonneau au-dessus de leur tête.

Mon père échoua – il fut à peine capable de soulever le fût au-dessus de sa tête, alors courir dans cette posture, n'en parlons pas –, et le lendemain matin, il se présenta au pub (où Davey soignait une vilaine gueule de bois après avoir fêté sa victoire) armé d'un formulaire d'inscription pour l'école de police au nom de Davey. La suite, tout le monde la connaît, comme on dit. À dater de ce jour, le vieux Davey a choisi d'être flic plutôt qu'alcoolique (bien que les deux ne soient pas incompatibles).

Honnête et bâti comme un taureau sous stéroïdes, Davey était le flic le plus droit dans ses bottes que vous puissiez espérer croiser. En revanche, il y a une chose qu'il n'était pas à l'époque, et qu'il n'était pas particulièrement aujourd'hui : Davey n'était pas vieux.

Nous débouchâmes dans le couloir où se trouvait la chambre de Cheryl, et nous nous arrêtâmes net en apercevant le bloc de muscles qui gardait la porte. Il devait approcher de la soixantaine, mais on devinait très bien sous son uniforme qu'il était encore très puissant. Sans doute valait-il mieux réfléchir à deux fois avant de faire allusion à la retraite devant lui. Debbie me jeta un regard éberlué.

—Pourquoi l'appelle-t-on le « vieux » Davey ? demanda-t-elle dans un murmure. Je m'attendais à voir un vieux gâteux…

—Bonjour, lança ce dernier. Je vais devoir vous demander de vous arrêter ici, mes jolies. Vous ne pouvez pas entrer.

—Salut, Davey. Tu te souviens de moi ?

Il m'observa de plus près.

—Difficile à dire, mon petit.

Soudain, ses traits s'illuminèrent.

—Non ! Ce ne serait pas la petite Jodie ?

Je hochai la tête en souriant. Pour les collègues de mon père, j'étais la « petite » Jodie depuis au moins aussi longtemps qu'il était le « vieux » Davey, même si je n'étais plus petite depuis belle lurette.

—En chair et en os. Comment vas-tu ? Je n'en reviens pas qu'ils ne t'aient pas encore mis à la retraite…

Il rit.

—Tu n'as pas changé, hein ? Toujours une vraie chipie. J'ai entendu dire que tu étais de retour. Mais qu'est-ce que tu viens faire ici ?

—Quelle horrible affaire, n'est-ce pas ?

Il hocha la tête avec véhémence.

—Oh que oui !

—Et ils pensent que Tony Penhaligon a fait le coup !

Il sembla mal à l'aise.

—Oui, eh bien, il a le bon mobile, non ? Quand même, je ne l'aurais jamais cru capable de faire ça… De tuer quelqu'un, je veux dire.

—Moi non plus. Et nous sommes donc venues récupérer les affaires de Cheryl. L'hôtel a besoin de la chambre pour de nouveaux clients…

Le vieux Davey secoua la tête.

—Non, ils n'en ont pas besoin. Qu'est-ce que tu mijotes ? demanda-t-il avec un petit sourire. Ce ne serait pas toi, la fouineuse exaspérante dont le chef se plaint parfois ?

—Eh oui, c'est bien moi, confirmai-je d'un ton enjoué. Alors, tu vas nous laisser entrer ou pas ?

—Pas, rétorqua-t-il. Ce n'est pas l'envie qui manque, mais je ne peux pas.

—Oh, allez…, insistai-je avec un sourire qui se voulait désarmant.

Sans succès. Pourtant, ça fonctionne toujours dans les films.

—Tu espères trouver quoi ? demanda-t-il avec méfiance.

Je consultai Debbie du regard, et elle haussa les épaules. À quoi bon lui mentir.

—Tu es au courant que Cheryl a disparu ? Les jeunes mariés étaient censés partir en lune de miel, et nous pensons que si Cheryl a laissé son passeport dans sa chambre ou dans sa voiture, c'est la preuve qu'elle n'avait pas l'intention de s'évaporer dans la nature. Si elle a pris la fuite, elle a sûrement emporté quelque chose d'aussi important, pas vrai ? Pareil pour ses cartes de crédit et ce genre de trucs. Si l'on retrouve tout ça, on pourra alors penser qu'elle a été assassinée elle aussi. C'est d'ailleurs ce que pense l'inspecteur-chef Withers, je me trompe ?

Davey ne réagit pas, alors je poursuivis :

—Bien sûr, si après avoir cherché partout, on ne met pas la main sur ce passeport et sur son sac à main, on pourra supposer qu'elle les a emportés, et donc qu'elle avait planifié sa disparition et qu'elle est toujours en vie. Ça prouverait aussi que Tony ne l'a pas tuée.

Davey nous étudia d'un air pensif.

—Tu sais que je ne peux pas te communiquer la moindre information sur cette affaire ? Tu ne fais pas partie de la police locale, et tu n'es pas l'avocate de M. Penhaligon.

—Je sais tout ça, mais peut-être…

—Donc, je n'ai pas le droit de te dire qu'on a déjà soulevé cette hypothèse et qu'on a fouillé les effets personnels de Mlle Laity, ici et dans sa voiture, continua-t-il avec un regard appuyé.

Alors comme ça, ils y avaient songé. Withers était tellement convaincu de la culpabilité de Tony qu'il cherchait des preuves à charge, plutôt que des indices permettant d'identifier l'assassin de Mel – la différence était subtile, mais n'en restait pas moins une différence.

—Bien sûr, comme on a déjà fouillé ses affaires, la dernière chose que tu as envie d'entendre, c'est qu'on a retrouvé le passeport de Mlle Laity, parce que ça laisserait penser qu'il lui est arrivé malheur. Je suis sûr que tu comprends bien qu'il m'est impossible de t'expliquer tout ça, n'est-ce pas ?

—Oui, je comprends. Y a-t-il autre chose que tu ne peux pas me dire ?

Davey parut décontenancé.

—Non, quand je dis que je « ne peux pas » t'expliquer, en réalité je veux dire…

—Oui, oui, j'ai bien saisi !

Davey était gentil, mais il était plus doué pour activer ses muscles que ses méninges ; pour lui, ce petit exercice était une véritable gymnastique mentale.

—Écoute, voilà ce qu'on va faire : je vais te poser quelques questions. Tu peux répondre « oui », ou « non » si tu préfères, mais si tu décides de me révéler quoi que ce soit, je jure que je ne dirai à personne que ça vient de toi. D'accord ?

Le vieux Davey hésita.

—Eddie était vraiment très fier de toi, tu sais ? ajoutai-je, utilisant sans vergogne sa loyauté envers mon père.

Pardon, papa, mais c'est pour la bonne cause.

Le vieux Davey esquissa un petit sourire résigné.

—Bon, vas-y, mais c'est bien parce que j'ai une dette envers ton père.

—Génial ! Alors… que peux-tu m'apprendre sur l'heure de la mort ?

—Ah, ça, il paraît que c'est une question délicate. À cause du chien.

Ce fut à mon tour d'avoir l'air décontenancé.

—Germaine ? Le chien de Mel ?

—Ouais. La demoiselle de la réception a dit que quand elle avait pris son service à 6 heures, l'animal était déjà en train d'aboyer. Avant ça, aucun témoignage ni aucune plainte ne mentionnent des aboiements.

—Alors, vous pensez que Mel pourrait avoir été tuée le matin ? Que serait-elle venue faire là si tôt ?

Davey secoua la tête.

—On ne sait pas. Peut-être essayer de gâcher le mariage une seconde fois. Mais l'inspecteur-chef, lui, il reste convaincu qu'elle a été tuée la veille au soir, pendant la fête. D'habitude, le doc peut déterminer le moment en comparant la température du corps à celle de l'extérieur…

Au tour de Debbie d'être décontenancée. Décidément, c'était contagieux. Elle m'interrogea du regard.

—En temps normal, la température corporelle d'un être humain se situe autour de 37,5 degrés, lui expliquai-je. Après la mort, le cadavre se refroidit à une vitesse d'environ un degré et demi par heure jusqu'à ce qu'il ait atteint la température ambiante, c'est-à-dire celle de l'environnement dans lequel il se trouve. Donc, en général, on peut déterminer l'heure de la mort de façon assez précise.

—Ah bon…

Elle semblait toujours perplexe.

Je me tournai vers Davey.

—Alors, quel est le problème ?

—Si la victime avait passé toute la nuit dehors, comme le pense le patron, le froid aurait fait baisser la température du corps. Mais elle a été découverte par une chaude journée d'été, et en plus, le chien était resté couché sur son torse. On ne sait pas combien de temps il a monté la garde en maintenant sa maîtresse au chaud.

—Ça brouille complètement le calcul de perte de chaleur, et l'on ne peut pas déterminer l'heure de la mort avec exactitude, conclus-je.

Davey hocha la tête.

—Cela dit, si elle avait été tuée pendant la nuit, quelqu'un aurait certainement entendu le chien aboyer bien avant 6 heures, non ? fit remarquer Debbie. L'hôtel était rempli ; il y a forcément des clients qui ont le sommeil léger.

—C'est vrai, répondis-je. Ce qui laisse penser qu'il n'a pas passé toute la nuit là ; en revanche, Mel pouvait très bien y être. Elle m'a elle-même raconté que Germaine était un véritable Houdini. Elle s'échappe sans arrêt, alors Mel ouvrait à peine la fenêtre quand elle devait la laisser dans la voiture, sinon, elle parvenait à se glisser par l'ouverture. Quand je suis venue récupérer Germaine hier, j'ai remarqué que la vitre de l'automobile de Mel était plus basse que la dernière fois. Si ça se trouve, Mel a été tuée la veille, mais sa petite chienne, qui l'attendait dans la voiture, n'a pas réussi à s'en échapper et à la rejoindre avant le lendemain matin.

Davey haussa les épaules.

—C'est possible. J'en parlerai au patron. Sans préciser de qui vient cette hypothèse. Mais de toute façon, je ne vois pas ce que ça change.

J'approfondis ma réflexion.

—Quand j'ai quitté Mel, elle m'a dit qu'elle allait promener sa chienne dans les jardins avant de partir, parce qu'elle avait passé trop de temps dans la voiture. J'ai regagné la petite fête pendant une quinzaine de minutes, puis je suis montée retrouver Cheryl. Tony est sorti peu après moi. Il affirme qu'il a rejoint Mel après l'avoir aperçue par la fenêtre alors qu'elle promenait son animal. Des témoins l'ont effectivement vu quitter la fête, et c'est sur ce détail que Withers se base pour prouver sa théorie. On peut estimer, sans exagérer, que sortir Germaine a dû prendre une quinzaine de minutes, non ? Seulement, le meurtre n'a pas pu avoir lieu à ce moment-là, parce que si Mel avait été assassinée devant sa chienne, celle-ci se serait mise à aboyer tout de suite et aurait continué toute la nuit. Or, nous avons établi que personne ne l'avait entendue avant 6 heures du matin. Conclusion : la chienne devait se trouver dans la voiture quand Mel a été tuée.

—Moui…, fit Davey, dubitatif. Rien ne prouve que Tony ne soit pas ressorti en douce plus tard pour commettre son crime.

—Je sais, soupirai-je. Mais aucun témoin n'affirme l'avoir vu quitter l'hôtel plus tard, n'est-ce pas ?

—Non, en effet.

Davey remua, mal à l'aise.

—Écoute, je ne peux vraiment rien te dire de plus. D'abord, je suis loin de connaître tous les détails de cette affaire, et ensuite, Withers m'étriperait s'il apprenait que j'ai discuté avec toi.

—Pas de problème. Et merci. J'apprécie vraiment ton aide.

—J'ai une question, intervint Debbie.

Je me tournai vers elle, étonnée.

—Pourquoi vous appelle-t-on le « vieux » Davey, alors que vous n'êtes pas si âgé ?

Il rit.

—En vérité, je crois que c'est comme ça depuis ma naissance. C'est à cause de mon grand-père. Il se prénomme

Davey aussi. Mon père était le cadet de six enfants, et je suis le cadet de ses enfants à lui. Quand je suis né, grand-papa Davey était très vieux, et l'on a commencé à l'appeler « le jeune Davey » pour la blague. Un peu comme quand des maigrichons se donnent du « gros » entre eux, vous voyez ? Alors forcément, ils ont été obligés de me surnommer le « vieux » Davey pour ne pas confondre.

—Bien sûr, répondit Debbie. C'est d'une logique imparable…

—Quand on est originaire des Cornouailles, oui, dis-je.

15

Nous sortîmes de l'hôtel. Sur le parking, je tâchai de ne pas regarder la voiture de Mel, encerclée par le ruban de police, ni celle de Cheryl, désormais aussi placée sous scellés.

—Alors, qu'avons-nous appris ? demandai-je une fois installée dans l'automobile de Debbie.

—Que dalle ? hasarda mon acolyte.

—Si. Nous avons maintenant une idée approximative de l'heure à laquelle Mel a été tuée.

Debbie me dévisagea, ébahie.

—Vraiment ?

—Oui. Tony l'a vue vers 21 h 30. Apparemment, ils ont eu une bonne et longue conversation, puisqu'elle s'est terminée par une accolade, après quoi Mel doit avoir ramené sa chienne à la voiture. Tout cela a sûrement pris, disons… une demi-heure ? Au moins. On peut donc en conclure que sa mort est survenue après 22 heures et avant 6 heures le lendemain, moment où Germaine s'est mise à aboyer.

Je poursuivis ma réflexion sans la quitter des yeux.

—Vingt et une heures trente, c'est l'heure à laquelle je suis allée parler à Cheryl, et elle se trouvait toujours dans sa chambre. Pour autant que je sache, je suis la dernière personne à l'avoir vue ; tout le monde pensait qu'elle était montée se coucher tôt pour être en forme pour le grand jour. Tony lui a envoyé un texto vers minuit, quand il est allé au lit, mais elle n'a jamais répondu. Elle pourrait très bien avoir commis ce meurtre entre 22 heures et minuit – si l'on part du principe qu'elle a assassiné Mel avant de s'enfuir. Sinon, pourquoi n'a-t-elle pas répondu à ce message ?

Debbie était sidérée.

—Tu crois que c'est Cheryl, la coupable ? Mais pourquoi aurait-elle fait ça ?

—Et pourquoi pas ? Si Mel était au courant de sa liaison, Cheryl avait autant de raisons que Tony de la réduire au silence – et même plus. Le mobile de Tony ne tient la route que s'il a aussi tué Cheryl.

—Mais on ne sait pas si Cheryl est morte.

—Exactement ! Withers agit comme si elle l'était, alors qu'il n'a même pas de cadavre. C'est la seule hypothèse qui rend la culpabilité de Tony plausible.

—D'accord… mais on en revient à ce qu'on disait tout à l'heure : pourquoi Cheryl aurait-elle laissé son passeport et toutes ses affaires ? À moins qu'elle ne veuille donner l'impression d'avoir elle aussi été éliminée… Est-on tout à fait sûre que Mel était au courant de sa liaison ? Elle ne l'a pas affirmé devant toi, si ?

—Non, elle… Oh non ! Zut !

Une voiture noire venait de s'engager sur le parking de l'hôtel : Withers. Je me laissai glisser sur mon siège en jetant un coup d'œil à Debbie. Elle m'imita aussitôt.

—De qui faut-il se cacher ? s'enquit-elle dans un murmure.

—De l'inspecteur-chef Withers.

Elle m'adressa un grand sourire, dont je m'efforçai de faire abstraction.

—Il m'a déjà envoyée paître deux fois aujourd'hui ; il ne faut surtout pas qu'il me trouve ici…

—OK… Par contre, j'ai déjà vu des gens faire ça dans les films, et juste au moment où ils pensent qu'ils sont tirés d'affaire…

De petits coups sur la vitre de mon côté nous firent sursauter toutes les deux. Je soupirai ; même pas besoin de regarder pour savoir de qui il s'agissait.

—Ouais, fis-je. Je crois qu'on a vu les mêmes films.

Je me rassis correctement sur mon siège et baissai la vitre. Withers se pencha pour placer son visage d'une beauté agaçante au niveau du mien.

—Ah tiens, Monsieur l'Inspecteur-Chef…

—Descendez du véhicule, Jodie.

—En fait, nous partions ; je venais juste récupérer mes saucisses…

Mes joues étaient en feu. Bon sang, qu'est-ce qu'il me prenait de lui parler de saucisses en bafouillant ?

—Mademoiselle Parker, s'il vous plaît.

Il me considérait, l'air de dire : « Si vous croyez vous en tirer comme ça, vous êtes tombée bien bas. » Après un dernier coup d'œil à ma comparse, j'ouvris la portière.

Debbie m'imita.

—Non, pas vous, madame… mademoiselle…

Withers me glissa un petit regard, comme si ma présence venait de lui rappeler de ne pas inférer l'état civil des gens (au sein de la police de Londres, cela faisait partie du b.a.-ba, mais, à l'évidence, cette approche n'était pas encore parvenue jusque dans nos contrées).

—Debbie Roberts, répondit l'intéressée avec un sourire radieux.

Pardon, mais tu es déjà mariée à l'homme de mes rêves d'ado. Tu ne vas tout de même pas te mettre à flirter avec celui-ci !

Withers lui rendit son sourire, dévoilant ses dents blanches. Oh là là, quel charme !

—Eh bien, Debbie, j'ai deux mots à dire à Mlle Parker, mais vous pouvez partir.

—Mais c'est mon chauffeur, protestai-je mollement.

—Plus maintenant, statua-t-il.

Debbie m'adressa une petite moue désolée, puis remonta dans sa voiture et s'éloigna. Withers la salua longuement d'un geste enjoué, mais ferme, surtout lorsque, arrivée à la sortie, elle hésita et jeta un dernier coup d'œil dans notre direction. Lorsqu'elle eut disparu, il se tourna vers moi en poussant un soupir.

—Qu'est-ce que vous n'avez pas compris dans « ne vous mêlez pas de ça » ?

—Sans doute la même chose que vous n'avez pas comprise dans « présomption d'innocence », rétorquai-je.

Il haussa les sourcils.

—Qu'est-ce qui vous permet d'affirmer ça ?

Je haussai les épaules.

—Je ne sais pas, moi. Votre manque d'expérience ?

Je trouvais ma repartie très spirituelle, mais il n'était visiblement pas de cet avis. Il m'agrippa par le bras et m'entraîna dans une autre partie des jardins de l'hôtel. Il y avait là une ancienne gloriette, une sorte de kiosque peint en blanc sillonné par des grappes de glycine et des rosiers grimpants roses. C'était ravissant et très romantique, exactement le genre d'endroit où ça ne me déplairait pas d'être emmenée par un homme en quête d'un peu d'intimité. Pas cet homme-là, bien sûr, et pas dans ces circonstances.

Nous gravîmes les quelques marches, puis il me fit asseoir sur le banc sans délicatesse, avant de se placer debout devant moi.

—Pourquoi me causez-vous tant de problèmes ? Que me reprochez-vous exactement, mademoiselle Parker ?

Je l'avais un peu contrarié. *Parfait.*

—Pourquoi vous soucier de ce que je pense ? demandai-je.

Il continua à me dévisager sans répondre.

—Laissez-moi deviner, repris-je. Ça ne fait pas longtemps que vous êtes en poste ici, et vous manquez un peu d'assurance. J'imagine que Penstowan ne ressemble à aucun autre endroit où vous avez déjà travaillé.

L'ombre d'un petit sourire effleura ses lèvres – c'était le champion toutes catégories des petits sourires –, mais j'eus le sentiment d'avoir touché une corde sensible.

—On peut dire ça.

—C'est votre première affaire importante ici – en tout cas, la première affaire de meurtre, c'est sûr ; ça ne court pas les rues dans notre coin. Et vous voulez la résoudre au plus vite pour faire bonne impression, mais nous sommes dans les Cornouailles. Rien ne va vite ici, et ce n'est pas ce que nous attendons de vous non plus. Tout ce que nous voulons, c'est que vous fassiez votre boulot correctement.

—Mais je fais mon boulot correctement.

—Non, c'est faux. Vous avez décidé que Tony Penhaligon était le meurtrier.

Il ouvrit la bouche, mais je l'empêchai de parler en levant la main.

—Oui, je sais qu'il a le mobile le plus évident, et que l'explication la plus évidente est souvent la bonne, mais…

—Mais Tony est votre ami, me coupa-t-il d'un ton sarcastique.

—C'est vrai. Et vous, vous avez une théorie et vous cherchez des preuves pour la démontrer, au lieu d'analyser les indices pour la fonder.

—Je peux vous assurer que c'est faux.

Toutefois, il ne semblait pas en être si convaincu.

—Je comprends, dis-je. Votre hypothèse est tout à fait crédible, et tout porte à croire que c'est la bonne. À un détail près : tout repose sur la mort de Cheryl. Or, nous n'avons pas la certitude qu'elle soit morte. Il n'y a pas de corps. Votre raisonnement se tient : *si* Mel était au courant qu'elle avait une liaison, *si* Cheryl avait décidé de s'enfuir parce que Mel menaçait de tout révéler, *si* Tony avait découvert le pot aux roses et perdu son sang-froid, et *s'*il savait que Mel était au courant… Ça fait beaucoup de « si ».

Withers s'assit à côté de moi avec – à ma grande stupéfaction – un air absorbé, comme si je venais de lui donner matière à réflexion.

—Melissa Penhaligon n'avait pas le moindre ennemi, fit-il remarquer. J'ai mené l'enquête : tout le monde l'aimait, malgré ce qu'elle avait fait à Tony. Tout le monde semblait penser qu'elle avait eu la monnaie de sa pièce le jour où sa nouvelle compagne l'avait plaquée à son tour. La seule personne qui avait une raison de garder une dent contre elle, c'est Tony.

—Et Cheryl, s'il s'avère que Mel menaçait bien de révéler sa liaison à Tony.

Withers ne pouvait pas le nier.

—Oui… mais si son but était de sauver sa relation avec Tony, pourquoi se donner tant de mal pour, en fin de compte, s'enfuir ? Assassiner quelqu'un pour préserver son mariage, mais y renoncer de toute façon, ça n'a aucun sens.

Nos regards se rivèrent l'un à l'autre, puis nous nous détournâmes pour contempler les fleurs qui ornaient la gloriette.

Une idée me traversa l'esprit.

—Il reste Roger Laity.

Withers tourna vivement la tête vers moi.

—Qu'est-ce qui vous fait penser à lui ?

—Mel m'a certifié que Cheryl avait des vues sur le magasin de Tony, rappelai-je.

Il hocha la tête.

—Oui, mais ça, vous me l'avez déjà raconté, et M. Penhaligon – père – m'a appris que ce magasin était une fiducie familiale. Tony n'aurait donc rien pu lui céder.

—Je sais, et Cheryl le savait aussi, mais ce Roger Laity serait impliqué dans des transactions douteuses avec le conseil municipal. Rien d'illégal, semble-t-il, mais rien de très correct non plus.

Quels avaient été les mots exacts de Mel ?

—Mel m'a dit que sa cousine était employée municipale et qu'elle avait eu vent de quelque chose. D'après elle, la famille Laity a des projets pour Penstowan – des projets qui seraient loin de faire l'unanimité.

—Bon sang, et en langage clair, ça veut dire quoi ? demanda Withers un peu exaspéré.

—Aucune idée, reconnus-je. Mais cela a peut-être un rapport avec le magasin. Quand elle m'a vue, la première réaction de Mel a été de me demander si j'enquêtais sur les Laity.

—Mmh…

Withers sortit son téléphone et ouvrit sa messagerie.

—Voilà, c'est bien ça. Tout à l'heure, j'ai reçu un message m'informant que Roger Laity était ici, à l'hôtel, et qu'il souhaitait emporter les affaires de Cheryl.

Je sais, songeai-je, mais je me gardai bien de le lui avouer. De toute façon, j'avais complètement oublié que la réceptionniste nous avait donné cette information.

Withers sourit.

—J'ai aussi reçu un message vocal confus de l'agent Trelawney à propos d'un chien qui se serait échappé d'une voiture. Pendant un instant, j'ai cru qu'il avait mangé un truc pas net et qu'il hallucinait. Puis je me suis rappelé que quelqu'un venait d'hériter d'un chien qu'il était incapable de maîtriser, et qui déboulait sans arrêt sur ma scène de crime.

—Je me demande bien qui peut être ce quelqu'un…, répondis-je, tout à coup très intéressée par une rose.

Ce qui ne m'empêcha pas d'apercevoir du coin de l'œil l'air amusé de Withers.

Il était beau quand il souriait sincèrement. Je humai la rose puis reportai mon attention sur lui, mais cette fois, c'est lui qui s'était détourné.

—Pourquoi Roger Laity voulait-il récupérer les affaires de sa nièce ? m'étonnai-je. Il était son tuteur, mais elle ne vivait plus chez lui. Et, indépendamment du fait que c'était à Tony de réclamer les effets personnels de sa compagne, pourquoi venir si vite ? Elle a disparu depuis moins de quarante-huit heures.

—En effet…

Withers resta plongé dans ses pensées pendant un moment, puis sembla prendre une décision et se leva.

—Très bien. Je ferais mieux de vous raccompagner chez vous.

Déçue d'être de nouveau congédiée, je me levai à mon tour et le suivis jusqu'à sa voiture. Il m'ouvrit la portière, puis grimpa derrière le volant et démarra. Avant de partir, il resta au point mort pendant un moment, puis se tourna vers moi.

—Si ça ne vous dérange pas, je dois d'abord faire un petit détour.

16

Après avoir quitté le parking, Withers remonta l'allée bordée d'arbres de l'hôtel et s'engagea sur la route. Excepté qu'au lieu de tourner à gauche vers Penstowan, il prit à droite, puis encore à droite, et monta sur l'A 39 en direction du sud.

—Où allons-nous ?

—Vous verrez bien. Je le fais uniquement pour vous rabattre le caquet.

—Mais vous faites quoi ?

—Taisez-vous avant que je ne change d'avis, répliqua-t-il sans quitter la route des yeux.

Je me tournai vers la fenêtre et regardai la campagne défiler à toute vitesse. Le silence s'installa, et avec celui-ci un léger malaise ; rien à voir avec les silences agréables que je partageais parfois avec Tony. *Pitié, allume la radio, fais quelque chose.* À ma grande surprise, il s'exécuta. La station sur laquelle elle était réglée passait les hits du moment, que je n'avais jamais entendus pour la plupart, et qui se ressemblaient tous. *Je deviens vieille.*

—Cette musique ! J'ai l'impression d'entendre la même chanson en boucle, râla l'inspecteur-chef.

Je tressaillis. Décidément, il lisait dans mes pensées.

—Ça fait partie des premiers signes de l'âge, vous êtes au courant ?

Il rit.

—Ouais.

Nous approchions un tournant que je ne connaissais que trop bien, hélas, même si je n'étais pas passée souvent par ici ces dernières années.

Withers s'en aperçut.

—Qu'avez-vous ? Je suis toujours très prudent au volant.

—Oh, je n'en doute pas. C'est juste que je connais quelqu'un qui a eu un accident ici.

Je ne comptais pas m'étendre sur le sujet avec lui. Nous croisâmes un panneau annonçant Crackington Haven.

—Quel nom génial, commenta Withers.

Il essayait de détendre l'atmosphère. Vraiment, il n'en finissait plus de me surprendre.

—Vous y êtes déjà allé ? On peut y faire des promenades fantastiques, c'est très sauvage.

—On y trouve aussi un pub très sympa, déclara-t-il.

—Alors c'est ça, vous m'emmenez boire une bière ?

—J'avoue que j'en aurais bien besoin, mais non, répondit-il en riant. Nous nous rendons à Boscastle.

—Boscastle ?

—Chez Roger Laity.

—Nous allons rendre visite à Roger Laity ?

—Non, JE vais lui rendre visite pendant que vous resterez gentiment assise dans la voiture. Ne me faites pas regretter de vous avoir embarquée.

—Je serai muette comme une carpe.

Il me décocha « un regard », je ne saurais qualifier cela autrement.

—Je le croirai quand je le verrai…

La maison familiale des Laity se trouvait en périphérie de Boscastle. Perchée sur les hauteurs, à flanc de colline, elle surplombait le port et la jolie petite ville. Une grande allée de gravier traversait le domaine aux pelouses impeccables et aux parterres débordant de couleurs, pour aboutir devant une imposante demeure en pierre de style géorgien. C'était le genre d'endroit que les nouveaux propriétaires issus de la classe moyenne aisée appelaient « un petit cottage à la campagne », mais que n'importe qui d'autre appelait « une bicoque énorme ». « Énorme », c'était le mot. Jouxtant celle-ci, une dépendance en pierre blanchie à la chaux avait, selon toute vraisemblance, été convertie en garage ou en atelier. Cette annexe à elle seule était plus grande que ma maison actuelle. Les fenêtres en verre givré de la porte fermée ne trahissaient rien de ce qu'elle contenait.

Un Range Rover récent, moyen de locomotion indispensable du riche campagnard, était garé devant la maison. Contrairement à Londres, où les véhicules de cet acabit étaient réservés aux terrains accidentés de Kensington et de Chelsea ou aux plaines gelées d'Islington, la fonction tout-terrain prenait ici tout son sens, et ce modèle-ci avait clairement fait du hors-piste, comme en attestaient ses roues boueuses, mais aussi les herbes et petites fleurs jaunes prises dans la calandre à l'avant. Au moment où l'inspecteur-chef se rangea à côté du Range Rover, Roger Laity sortit de chez lui, un sac de sport à la main. Il sembla surpris de nous voir.

Withers me jeta un coup d'œil.

—Vous ne bougez pas.

—Pourquoi m'avoir amenée ici si je ne peux pas sortir ?

—Je me le demande aussi, maugréa Withers. Je vous ai amenée ici pour que vous constatiez que je respecte toutes les procédures dans cette enquête et que vous me laissiez tranquille, d'accord ?

—Mmh.

Je refusais de prendre un quelconque engagement. Levant les yeux au ciel, il appuya sur un bouton qui baissa ma vitre.

—Vous pouvez écouter, point.

Il ouvrit la portière et, tandis qu'il descendait, je l'entendis murmurer :

—Je sens que je vais le regretter…

Roger Laity s'approcha de la voiture avec un sourire forcé et complètement bidon. Non seulement il était surpris de nous voir, mais la surprise lui était franchement désagréable. Il offrit une poignée de main chaleureuse à Withers, mais cette chaleur ne se communiqua pas à son regard.

—Inspecteur… Withers, c'est bien cela ? J'ai une excellente mémoire des noms, déclara-t-il en s'inclinant pour jeter un coup d'œil à l'intérieur de la voiture. Et là, nous avons la jeune dame qui s'est distinguée par son intervention spectaculaire l'autre soir. Qu'est-ce qui vous amène ?

Soudain, il afficha un air soucieux.

—Avez-vous des nouvelles de ma nièce ?

—J'ai bien peur que non, répondit Withers. Nous passions par Boscastle, et je me suis dit que j'allais en profiter pour m'arrêter et vérifier quelques détails avec vous, histoire de ne rien laisser au hasard.

Le sourire de Laity se figea encore davantage. D'un point de vue géographique, il était impossible de ne faire que « passer » à Boscastle, c'était forcément le but de votre voyage. Il avait donc deviné que cette petite visite n'était pas aussi fortuite que l'inspecteur-chef voulait le lui faire croire. Il changea son sac de main. Withers désigna celui-ci.

—Désolé, vous étiez justement sur le point de partir.

—Non, non. Je me rends chez un ami.

—Je ne vous retiendrai pas longtemps. Vous vivez seul avec votre femme, ici ? Et votre fils ? Votre épouse et lui sont-ils là ?

—Non. Ma femme passe quelques jours chez sa mère, à Helston. Elle n'est pas au meilleur de sa forme, toute cette affaire l'a bouleversée.

—Je suis désolé de l'apprendre, compatit Withers. Et votre fils… ?

—Craig ? Non, il a déménagé il y a deux mois. Il est rentré chez lui ce matin. Il travaille demain.

—Je vois. Où habite-t-il ?

—Dans l'Oxfordshire. Je crois qu'il a fait une déposition hier, même s'il n'a rien vu.

—Parfait, dit Withers d'une voix rassurante. Le sort de Cheryl nous préoccupe beaucoup, bien sûr, mais ce dont j'aimerais vous parler, c'est du meurtre. Vous connaissiez bien la victime ?

Un éclair de stupéfaction traversa les traits de Laity, mais il n'était pas devenu un brillant homme d'affaires (ni propriétaire d'une bicoque énorme) en se laissant dominer par ses émotions. Il adopta une mine songeuse.

—Mmh, attendez que je réfléchisse… Vous savez, en toute franchise, je crois que nous ne nous étions jamais rencontrés.

—Elle n'a jamais travaillé pour vous et n'a jamais eu un quelconque rapport avec votre entreprise ? Dans quel secteur êtes-vous, rappelez-moi ?

Cette fois, Laity parut un peu mal à l'aise.

—Je possède toute une série de campings dans la région, le long de la côte. Ils ont beaucoup de succès. J'ai de nombreux employés, des saisonniers pour la plupart, naturellement, mais je ne me rappelle pas l'avoir engagée un jour.

—Tiens. C'est étrange…, fit Withers en secouant la tête. Mais qu'importe.

—Qu'est-ce qui est étrange ? s'enquit Laity, alarmé.

Dans la voiture, je trépignais de frustration. *Laisse-moi lui parler !* Mais je devais admettre que Withers s'en sortait à merveille, d'autant que nous ne savions même pas ce que nous reprochions exactement à Roger Laity.

—Oh, je ne pense pas que ce soit important, dit Withers d'un air perplexe. Simplement, la victime aurait lancé des allégations sur vos relations commerciales avec le conseil municipal de Penstowan. Vous avez une idée de ce à quoi elle faisait allusion ?

Laity ne paraissait plus alarmé, juste agacé.

—Mes relations avec la municipalité ne regardent que moi.

—Tout dépend de leur nature, précisa Withers. Ne vous en faites pas, je mènerai ma petite enquête demain pour essayer de tirer cette histoire au clair. Je vous remercie de m'avoir accordé de votre temps, monsieur Laity.

À ces mots, il tourna les talons, laissant Roger Laity entre colère et stupéfaction. *Finement joué*, songeai-je. Ce type manigançait quelque chose, c'était désormais une certitude. Peut-être Mel avait-elle un ennemi, en fin de compte.

Withers ouvrit sa portière et m'adressa un clin d'œil, avant de se tourner de nouveau vers Laity, à mon grand soulagement, car mes joues bouillantes devaient être cramoisies, et moi, ridicule.

—Oh, à propos, vous êtes passé à l'hôtel tout à l'heure pour réclamer les affaires de Cheryl, je crois ? Elles font partie de la scène de crime, donc nous préférons les conserver pour le moment, mais s'il y a quelque chose en particulier que vous souhaitez récupérer… ?

Laity secoua la tête.

—Non. Je voulais juste les avoir près de moi. Je me raccroche à l'espoir qu'elle soit toujours en vie, qu'elle ait simplement ouvert les yeux et quitté ce… cet abruti de Tony. Et je voulais conserver ses affaires ici pour elle, au cas où elle reviendrait.

—Je vois. J'en aurai encore besoin quelque temps, mais je vous tiendrai au courant dès que nous pourrons vous les rendre. Merci.

Il monta dans la voiture, mais ne démarra pas. J'ouvris la bouche.

—Pas encore, me devança-t-il.

Roger Laity continuait à nous observer, visiblement embarrassé. Il attendait que nous partions, ça ne faisait pas un pli. Withers prit son téléphone et le colla à son oreille, faisant semblant de répondre à un appel.

—Il nous regarde toujours ?

Je jetai un coup d'œil discret à Laity.

—Oui. Il a vraiment l'air mal à l'aise.

—Parfait, jubila Withers.

Il rangea son portable en souriant.

Il démarra et nous nous éloignâmes lentement. Dans le rétroviseur, je vis Laity sortir son téléphone et rentrer dans la maison. Je croisai le regard de Withers dans le petit miroir ; il l'avait vu, lui aussi.

—Il n'a pas du tout l'air coupable, n'est-ce pas ? ironisai-je.

Withers s'esclaffa.

—Un honnête citoyen, tout ce qu'il y a de plus charmant.

17

Le trajet de retour se déroula dans un silence un peu moins gênant qu'à l'aller. Je tentai à plusieurs reprises d'engager la conversation, mais Withers était plongé dans ses pensées et, même s'il répondait sans la moindre animosité, je compris qu'il valait mieux ne pas insister. Je mourais d'envie de lui demander quelles conclusions il tirait (s'il y en avait) de notre visite chez Roger Laity, mais je m'abstins. En me proposant de l'accompagner, il avait fait un grand pas vers moi ; c'était inespéré et, si je voulais garder sa confiance, j'avais tout intérêt à attendre qu'il partage ses réflexions avec moi plutôt que de le harceler.

Il bifurqua dans ma rue et se gara devant chez moi.

—Bon..., commençai-je, sans trop savoir quoi dire ensuite. Et maintenant ?

—Maintenant, vous allez me laisser faire mon travail.

Je le dévisageai, médusée.

—Mais je pensais... Alors, quel était le but de tout ça ? Pourquoi m'avoir emmenée interroger Laity ?

—Pour vous montrer que, en dépit de vos accusations, je respecte toute la procédure à la lettre. Quoi, vous avez cru que nous étions devenus coéquipiers ou quelque chose comme ça ? demanda-t-il, amusé.

—Bien sûr que non ! m'écriai-je, troublée.

Aussi ridicule que cela puisse paraître, j'avais en effet espéré quelque chose de semblable. Mais nous n'étions pas coéquipiers, où avais-je la tête ? J'étais traiteur, pas flic.

—Qu'allez-vous faire pour Roger Laity ? demandai-je malgré tout.

—Que voulez-vous que je fasse ?

—Eh bien, il est plutôt louche, non ?

Withers soupira, puis me regarda droit dans les yeux.

—Jodie. Stop. Oui, il a l'air coupable, mais de quoi ? Pas de meurtre.

—Ça, vous n'en savez rien, m'obstinai-je.

Bien sûr, il avait raison, j'en étais consciente.

—Si, je le sais. Vous l'avez vu comme moi quand j'ai mentionné Mel ; il a été pris au dépourvu. Je suis certain qu'il est coupable de quelque chose – les gens comme lui le sont en général –, mais c'était la première fois qu'il entendait parler des accusations de Mel, incontestablement.

—Mais ne pourrions-nous pas… Je veux dire : ne pourriez-vous pas au moins découvrir ce qu'il manigance ?

—Non, pas vraiment, répliqua Withers, de plus en plus irrité. Sauf si ses tractations douteuses avec le conseil municipal sont directement liées à la mort de Mel, et je ne vois pas comment ce pourrait être le cas. Pour l'amour du ciel, ce type possède des terrains de camping.

Je me détournai vers la vitre. Je détestais l'admettre, mais il avait raison. Et Tony ? Ça lui faisait une belle jambe. Withers dut deviner le fond de ma pensée, parce qu'il se radoucit.

—Écoutez, je sais que vous voulez aider votre ami, mais j'ai suivi la piste que vous m'avez donnée, et elle ne mène à rien. Roger Laity n'a aucun mobile valable pour tuer Mel, et rien ne nous permet de l'impliquer dans la disparition de sa nièce. Nous avons fouillé les affaires de Cheryl et, pour autant que je sache, nous n'y avons rien trouvé de compromettant le concernant. Ce n'est qu'un oncle inquiet.

—Je sais…

Pourtant, il y avait forcément quelque chose.

—En ce qui me concerne, Tony reste notre principal suspect, conclut Withers avec douceur. Je suis désolé, mais tous les éléments dont nous disposons le désignent. Quant à cette information que vous nous avez donnée sur le chien, eh bien, elle confirme que Mel a sans doute été tuée vendredi soir, à peu près à l'heure où des témoins affirment avoir vu Tony sortir.

—Je sais que ce n'est pas lui, me braquai-je.

Il secoua la tête en soupirant.

—Si ce n'est pas lui, alors il n'a rien à craindre, n'est-ce pas ? Je ne m'acharne pas sur lui, j'essaie juste de découvrir la vérité. L'élément qui confirmera sa culpabilité ou qui prouvera au contraire son innocence est là quelque part, et je le trouverai. Mais vous devez nous laisser agir, mes agents et moi. Vous n'êtes plus flic, Jodie. Faites-vous une raison.

***

« Faites-vous une raison. » Plus facile à dire qu'à faire alors que Tony croupissait dans une cellule. Je regardai la voiture de Withers disparaître, puis rentrai.

—Où étais-tu ? lança Daisy à la seconde où je franchis le seuil.

La culpabilité s'abattit sur moi. J'étais trop nulle.

—Je suis désolée, ma chérie. Nana n'est pas là ?

—Si, elle est là, répondit ma mère en faisant irruption dans le hall. Mais je ferais mieux de rentrer chez moi…

—Reste au moins pour le dîner, suggérai-je. Il commence à se faire tard.

—D'accord.

J'échangeai un regard entendu avec Daisy ; nous avions toutes les deux l'impression que ma mère était en réalité très heureuse d'avoir de la compagnie.

Je me rendis dans la cuisine et inspectai le frigo.

—Désolée de rentrer si tard, dis-je en sortant des blancs de poulet qui seraient périmés le lendemain.

Je pris aussi un chou-fleur et quelques légumes qui commençaient à s'avancer.

—L'inspecteur-chef Withers voulait discuter avec moi.

—Tu vois, je t'avais bien dit qu'elle était son genre ! lança-t-elle à Daisy d'un air satisfait.

—Hum, je suis là, vous savez, leur signalai-je.

Je m'emparai d'une planche à découper et entrepris d'émincer les légumes.

—Ce n'était pas une visite de courtoisie ; il voulait parler de l'affaire. Quelqu'un peut me passer l'ail et l'huile d'olive ?

Je leur confiai une tâche à chacune, et bientôt, nous fûmes toutes les trois à pied d'œuvre. L'une écrasa l'ail pendant que l'autre badigeonnait les légumes d'huile d'olive avant qu'ils ne soient enfournés. Je détaillai les blancs de poulet sur une autre planche à découper, les assaisonnai de cumin et de coriandre, puis Daisy enfila les dés sur des piques à brochette, en alternant avec des morceaux de champignons et d'oignons rouges. Un sourire étira mes lèvres. La tension des derniers jours commençait à s'envoler ; cuisiner me faisait toujours cet effet. C'était mon refuge.

J'avais toujours adoré la cuisine – si, comme moi, vous aimez manger, c'est une compétence utile –, mais au bout de quelques années dans la police, c'était devenu une évidence. À l'époque où j'avais commencé à avoir plus de responsabilités et, par conséquent, à ressentir plus de stress, j'avais découvert que le simple fait de préparer mon repas – un vrai repas, pas juste piqueter l'opercule d'un plat de lasagnes avant de le mettre au micro-ondes – produisait des miracles sur ma santé mentale. Mettre de la musique, danser dans la cuisine et suivre une recette, même si je la connaissais par cœur, tout cela m'aidait à faire le vide.

Quarante minutes plus tard, nous nous installâmes autour de la table pour déguster un plat délicieux composé de savoureuses brochettes de poulet à la marocaine, de légumes rôtis que j'avais relevés avec une généreuse cuillère de harissa, et du couscous israélien que j'avais renoncé à préparer pour le mariage. Au début, ma mère essaya de me tirer les vers du nez au sujet de l'inspecteur-chef Withers, mais elle finit par jeter l'éponge et profiter de ce qu'elle avait dans son assiette. Je débouchai même la bouteille de vin que m'avait offerte l'agent immobilier le jour où nous avions emménagé, et qui ne s'avéra pas mauvaise du tout.

C'était exactement ce dont j'avais besoin : un bon repas en compagnie des êtres que j'aimais le plus au monde, dans notre nouvelle maison. Couchée sous la table, Germaine jappait de temps à autre pour réclamer sa part et, bien que nous ayons toutes les trois convenu qu'il ne fallait pas céder à son chantage affectif sous peine de lui faire prendre de mauvaises habitudes, elle sembla étrangement repue à la fin du dîner.

Ensuite, nous prîmes place au salon pour regarder la télévision, une comédie sur Netflix – elle nous plut beaucoup, même si le lendemain, j'aurais été incapable d'en raconter quoi que ce soit ou d'en citer le titre. Je préparai du chocolat chaud, puis Daisy se blottit contre moi sur le canapé, ce qui n'était plus arrivé depuis une éternité. Plus elle grandirait, moins j'aurais droit à ce genre de câlins, alors je veillai à savourer celui-ci.

Ma mère n'avait plus reparlé de rentrer chez elle. J'étais contente qu'elle passe une nuit de plus avec nous, mais il faudrait tout de même que je la dépose chez elle le lendemain, ne fût-ce que pour qu'elle reprenne des vêtements propres.

Elle but une gorgée de chocolat chaud, puis aborda la question à laquelle j'avais évité de penser toute la soirée.

—Alors, pourquoi tiens-tu tellement à prouver l'innocence de Tony ?

—Parce qu'il n'a rien fait, bien sûr ! répondis-je tout en pensant : *Ne parlons pas de ça maintenant...*

—Mais pourquoi faut-il que ce soit toi qui t'y colles ? demanda Daisy. On a déménagé ici justement pour s'éloigner de tous ces trucs de police.

Je lui pris la main.

—Oh, mais il n'est pas question de ça, ma chérie. Je ne compte pas me mettre en danger ni prendre le moindre risque. Je t'ai promis que je ne recommencerais pas, n'est-ce pas ? Je ne fais qu'aider un vieil ami. Je sens que c'est la bonne chose à faire.

Ma mère secoua la tête.

—Ça, on l'a bien compris, mais quand même… Pourquoi ne pas laisser ce séduisant policier faire son travail ?

—Il a beau être séduisant, il n'en reste pas moins convaincu que Tony est coupable.

—Mais s'il est innocent, ils ne pourront pas l'inculper, si ? Je sais qu'on voit ça souvent à la télé : ils mettent un innocent en prison, et le jour où il sort, il veut prendre sa revanche, et ça finit en bain de sang…

Qu'avait-elle bien pu regarder ?

—... mais tu m'as dit toi-même que ce genre d'erreurs restait rare, même à Londres. Les coupables ont plus de chance de s'en tirer impunément que les innocents de se retrouver derrière les barreaux.

C'était la vérité, mais savoir que l'un de vos amis risquait d'être l'exception à la règle n'était pas d'un grand réconfort.

Encore moins si ça se produisait dans mon secteur... Et si c'était ça, l'explication ? Oui, il était plus que temps que j'arrête de me moquer du monde. C'était *exactement* ça. Excepté qu'il ne s'agissait pas de mon secteur, mais de celui de mon père.

Je soupirai.

—Je n'y avais jamais fait attention, mais tout me rappelle papa dans cette ville.

Ma mère ne fit aucun commentaire, mais hocha la tête.

—Je veux dire, certaines de ses recrues sont toujours en poste alors que je les croyais toutes à la retraite. Même Withers a entendu parler de lui. Si papa était encore là, il aiderait Tony. Lui, il saurait qu'il est innocent. C'est comme si j'avais besoin d'être sûre qu'on ne commette pas d'erreur judiciaire dans sa circonscription.

—Tu n'as rien à prouver à ton père, mon cœur, m'assura ma mère.

—En fait, si, un peu. J'ai toujours voulu être comme lui, mais je ne l'ai jamais été, n'est-ce pas ? J'ai abandonné le navire. Je ne suis pas allée aussi loin que lui. Si je suis partie à Londres, c'est pour réaliser quelque chose moi-même, pour qu'il soit fier de moi, mais j'y ai passé dix-sept ans, et je n'ai jamais dépassé le grade de sergent.

—Je croyais que monter en grade ne t'intéressait pas, objecta ma mère, ce qui m'agaça, car elle avait raison.

Tout ce que je voulais, c'était me complaire dans la mélancolie.

—Tu m'as toujours dit que tu préférais être sur le terrain, continua-t-elle. Je te revois même râler, quand tu es devenue sergent, parce que ça te faisait plus de paperasse et moins d'action. Exactement comme ton père, en fait. Il adorait son boulot, mais il a été très frustré quand il s'est retrouvé coincé derrière un bureau.

—Oui, mais…

—Grand-papa était très fier de toi, intervint Daisy.

Je me tournai vers elle, ahurie.

—Ah bon ?

—Oui. Tu te souviens, quand on est venues passer quelques jours ici à Noël, avant sa mort ? Un soir, il m'a lu une histoire, et je ne sais pas pourquoi, on s'est mis à parler de ça, mais je lui ai dit que tu emprisonnais les méchants, et il m'a répondu qu'il le savait et qu'il était très fier de toi. J'étais encore petite, mais je m'en souviens très bien, parce que ça m'a rendue très fière de toi aussi.

Elle me jaugea d'un air méfiant.

—Tu ne vas pas te mettre à pleurer, hein ?

—Non, mentis-je en reniflant avec frénésie.

Je la serrai tout contre moi, puis ma mère vint s'asseoir à côté de moi et se joignit à notre étreinte. Décidant de ne pas être laissée pour compte, Germaine grimpa sur mes genoux pour recevoir sa dose de tendresse. Je remerciai ma bonne étoile que Tony nous ait livré un canapé assez grand pour accueillir nos démonstrations d'amour familial.

18

Le lendemain matin, je m'éveillai avec le sentiment… En réalité, je ne savais pas trop ce que je ressentais. L'inspecteur-chef Withers était remonté dans mon estime ; il avait pris ma piste sur Roger Laity au sérieux, au point d'aller l'interroger, et je devais admettre qu'il était peu probable que Laity ait tué Mel. À notre connaissance, il ne l'avait même jamais rencontrée. Plus j'y réfléchissais, plus son étonnement, au moment où il avait appris les allégations de Mel concernant ses affaires, paraissait sincère. Et pourtant…

Roger Laity cachait quelque chose, c'était certain, mais sans creuser, comment avoir la certitude que cela n'avait aucun rapport avec la mort de Mel et la disparition de Cheryl ? Tout au long de notre visite, il avait semblé particulièrement mal à l'aise, et puis ce sac de sport… Était-ce le fruit de mon imagination, étais-je en train de manipuler les indices pour qu'ils correspondent à mon hypothèse (comme Withers), ou bien Laity avait-il inconsciemment changé son sac de main pendant toute la conversation ? L'expérience sur le terrain m'avait appris que lorsque quelqu'un ne voulait surtout pas que vous trouviez quelque chose, comme de la drogue ou des marchandises illicites, cette personne se trahissait par inadvertance dans au moins soixante-quinze pour cent des cas, en jetant un coup d'œil révélateur ou en se plaçant devant la chose en question.

Le tout, c'était de réussir à repérer cela. Que contenait ce sac ? Et où Laity se rendait-il ?

J'extrapolais sans doute. Sa femme était absente, il allait sûrement voir un ami comme il l'avait expliqué, voire une maîtresse ; son sac était peut-être rempli de lingerie coquine ! Je frémis en imaginant Roger Laity vêtu d'un slip en cuir. C'est à Boscastle que l'ancien propriétaire de ma camionnette aurait dû ouvrir sa boutique fétichiste.

« Vous n'êtes plus flic, Jodie. Faites-vous une raison. » Oui, mieux valait laisser Withers faire son boulot. Il savait ce qu'il faisait. Il n'était pas là pour piéger Tony ; il s'en remettait à son expérience pour identifier le suspect le plus vraisemblable. Et lorsqu'il s'apercevrait qu'il n'avait pas assez de preuves pour inculper Tony (parce que ce n'était pas lui, le coupable), il serait obligé de le libérer. J'espérais de tout mon cœur voir ce scénario se concrétiser, car même si j'avais pu dire à ma mère que les innocents finissaient rarement derrière les barreaux, hélas, cela arrivait. Pas souvent – même s'il est de notoriété publique que les prisons sont remplies « d'innocents » –, mais cela arrivait.

Cependant, en admettant qu'ils relâchent Tony, trouveraient-ils un jour le véritable meurtrier ? Plus une enquête s'éternise, moins elle a de chance d'aboutir. Dans toute affaire, les premières heures sont cruciales : ce laps de temps au cours duquel les indices sont frais, la scène de crime n'a pas encore été contaminée, les témoins et les suspects potentiels n'ont pas encore eu le temps d'oublier les faits, de se concocter un alibi ou d'inventer quoi que ce soit. Après la découverte du corps de Mel, la police avait agi très rapidement : ils avaient isolé la scène, convoqué les experts de la scientifique, prélevé des échantillons d'ADN, recueilli le témoignage de tout le monde à l'hôtel et placé un suspect en détention. Néanmoins, il y avait désormais quarante-huit heures que la macabre découverte avait eu lieu, et plus longtemps encore que le crime avait été commis. Selon moi, Withers et ses hommes faisaient fausse route, ils cherchaient au mauvais endroit. Et lorsqu'ils se mettraient enfin à creuser du bon côté, la piste aurait refroidi. Et justice ne serait pas rendue à Mel ni à Cheryl, si cette dernière était bel et bien morte – hypothèse sur laquelle j'avais changé d'avis. Désormais, je ne voyais pas comment Cheryl pouvait encore être en vie, si c'était le cas, elle aurait depuis longtemps contacté Tony ou son oncle et sa tante pour les rassurer. Cela dit, si elle avait effectivement été assassinée, où était donc passé son corps ? Tant que cet assassin n'aurait pas été identifié, l'ombre du soupçon continuerait à planer sur Tony. Cela me fit penser à cette vieille expression, « il n'y a pas de fumée sans feu », totalement absurde, du reste – il suffisait de voir mon salopard d'ex-mari s'essayer aux fourneaux pour le comprendre – ; pourtant, les gens y croyaient toujours dur comme fer.

Oui, il valait mieux laisser la police gérer seule. Ce n'était plus de mon ressort. Pourtant, cette petite voix dans ma tête – celle qui poussait des *Ooooohhh* lorsque Withers m'adressait un clin d'œil ou bandait ses muscles, et à qui je ne pouvais donc pas faire confiance – lança : *Ouais, ouais, c'est ça, on sait toutes les deux que tu ne laisseras pas tomber si facilement.* Cette fois, elle avait raison.

Je déposai ma mère chez elle. Elle n'était plus rentrée depuis trois jours et n'avait plus de sous-vêtements propres, puis elle avait des choses à faire ; alors, Daisy et moi la laissâmes, avec pour instruction de nous appeler si elle voulait un peu de compagnie.

Ensuite, j'emmenai Daisy et Germaine à Penstowan. La saison estivale venait de démarrer, et il était presque impossible de se garer dans le centre ; bientôt, les habitants se plaindraient des touristes venus de tout le pays qui envahissaient notre petite ville, ces gens qui se mettent toujours dans le chemin, abandonnant leurs stupides bagnoles n'importe où, qui jettent leurs déchets partout… Toutefois, ils protesteraient discrètement, car la moitié des citoyens de cette ville n'était pas originaire des Cornouailles ; la population avait massivement augmenté au cours des vingt dernières années, à la suite du ras-le-bol suscité par les prix exorbitants de l'immobilier dans les autres régions du Sud. Et bien sûr, les touristes avaient beaucoup d'argent qu'ils dépensaient joyeusement en bouées et autres ballons gonflables, crèmes glacées, *fish and chips* les dimanches ensoleillés, et dans le petit cinéma local ou la salle de bowling les jours de pluie. Pour bon nombre de commerçants de la région, une bonne saison estivale, c'était l'assurance d'un hiver serein ensuite. Une mauvaise saison, c'était goûter aux joies du chômage et survivre en mangeant des fèves au lard de chez Lidl. Je connaissais beaucoup de gens à qui c'était arrivé.

Nous déambulâmes sur Fore Street, Germaine s'arrêtant de-ci de-là pour renifler. Je ne pouvais pas le lui reprocher, car un délicieux fumet embaumait la rue. Celui-ci s'échappait de chez *Rowe's*, où l'on trouvait les plus succulentes spécialités corniques du monde et de tous les temps. J'aurais défié quiconque de prétendre le contraire. Nous louchâmes sur les brioches au safran en vitrine, mais aussi sur les tartes et les chaussons de toutes sortes, salés ou sucrés. Était-il trop tôt pour déjeuner ? Un peu, mais nous pourrions y faire une petite halte en rentrant…

Nous passâmes devant le grand magasin des Penhaligon, ouvert comme si de rien n'était. Cela dit, même si tout s'était déroulé comme convenu samedi, personne ne se serait attendu à voir M. ou Mme Penhaligon au travail ; à cette heure, ils auraient dû être en lune de miel. Mon instinct protecteur se raviva en pensant qu'au lieu de ça, Tony moisissait au poste de police. Withers devait l'interroger sans relâche, s'efforçant de lui arracher des aveux (le moyen le plus simple d'obtenir une condamnation). Je consultai ma montre ; Tony avait été arrêté la veille vers 13 heures, et l'inspecteur-chef ne pouvait le priver de liberté que pendant vingt-quatre heures, au terme desquelles il devait l'inculper ou le relâcher. Il ne lui restait que trois heures pour fournir assez d'éléments à charge. Malheureusement, il en était capable. Il suffisait que de nouveaux indices accablants surgissent pour qu'il prolonge ces vingt-quatre heures, ou l'arrête de nouveau un peu plus tard…

J'écartai tout cela de mon esprit, et rit en découvrant Germaine ligotée à Daisy, et sa laisse complètement emmêlée. Daisy se pencha et souleva ses pattes (celle du chien, pas les siennes) pour la dépêtrer de la toile de nylon qui s'était formée. *« Oh ! Quelle toile enchevêtrée nous tissons, lorsque pour la première fois nous trompons »*, récitai-je dans ma tête. Oh oui, cette affaire était une fameuse toile enchevêtrée.

Il était trop tôt pour un chausson à la viande, mais il n'est jamais trop tôt pour une bonne glace, alors je nous offris à toutes les deux un cornet à deux boules chez un artisan-glacier de la ville (fruits des bois à la crème caillée pour moi, chocolat aux éclats de caramel et brownie pour Daisy). Nous le dégustâmes sur un banc face à la mer, loin de l'agitation de la rue. Tandis que nous lapions notre glace sans la moindre décence, je jetai un coup d'œil à ma fille adorée, et mon cœur fit un bond de joie devant son expression de pur bonheur. Cela avait été très dur pour elle de quitter Londres ; elle y avait tous ses amis et son andouille de père. Mais là-bas, nous vivions dans une maison mitoyenne trop petite de deux étages, au loyer ridiculement élevé, avec un minuscule carré de pelouse en guise de jardin. Daisy avait toujours été une enfant du grand air. Nous partions souvent en excursion à la campagne, ou à la mer, et déjà toute petite, elle adorait marcher dans les bois et pourchasser les écureuils (à une époque, elle aurait même voulu être un chien). Et puis, ce n'était pas comme si Penstowan lui était totalement inconnu ; nous rendions visite à ses grands-parents aussi souvent que possible, dès que je pouvais m'échapper du boulot. Pourtant, j'avais beau être convaincue que cet environnement était bien plus bénéfique pour elle, je ne pouvais m'empêcher de m'inquiéter. La parentalité, c'était quatre-vingt-dix-neuf pour cent d'inquiétude, de peur de tout foirer, mais aujourd'hui, en la voyant heureuse, en train de rire, tandis que le chien léchait une goutte de crème glacée qui avait coulé sur sa jambe, je me dis que je ne me débrouillais pas si mal, après tout.

Daisy fit signe à deux enfants qui venaient dans notre direction – une fille blonde d'à peu près son âge, et un petit garçon de sept ou huit ans qui avait tout du petit frère qui traîne dans les pattes et qu'on tolère à peine.

—Tu les connais ? demandai-je.

Ils m'étaient vaguement familiers.

—Ils habitent dans notre rue. Je leur ai parlé hier pendant que je promenais Germaine. Ils ont l'air sympas.

Les enfants nous rejoignirent.

—Salut !

La fille avait l'air extravertie et sympathique, son sourire était contagieux. Elle s'agenouilla pour caresser Germaine.

—Oooh, elle est trop mignonne ! On va à la plage. Ça te dit de venir avec nous ?

Daisy me consulta du regard, hésitante. Nous étions en train de passer un bon moment, rien que toutes les deux, mais elle avait besoin de se faire des amis de son âge et, avec un peu de chance, cette jeune fille était inscrite dans la même école qu'elle pour la rentrée de septembre.

—Pas de problème pour moi, répondis-je.

Elle m'adressa un grand sourire. Après lui avoir fait promettre de m'appeler si elle avait besoin de quoi que ce soit, et lui avoir glissé un billet de 10 livres pour qu'elle puisse s'acheter et offrir à ses amis un chausson à la viande ou un paquet de frites pour le déjeuner, je les regardai se diriger vers la plage, le petit frère courant devant tandis que les filles papotaient. Germaine tira sur sa laisse en gémissant. Je me penchai pour la caresser, et elle faillit me cogner la tête en se dressant sur ses pattes arrière pour me lécher le visage.

—Désolée, ma vieille, les chiens ne sont pas autorisés sur la plage. Tu vas devoir rester avec moi.

J'étais donc livrée à moi-même ; qu'allais-je bien pouvoir faire ? Dans ma tête, la petite voix refit surface : *Tiens, les bureaux du conseil municipal ne se trouvent-ils pas à deux rues d'ici... ?*

***

L'hôtel de ville de Penstowan était un très bel exemple d'architecture civile des années soixante-dix. Ses concepteurs n'avaient rien retenu des leçons tirées des édifices brutalistes des années soixante, et avaient continué sur la lancée des structures carrées en béton dotées de rangées interminables de fenêtres, qui rendaient le travail très désagréable à l'intérieur, quelle que soit la météo – c'était une serre en été, et une glacière percée de courants d'air en hiver. Avec ses six étages, c'était l'un des plus hauts édifices de Penstowan. Devant l'entrée trônait une étrange sculpture en bronze censée représenter une chaloupe dans un style Henry Moore, mais un Henry Moore de troisième zone. Désormais couverte de vert-de-gris et constellée de déjections blanches de mouettes, l'œuvre était installée sur un socle bas au milieu d'un bassin en béton. Normalement, ce dernier devait contenir de l'eau, mais je ne l'avais vu rempli qu'une seule fois, pendant les célébrations qui avaient marqué les cinquante ans de règne de la Reine en 2002, juste avant mon départ pour Londres. Toutes les rues de la ville étaient en liesse et, à la fin de la soirée, la moitié des fêtards (largement imbibés par le cidre bon marché cuvée spéciale « Jubilé d'or », offert par un brasseur local en l'honneur de Sa Majesté) avaient pissé dedans. Le p""""éélendemain, le bassin avait été vidé et n'avait plus jamais été rempli depuis, si l'on ne tenait pas compte des mégots de cigarette, emballages divers et cannettes de bière qui s'y amassaient entre les nettoyages ponctuels du service propreté de la ville.

Je pénétrai dans le bâtiment en faisant mine de ne pas remarquer l'écriteau « chiens interdits » (j'avais toujours l'impression que Mel m'avait confié temporairement son chien et que, s'il lui arrivait quoi que ce soit, elle ne me le pardonnerait jamais).

Le hall d'entrée était très haut de plafond, et mes pas résonnèrent sur le carrelage lorsque je m'approchai du bureau d'accueil. La femme qui se tenait derrière celui-ci, très concentrée sur son ordinateur, ne releva pas la tête à mon arrivée. Je toussotai.

—Bonjour, commençai-je avant de m'interrompre.

Je ne connaissais pas le nom de la personne que je cherchais.

Derrière le comptoir, la femme daigna enfin me regarder, les sourcils froncés, mais son visage se dérida dès qu'elle m'aperçut.

—Jodie la Fouine ! On m'avait dit que tu étais de retour.

—Et me voilà ! Contente de te revoir, dis-je, un peu gênée.

Je n'avais pas la moindre idée de qui elle était.

—Tu ne me reconnais pas du tout, je me trompe ? demanda-t-elle en riant. Nina…

—Nina Falconer ! Oh, mon Dieu !

Quel soulagement lorsque son nom avait surgi dans ma tête. De la même année que moi au bahut, elle était attaquante de notre équipe de netball (j'étais en défense latérale et j'avais détesté ça).

—Nina Matthews maintenant.

—Non ! Pas toi et Liam ?

Liam Matthews, le bad boy de seconde à l'époque où nous n'étions que des bécasses de quatrième année, avait été renvoyé un certain nombre de fois pour avoir fumé dans les toilettes et s'être battu.

Elle hocha fièrement la tête.

—Si, si. Je l'ai dompté. C'est Louise Gifford qui m'a dit que tu étais de retour…

—Comment était-elle au courant ? Je n'ai pas vu Louise depuis au moins dix ans.

—Apparemment sa mère l'a appris de ta mère.

—Ah, mais oui, bien sûr. Les matinées du club des retraités, une vraie plaque tournante du trafic de potins…

Germaine tira sur la laisse et je la poussai légèrement du pied dans l'espoir qu'elle se taise encore un peu.

Évidemment, ce fut un échec. Nina se leva en haussant les sourcils, et découvrit Germaine qui fit de son mieux pour avoir l'air mignonne, à défaut de passer inaperçue.

—Ce ne serait pas le chien de Mel ?

—Si, personne d'autre ne pouvait s'en occuper. Quelle horrible affaire, n'est-ce pas ?

—Oh oui, horrible. Tu crois que Tony est le coupable ?

—Hein ? Tony ? On parle bien du garçon qui est tombé dans les pommes le jour où l'on a disséqué une grenouille en biologie ? Je ne pense pas, non. Toi, oui ?

—Je ne sais pas, répondit-elle, dubitative. Il paraît que la police l'a arrêté…

—C'est pour aider les enquêteurs, il n'a pas été inculpé, déclarai-je avec aplomb. D'ailleurs, c'est un peu pour ça que je suis ici…

La cousine de Mel, Trish, était employée au service d'urbanisme. Personne ne s'attendait à la voir au travail ce matin-là, pas après un tel drame familial, mais elle était très consciencieuse, et puis, comme elle l'avait expliqué à Nina, seuls les rouages machiavéliques et la logique tordue du règlement communal d'urbanisme avaient le pouvoir de lui changer les idées.

Trish descendit dans le hall et m'emmena dans un bureau voisin. Elle avait le teint pâle et de gros cernes sous les yeux, mais son visage s'illumina à la vue de Germaine, qui se mit à sautiller en jappant à son arrivée. Mon cœur se serra ; Trish était une tutrice mille fois plus légitime que moi pour la petite chienne de Mel. Si elle décidait de l'adopter, il me serait très difficile de refuser.

—Coucou, Germaine ! C'est qui la jolie fifille ? babilla Trish en caressant le pelage blanc et duveteux du loulou de Poméranie.

—Vous êtes de bonnes amies, visiblement, notai-je.

—Oui, c'est une chienne adorable. Merci beaucoup de l'avoir amenée ici. C'est pour ça que vous êtes venue ? J'aimerais tellement l'adopter, en hommage à ma pauvre Mel…

Sa voix s'étrangla, et je sentis ma gorge se serrer en m'imaginant annoncer à Daisy que j'avais dû me séparer de Germaine.

—… mais j'ai déjà deux chiens, et il n'y a pas assez de place chez moi.

Doux Jésus, merci, Seigneur ! Je me décrispai aussitôt.

—Non, non, je ne suis pas là pour ça, nous sommes ravies de vivre avec elle ! Ma fille et elle sont déjà les meilleures amies du monde. Non, je voulais vous parler de Mel.

Elle me dévisagea avec méfiance.

—Vous n'êtes pas de la police ? Ce n'est pas officiel ?

—Non, répondis-je. Je mène une enquête privée. Enfin, en quelque sorte. Je suis chef traiteur, mais j'ai fait partie de la police, et j'étais là ce soir-là. Je ne crois pas une seconde que Tony soit coupable.

Elle esquissa un sourire triste.

—Je ne sais pas trop quoi penser, mais non, en effet, Tony n'est pas la première personne qui me serait venue à l'esprit pour le… meurtrier. Malgré le mal que Mel lui a fait – et qu'elle regrettait vraiment, soit dit en passant.

—Je sais, elle m'en a parlé. En fait, elle m'a raconté pas mal de choses, juste avant d'être assassinée. Et c'est de ça que j'aimerais m'entretenir avec vous.

19

Je quittai l'hôtel de ville encore plus déboussolée qu'en y entrant. Trish m'avait donné beaucoup de grain à moudre. Cela pouvait-il avoir un rapport avec le meurtre de Mel ? Mystère. En tout cas, cela avait pu servir de moyen de pression sur Cheryl. Roger Laity ne cachait pas tout le mal qu'il pensait du mariage de sa nièce avec « cet idiot » de Tony (je me hérissai d'indignation en son nom), mais peut-être avait-il trouvé le moyen de faire tourner à son avantage cette union indésirable.

D'après ce que Trish m'avait expliqué, les affaires que Roger Laity entretenait avec le conseil municipal n'étaient pas illégales en soi, mais flirtaient suffisamment avec la limite pour attirer l'attention, et donc nécessiter la plus grande discrétion. Au minimum, ses agissements étaient contraires à l'éthique, mais n'était-ce pas souvent le cas chez les entrepreneurs prospères ?

Mon téléphone m'annonça l'arrivée d'un nouveau message. Un texto de Daisy. Elle s'éclatait avec ses nouveaux amis et me retrouverait à la maison. Je m'apprêtais à ranger mon téléphone dans mon sac en souriant, lorsque celui-ci se mit à sonner.

—Allons bon, tu crois qu'elle a déjà changé d'avis ? demandai-je à Germaine, qui me regardait comme pour dire : « tu as conscience que je ne parle pas ta langue, j'espère ? »

Je ris, puis constatai avec étonnement que ce n'était pas Daisy, mais un numéro local que je ne connaissais pas.

—Allô ?

—Jodie, c'est Brenda.

Je consultai ma montre. Presque 13 heures. Tony n'allait pas tarder à être libéré.

—Avez-vous des nouvelles de la police ? m'enquis-je. Je suis juste au bout de la rue, vous voulez que je passe prendre Tony ?

—Non, son avocat vient de m'appeler, répondit-elle, bouleversée. Ils le gardent vingt-quatre heures de plus…

Je remontai Fore Street d'un pas déterminé, et tournai dans Orchard Lane, où se situaient les quartiers de la police de Penstowan. Un aboiement épuisé résonna derrière moi, et je ralentis, gagnée par la culpabilité ; Germaine était toujours partante pour courir, mais ses pattes étaient plus petites (et plus poilues) que les miennes, et elle avait du mal à suivre ma cadence.

—Excuse-moi, ma belle, dis-je, sans m'arrêter pour autant. J'étais trop remontée.

Je me ruai sur la rampe d'accès du poste juste au moment où l'inspecteur-chef Withers sortait. Il leva les bras devant lui pour ne pas me heurter de plein fouet et, coupée dans mon élan, j'atterris contre son torse (musclé). Il avait de grandes mains, une poigne ferme et rassurante… Je me ressaisis et le fusillai du regard.

—Bon sang, mais à quoi jouez-vous ? fulminai-je.

—Je sortais déjeuner. Vous m'accompagnez ? demanda-t-il avec un petit sourire arrogant.

—Non, sûrement pas ! Pourquoi n'avez-vous pas relâché Tony ? Si vous n'avez pas assez de preuves pour l'inculper, vous devez le libérer.

Prenant conscience qu'il me tenait toujours contre lui, je m'écartai vivement.

Il me gratifia d'un autre de ses petits sourires pincés. À ce stade, ça me donnait envie de le gifler.

—Nous avons découvert de nouveaux indices, déclara-t-il.

—Quels indices ?

—Vous vous rendez compte que rien ne m'oblige à vous révéler quoi que ce soit, n'est-ce pas ?

Pour l'instant, il semblait amusé par mon attitude, mais il ne fallait pas grand-chose pour que l'amusement se mue en agacement. La belle affaire.

—Vous vous rendez compte que je n'arrêterai pas de vous harceler tant que vous ne m'aurez pas répondu ? ripostai-je.

Il jeta un coup d'œil à sa montre en soupirant.

—Écoutez, je n'ai vraiment pas le temps et j'ai très faim. Venez déjeuner avec moi.

C'est ainsi que, quelques minutes plus tard, je me retrouvai assise à la terrasse du *Kings Arms* avec un verre de vin et une salade devant Withers qui, pour sa part, avait jeté son dévolu sur un sandwich aux crevettes et un verre de limonade. Installée sous la table avec un bol d'eau, Germaine levait de temps à autre la tête dans l'espoir d'intercepter quelques miettes. Elle avait déjà eu droit à un petit oignon au vinaigre récalcitrant qui s'était échappé de mon assiette au moment où j'avais voulu le piquer. L'expression de Germaine, lorsqu'elle avait croqué dans celui-ci, nous avait fait mourir de rire, mon compagnon de table et moi.

—Bon, fis-je, un peu décontenancée par la tournure des événements.

Withers était bien la dernière personne avec laquelle j'avais envie de déjeuner. Du moins, j'essayais de m'en convaincre. Combien de fois faudrait-il que je me le répète pour y croire ?

—Crachez le morceau.

Withers mâcha calmement et avala la bouchée de son sandwich avant de répondre.

—Chaque chose en son temps. Depuis votre retour, j'entends beaucoup parler de votre père. Pourquoi étiez-vous partie à Londres ?

—Beaucoup de gens qui grandissent dans des endroits comme Penstowan n'ont qu'une seule idée en tête : partir, répondis-je pour rester évasive. C'est si tranquille, ici.

—Vous vouliez de l'action ?

Il but, m'étudiant avec attention par-dessus le bord de son verre. Je remuai, mal à l'aise.

—En quelque sorte…

—Vous ne vous entendiez pas avec votre père ?

—Dites donc, vous aussi on vous surnommait « la Fouine », à l'école ? demandai-je avec sarcasme.

—Ça m'intéresse, c'est tout, se défendit-il en riant.

Sans cesser de m'observer, il prit une nouvelle bouchée de son sandwich.

Je soupirai.

—D'accord, si vous voulez tout savoir, c'est dur quand tout le monde considère votre père comme un héros. Je veux dire, c'était un vrai héros – à mes yeux aussi. Il a joué un grand rôle dans la vie de beaucoup de gens d'ici. Alors, c'était inévitable, tout ce que je faisais était soumis à comparaison.

Je me mis à jouer avec la nourriture dans mon assiette, me rappelant la discussion que nous avions eue le jour où je lui avais annoncé que j'intégrais la police de Londres.

—Je lui ai dit qu'il était un gros poisson dans une petite mare, et que moi, je voulais devenir un gros poisson dans un grand lac.

—Oh…

—Oui, « oh ». Et puis quand je suis arrivée à Londres, j'ai vite remarqué qu'en réalité, les petits poissons accomplissaient bien plus de choses.

Il haussa les sourcils.

—Les gros poissons passent tout leur temps à repousser les attaques des requins. Les petits passent inaperçus et peuvent faire leur job sans se soucier du reste. Et moi, j'aime qu'on me laisse faire mon job. C'est là que j'ai compris pourquoi mon père n'avait jamais quitté Penstowan. Tout le monde voulait qu'il gravisse encore des échelons, mais pour ça, il aurait dû accepter d'être coincé derrière un bureau à Exeter ou ailleurs. Lui, tout ce qu'il voulait, c'était rester ici, veiller sur sa ville.

—Cependant, vous ne pouviez pas faire marche arrière et rentrer ici pour suivre la même voie, parce que vous auriez été obligée d'admettre qu'il avait raison.

La sympathie qui se lisait sur les traits de Withers me prit au dépourvu, et les larmes me montèrent aux yeux. À Londres, mon père m'avait manqué (et ma mère aussi, bien sûr), mais maintenant que j'étais de retour – pour de vrai, pas juste pour un court séjour –, le simple fait de déambuler dans les rues qu'il avait arpentées, de m'asseoir dans le pub où nous venions parfois déjeuner le dimanche, de prendre la route où… bref, tout ça me rendait de plus en plus émotive. Il fallait vraiment que je me ressaisisse. Il n'était plus de ce monde depuis sept ans, pour l'amour du ciel. Pourquoi étais-je en train de déballer tout ça à Withers ? L'inspecteur-chef et son petit air narquois, ses tablettes de chocolat et ses beaux cheveux…

—Enfin, de l'eau a coulé sous les ponts depuis. Et donc, vous avez découvert de nouveaux indices ?

Le sujet était clos. Point final.

Withers avala un gros morceau en hochant la tête.

—Nous avons établi l'heure exacte de la mort.

—Je croyais que la légiste n'y arrivait pas.

—C'est le cas. Mais Mel portait ceci.

Il désigna du menton la montre connectée que je portais.

—Son rythme cardiaque a été enregistré.

Je baissai les yeux sur mon poignet. Tiens, mon cœur battait un peu trop vite. Sans doute parce que j'avais couru pour me rendre au poste ; rien à voir avec la proximité du bel inspecteur.

—Oui, elle mesure ma fréquence cardiaque et l'enregistre sur une application de mon téléphone, confirmai-je.

Il acquiesça.

—Ces données sont aussi stockées sur le Cloud. Bien sûr, les fabricants de ce genre de gadgets ont tous des politiques de confidentialité qui garantissent qu'ils ne vendront pas vos informations à des tiers, ce qui ne nous a pas du tout facilité la tâche, mais nous avons fini par obtenir l'accès aux relevés de Mel. Maintenant, nous savons quand la montre a cessé d'enregistrer son rythme cardiaque.

Alors là, il m'épatait, même si je n'étais pas près de lui avouer.

—Très bien. Mais en quoi cette information confirme-t-elle la culpabilité de Tony ?

—Le cœur de Mel s'est emballé à 22 h 27, heure à laquelle nous présumons qu'elle a été agressée, puis il a ralenti et s'est arrêté définitivement à 22 h 42, quand elle…

Sa phrase resta en suspens, mais il n'avait pas besoin de la terminer.

—Tony dit qu'il a parlé avec elle pendant une demi-heure. Il a donc rejoint ses invités vers 22 heures.

Withers secoua la tête.

—Peut-être, mais c'est faux. Des témoins affirment l'avoir vu partir à 21 h 30, mais il n'est pas revenu dans la salle avant 22 h 45. Et quand il est réapparu, il avait changé de pantalon.

Pendant un court instant, je fus désarçonnée. Pourtant, je restais persuadée de son innocence.

—Il était en train de se changer, pas d'assassiner son ex-femme. Vous insinuez qu'il est allé se débarrasser de son pantalon parce qu'il était couvert du sang de Mel ?

Withers me dévisagea calmement.

—Nous avons retrouvé l'ADN de Mel sur la chemise de Tony, mais le labo trouvait bizarre qu'il n'y ait aucune trace sur son pantalon. Un peu plus tôt ce soir-là, Malcolm Penhaligon a pris des photos. Nous les avons examinées, et nous avons remarqué que le pantalon que nous avait remis Tony pour les analyses médico-légales n'était pas celui des photos. Alors, nous sommes retournés chez lui et nous avons retrouvé le premier vêtement dans le panier à linge sale. Nous n'y avons pas relevé de trace de sang, mais ça reste curieux. Pourquoi s'est-il changé ?

Force était de constater que ça se présentait mal.

—Quelle explication a donnée Tony ?

—Aucune, pour l'instant. Il s'entretient avec son avocat, répondit Withers avant de croquer dans son sandwich. Nous avons aussi reçu le relevé téléphonique de Cheryl pour ce soir-là. À 21 h 37, elle lui a envoyé un texto pour lui dire qu'elle voulait lui parler. Ça correspond au moment où il a quitté la salle de réception.

—Et je suis allée la voir juste après. Oh…

—Oh, quoi ?

—J'ai dit à Cheryl que Tony était quelqu'un de bien, et que si elle avait le moindre doute…

—Et dans la foulée, elle le contacte. Apparemment, elle en avait, des doutes. En fait, personne n'a remarqué la présence de Tony dans les jardins avec Mel. Si ça se trouve, il est monté voir Cheryl dans sa chambre, elle l'a plaqué, il est redescendu directement pour aller trouver Mel, et il l'a tuée parce que c'est elle qui avait tout foutu en l'air. Excepté que, d'après ce que j'entends, c'est vous qui avez tout foutu en l'air..., conclut-il avec un sourire sinistre.

Impensable.

—Tony m'a dit que Cheryl lui avait écrit, mais qu'il avait consulté son message trop tard ; entre-temps, elle lui en avait envoyé un autre, dans lequel elle lui annonçait qu'elle allait se coucher et qu'il ne devait pas s'inquiéter.

Withers hocha la tête.

—Oui, mais pas avant 23 h 20. Elle avait peut-être déjà pris la fuite, et elle ne voulait pas qu'il s'en aperçoive. À moins qu'il se soit envoyé ce dernier message lui-même après s'être débarrassé d'elle, pour se disculper.

Je poussai un soupir las.

—Vous n'allez pas recommencer. Je vous rappelle qu'il n'y a pas de corps ; il ne s'agit pas d'une enquête pour double homicide...

—Pas encore, rectifia-t-il. Allons, Jodie, que pourrait-il bien lui être arrivé d'autre ? Où se cache-t-elle ? Elle a tout laissé derrière elle, son argent, son passeport... tout, sauf son téléphone. Si elle a changé d'avis et quitté Tony, pourquoi n'a-t-elle toujours pas pris contact avec son oncle et sa tante pour les rassurer ?

Je fus à deux doigts de lui révéler tout ce que Trish m'avait appris aujourd'hui, puis me ravisai. Je n'avais pas encore établi de lien entre ces informations et notre affaire, et si Withers découvrait que j'avais enquêté sur Roger Laity, il monterait sur ses grands chevaux. Il fallait que je détourne la conversation de la famille Laity.

—Pourquoi me racontez-vous tout cela ? lui demandai-je. Je sais que je vous ai menacé de vous harceler jusqu'à ce que vous cédiez, mais…

Il émit un petit rire.

—Vous savez ce qu'on dit : dans la vie, il faut choisir ses batailles. Eh bien, vous êtes une bataille que je préfère éviter. J'ai bien compris que si je m'obstinais à vous écarter de cette affaire, je devrais supporter de me faire traquer et assaillir de questions. Alors, j'ai choisi de vous tenir informée de l'évolution de l'enquête et…

Il m'adressa un sourire espiègle, qui me donna littéralement chaud partout. Je ne pensais pas qu'il soit possible de rougir des orteils ; pourtant, c'est ce que firent les miens à cet instant.

—… et vous m'auriez harcelé de toute façon pour de tout autres raisons…

Je fis la grimace, et lui jetai l'oignon au vinaigre à moitié mâchouillé par le chien, qu'il esquiva sans difficulté. Horrifiée, je regardai le petit bulbe atterrir dans la bière d'un autre client, deux tables plus loin.

Sous la nôtre, Germaine changea de position en poussant un gros soupir et posa sa tête sur mes pieds. Mes chaussures seraient bientôt couvertes de poils blancs, ce n'était qu'une question de secondes.

Withers sourit.

—C'est le chien qui a soupiré, ou vous ?

—Le chien, répondis-je, mais je corrobore totalement.

Withers se pencha pour papouiller Germaine, puis se redressa, la mine grave. Fini de flirter, il avait retrouvé tout son sérieux.

—Vous comprenez maintenant pourquoi nous maintenons Tony en garde à vue pour le moment. Je ne l'ai pas encore inculpé ; pourtant, je pense que nous avons assez d'éléments à charge pour le faire.

—Qu'est-ce qui vous retient ?

—Je souhaite envoyer un dossier sans la moindre bavure au ministère public.

Je le dévisageai, médusée.

—Vous avez des doutes.

—Non, pas le moindre, répondit-il avec le plus grand sérieux. Mais, croyez-le ou non, je ne tiens pas à inculper la mauvaise personne. Je veux être certain que le coupable est le bon.

—Or, vous ne l'êtes pas.

—N'oubliez pas que ce n'est pas moi l'ennemi dans cette histoire, Jodie. Et je ne suis pas désespéré au point d'accuser le premier venu. Je suis un bon flic. Je veux découvrir ce qu'il s'est réellement passé. Et, dans un monde idéal, j'aurais des aveux.

—Vous n'en obtiendrez pas.

Il poussa un grognement exaspéré.

—Je sais. Est-ce que tout le monde est aussi buté et de mauvaise foi dans les Cornouailles ?

Je réfléchis un instant.

—Aux dernières nouvelles, oui…

20

Je terminai mon déjeuner sur le coup de 14 heures. Vingt minutes plus tôt, Withers avait englouti le reste de son sandwich et était parti, s'excusant de me laisser terminer seule. Que penser de lui ? Il restait ce petit con arrogant, mais au fond, cela allait de pair avec le métier. En tant que policier, on ne peut pas se permettre de douter ni de laisser quoi que ce soit au hasard ; les criminels (et plus précisément leurs avocats) repèrent cela à des kilomètres, et s'en servent à leur avantage.

Il semblait sincère lorsqu'il avançait les raisons qui le poussaient à maintenir Tony en garde à vue plutôt qu'à l'inculper sur-le-champ, et c'était tout à son honneur. J'avais connu des inspecteurs ayant une telle pression sur les épaules, qu'ils n'auraient pas hésité à manipuler les indices pour les conformer au suspect et boucler l'enquête au plus vite – exactement ce dont j'avais accusé Withers. Les hauts gradés étaient parfois tellement obsédés par les chiffres de la criminalité et les statistiques qu'on avait l'impression que tout ce qui les intéressait, c'était de gonfler leurs résultats, quitte à arrêter n'importe qui, coupable ou non. Dans la population, les gens mesuraient souvent l'efficacité des forces de l'ordre uniquement au nombre d'affaires élucidées ; pourtant, c'était risqué. Cela dit, sur quel autre élément se baser ? Le sentiment de sécurité des citoyens ? Une estimation du nombre de jeunes qui auraient mal tourné s'ils n'avaient pas été remis dans le droit chemin par la police de proximité ? Ne valait-il pas mieux mettre les *vrais* coupables derrière les barreaux, même si cela impliquait moins d'arrestations ? Pour moi (et pour mon père), c'était très important. Combien de crimes étions-nous parvenus à éviter en faisant prendre conscience aux gens de l'importance de se protéger et de protéger leurs biens, en apportant une présence visible, ou encore en lançant des initiatives pour canaliser les jeunes désœuvrés en amont, leur permettre de s'investir dans des activités productives au lieu de rester livrés à eux-mêmes et de commettre des bêtises ? Ces actions-là étaient tout aussi indispensables, mais, hélas, impossibles à quantifier.

Je souris intérieurement. Assez de militantisme. Withers était un brave gars, certes un peu arrogant. En revanche, il était toujours plus ou moins convaincu de la culpabilité de Tony. Il fallait que je joue sur ce « plus ou moins », que je sème plus de doute en lui.

J'allais quitter le pub lorsque mon téléphone se mit à sonner. Ma mère.

—Bonjour, ma chérie. J'ai terminé toutes mes corvées et je me sens un peu seule. Qu'as-tu prévu de beau, cet après-midi ?

Je réfléchis quelques secondes. Dans l'idéal, il fallait que j'arrête d'empiéter sur les plates-bandes de l'inspecteur-chef. Mais nous savons tous que l'idéal n'existe pas, n'est-ce pas ?

—Une petite balade du côté de Boscastle, ça te tente ?

Le trajet de Penstowan à Boscastle ne prend qu'une quarantaine de minutes, mais sans voiture, autant se rendre sur une autre planète. Aucun train ne dessert cette partie des Cornouailles – la gare la plus proche se trouve à Exeter, à une heure en voiture. Un jour, j'avais commis l'erreur de prendre le train pour aller rendre visite à mes parents, et j'avais loupé de justesse le bus qui partait de la gare d'Exeter St Davids toutes les deux heures et mettait autant de temps pour rejoindre Penstowan. Le taxi sur lequel j'avais dû me rabattre m'avait coûté la somme exorbitante de 85 livres, mais il valait chaque centime. Bien sûr, il y avait des autobus, mais à la campagne, ces véhicules sont comme les politiciens honnêtes : on sait qu'ils existent, mais ils sont rares. Par exemple, pour rejoindre Boscastle en transport en commun, l'itinéraire le plus rapide prévoyait environ deux heures et demie de trajet.

Ma mère n'avait pas le permis de conduire ; par conséquent, elle n'avait plus mis les pieds à Boscastle depuis la mort de mon père, sept ans plus tôt. Elle regardait avidement par la fenêtre, admirait la campagne, me signalait tous les jolis cottages et jardins que nous croisions ; avec un pincement au cœur, je compris à quel point son univers s'était réduit. Elle avait beaucoup d'amis – elle en avait toujours eu –, et depuis qu'elle était seule, elle se donnait beaucoup de mal pour participer à des clubs et autres groupes communautaires locaux, à tel point qu'elle avait désormais une vie sociale bien plus remplie que la mienne. Néanmoins, toutes ses activités gravitaient exclusivement autour de Penstowan. Allais-je finir comme ça, moi aussi, maintenant que j'étais revenue ? À l'époque, c'était l'une des craintes qui m'avaient poussée à partir.

—Alors, que nous vaut cette soudaine nécessité de visiter Boscastle ? lança-t-elle tandis que nous approchions de la petite ville.

—Oh, je me disais que ça pouvait être sympa, c'est tout.

—Foutaise ! Enfin, si, ça « pourrait » être sympa de venir y prendre le thé un de ces quatre, toutes les trois, mais partir comme ça sur un coup de tête, à 15 heures ? Mmh… Au fait, c'est bien par ici qu'il habite, ce Roger Laity, non ?

—Ah bon ? fis-je d'un air ingénu.

Je ne lui avais pas raconté que Withers m'avait emmenée ici la veille. Elle avait déjà un peu trop tendance à me caser avec « ce bel inspecteur » (et avec n'importe qui d'autre, d'ailleurs, pourvu qu'il soit bien coiffé, qu'il ait toutes ses dents et qu'il vive dans la région – sûrement pour être certaine que je ne mette plus les voiles), et je ne voulais surtout pas qu'elle se perde en conclusions hâtives.

—Mais oui, je t'ai dit qu'il habitait ici, me rappela-t-elle en tordant le buste pour me regarder. Tu as découvert quelque chose ?

Dans un premier temps, j'envisageai de tout nier en bloc, mais c'était ma mère, et les mères possèdent le don mystérieux de deviner quand leur enfant ment. J'ignore comment ça fonctionne, mais j'ai moi aussi un excellent détecteur à bobards lorsqu'il s'agit de Daisy. Juste avant d'arriver à l'embranchement où la route se divisait pour descendre vers la ville d'un côté et monter en direction de la demeure des Laity de l'autre, je me rangeai sur le bas-côté et coupai le moteur.

—D'accord. Ce matin, j'ai appris pas mal de choses sur les agissements de Roger Laity au conseil municipal. Et je suppose que c'est à ça que Mel faisait allusion, l'autre soir.

Je continuai à réfléchir à voix haute tout en pianotant sur le volant.

—Cette révélation en soi ne doit pas constituer un mobile suffisant pour l'assassiner, mais les Laity s'en servaient peut-être comme moyen de pression pour que Cheryl épouse Tony. Ils n'avaient donc aucune envie que Tony ait vent de sa liaison.

—Oh, oh, mais tout ça m'a l'air croustillant !

Pleine d'entrain, ma mère sortit un paquet de bonbons gélifiés de son sac et me le tendit.

—Continue.

—Apparemment, l'un des élus de la ville a dû démissionner à la suite du dépôt de plusieurs plaintes qui dénonçaient sa relation avec Roger Laity. Ils étaient un peu trop… proches.

—Roh ! Tu veux dire qu'ils dansaient le fox-trot à l'horizontale ? demanda-t-elle avec de grands yeux ronds.

—Tss-tss. Mais non, ils ne… Enfin, d'où sors-tu un truc pareil ? Je veux dire que ce vieux renard de Roger l'invitait à déjeuner dans des restaurants de luxe, lui offrait des places de théâtre, et autres cadeaux du même acabit. Ce n'étaient pas des pots-de-vin au sens strict ; on ne parle pas d'enveloppes pleines de billets, même si certains conseillers les ont évoquées, mais sans la moindre preuve.

—Ah ! fit ma mère, l'air un peu déçu.

Elle sélectionna avec soin un bonbon rouge et le dégusta.

—C'est dommage. Roger Laity était si beau dans son jeune temps.

L'image du sac de sport rempli de sous-vêtements coquins se matérialisa de nouveau dans mon esprit, et je rallumai le moteur en frissonnant.

—Quoi qu'il en soit, la police ne compte pas l'interroger là-dessus, alors j'ai l'impression que je vais devoir m'en charger…

Je m'engageai sur la petite route qui menait à la propriété de Roger Laity. Je ne savais pas trop ce que j'allais lui dire, mais j'avais toujours été douée pour l'improvisation.

Nous approchions de l'entrée du domaine, lorsque le Range Rover qui était garé la veille devant leur maison en émergea, avec Roger Laity au volant. Il prit la route dans l'autre sens, en direction du centre-ville de Boscastle. Je le croisai et continuai mon chemin, en espérant qu'il ne m'ait pas reconnue.

—Ce n'est pas lui qui vient de passer ? s'enquit ma mère.

Je hochai la tête.

—Alors, qu'allons-nous faire ?

Je m'engageai dans l'allée d'une autre imposante demeure pour faire demi-tour.

—Fouiner un peu.

À l'approche de l'entrée des Laity, j'hésitai. Si je me garais devant la maison et qu'il revenait, il reconnaîtrait tout de suite ma voiture, et il me serait impossible de filer en douce. Cela dit, s'il me surprenait en train de fureter autour de chez lui, au beau milieu de nulle part et apparemment sans voiture, j'aurais l'air d'une espionne ou de quelque chose comme ça. Mieux valait y aller franco, en prenant un air complètement innocent. Je m'engageai dans l'allée, et ma mère se mit à pousser des « oh » et des « ah » en découvrant leur superbe jardin. Je me garai près du garage et nous descendîmes.

—Que cherches-tu exactement ? demanda ma mère.

Je n'en avais pas la moindre idée, il fallait bien l'admettre.

—Un truc louche.

—Comme quoi ? Des flamants roses en plastique ? Des nains de jardin suspects ?

—Écoute, reste près de la voiture, et préviens-moi si tu l'entends revenir.

Je commençai par aller frapper à la porte de la maison. Normalement, il n'y avait personne ; Laity nous avait expliqué la veille que sa femme était absente, et que son beau-fils était rentré chez lui, mais avec une demeure aussi grande, je n'aurais pas été surprise de tomber sur des domestiques, ou au moins sur une femme de ménage. Je n'avais pas envie que cette dernière, en jetant un coup d'œil par la fenêtre, surprenne une inconnue en train de fureter dans les buissons.

Pas de réponse. Bon. Je reculai en étudiant la maison. Je ne sais pas trop ce que je m'attendais à trouver, mais… rien. Je baissai le regard et continuai à reculer, en inspectant le gravier qui crissait sous mes pas.

Une tache sombre relativement fraîche retint mon attention, pile à l'endroit où le Range Rover était garé la veille. On aurait dit de l'huile de moteur ou un liquide similaire. Mmh. J'avais croisé ce genre de tache dernièrement, mais où ?

—De plus en plus bizarre.

Je rebroussai chemin jusqu'au garage, et jetai un coup d'œil par la fenêtre en verre givré de la porte. J'eus beau frotter, tout ce que je distinguai, c'était la vague silhouette d'une voiture.

Je balayai les alentours du regard, puis m'intéressai à la porte qui devait provenir d'une ancienne étable. Le bois usé et fendu se devinait sous la couche de peinture blanche relativement récente. Cette porte était à l'image de la famille qui vivait ici : belle et respectable à l'extérieur, mais il suffisait de gratter un peu pour comprendre que tout était pourri à l'intérieur. Avec l'âge, je devenais poète et philosophe, dites donc.

Je posai la main sur la clenche, m'attendant à ce que la porte soit verrouillée, mais non, elle s'ouvrit sans problème. Je jetai un coup d'œil à ma mère, toujours en train de suçoter ses bonbons gaiement, comme devant un film passionnant au cinéma. Je lui adressai le signe ringard des deux pouces en l'air, puis pénétrai dans le garage.

Il y faisait sombre, mais tout était propre et en ordre. Un établi longeait tout un pan de mur, surmonté par une panoplie d'outils étrangement propres et brillants, alignés par ordre de grandeur : sécateur, cisailles, taille-haie, tronçonneuse... Ou bien ce matériel n'avait jamais été utilisé, ou bien leur jardinier avait un TOC, à moins que Roger Laity soit un tueur en série particulièrement attentif au nettoyage après avoir démembré ses victimes. Je frissonnai, et cette fois, cela n'avait rien à voir avec ma vision de lui en slip. Cheryl avait bel et bien disparu de la surface de la Terre. Que pouvait bien contenir ce fichu sac de sport ?

Je secouai la tête pour chasser mes délires ridicules. Ce bon vieux Roger aimait jouer les businessmen prospères et sans scrupule, mais nous étions à Boscastle, pas dans *American Psycho*. Je me penchai sur la voiture recouverte d'une bâche. Comme tout le reste, cette bâche ne présentait pas le moindre grain de poussière, pas d'araignées, ni aucune des saletés qui peuplent habituellement un garage. Soit l'automobile n'était pas là depuis longtemps, soit le jardinier et son TOC avaient encore frappé.

Je soulevai un pan de la toile, m'attendant à découvrir le genre de véhicule que les gens comme Roger aiment dorloter – une Mercedes ou l'un de ces bolides rouges, décapotables, typiques de la crise de la cinquantaine ; bref, une voiture qui ferait sa fierté et sa joie. Mais il ne s'agissait que d'une vieille Peugeot 205 toute cabossée, d'une vingtaine d'années au moins. Impossible d'imaginer Roger au volant de ce vieux tacot – ni sa femme, d'ailleurs – ; l'image ne collait pas.

Je soulevai un peu plus la bâche. Sur le plancher, devant le siège passager, gisait un téléphone portable.

—De plus en plus bizarre, répétai-je.

Je tentai d'ouvrir la portière. Fermée à clé. Toutefois, je repérai un trousseau de clés avec le sigle Peugeot sur l'établi.

J'ouvris la voiture et m'emparai du portable (en prenant soin de couvrir mes mains avec le bord de mon tee-shirt, histoire de ne pas laisser d'empreintes). L'écran s'alluma aussitôt ; la batterie n'était pas déchargée, il ne traînait pas là depuis longtemps.

La police n'avait pas retrouvé celui de Cheryl…

Tremblante – de nervosité ou d'excitation ? –, je sortis mon propre téléphone. J'avais le numéro de Cheryl, car elle m'avait appelée plusieurs fois au cours de la semaine précédant le mariage, en général pour se plaindre d'un point du menu, jusqu'à ce que Tony mette le holà. Je lançai l'appel, et observai le smartphone que je tenais dans mon autre main en retenant mon souffle.

Pas de réaction. Ce n'était pas celui de Cheryl. Zut !

—Crôa ! Crôa !

Ma mère. Qui poussait des cris d'oiseau ridicules. Ça avait l'air urgent. Soit elle se faisait agresser par une volée de mouettes (la mouette cornique a la réputation d'être coriace), soit Roger Laity rappliquait…

21

Je jetai les clés à leur place sur l'établi, rabattis la bâche, et sortis comme un éclair du garage en refermant la porte derrière moi. Je rejoignis ma mère, un sourire innocent plaqué sur les lèvres, juste au moment où le Range Rover s'arrêta devant la porte d'entrée de la maison. *Il était moins une !* Cela dit, la décharge d'adrénaline que m'avait procurée le risque de me faire prendre la main dans le sac était délicieuse.

Roger Laity descendit de sa voiture, visiblement un peu troublé par notre présence. Le petit coup d'œil qu'il jeta à la porte du garage derrière nous trahit son inquiétude, mais il se détendit un peu lorsqu'il constata qu'elle était fermée. Son sourire hypocrite refit surface.

—Bonjour, mesdames. Je ne m'attendais pas à vous revoir ici si vite, dit-il en s'adressant à moi.

Ma mère pivota vers moi, stupéfaite, mais ne broncha pas.

—Désolée d'arriver comme ça à l'improviste, monsieur Laity.

J'avais adopté ma voix la plus mielleuse, et envisageai un instant d'entortiller une mèche de mes cheveux autour de mon doigt avant de me raviser ; c'était peut-être un peu trop.

—Puis-je m'entretenir avec vous quelques minutes ?

—C'est que je suis assez occupé…

—Je comprends. Je ne vous retiendrai pas longtemps. Je me demandais simplement si vous aviez des nouvelles de Cheryl ? Je ne sais pas si vous le savez, mais c'est moi qu'elle a engagée pour réaliser le banquet de son mariage.

Il me dévisagea avec stupeur. De toute évidence, il s'attendait à tout, sauf à ça.

—Oh, je vois, répondit-il, même s'il était évident qu'il ne voyait pas du tout. Que puis-je faire pour vous ? Elle ne vous a pas payée ? C'est à Tony de s'occuper de ça, pas à moi.

—Oh non, non ! Non, tout est réglé. En fait, c'est un peu délicat. Cheryl a fait allusion à un hôtel que vous souhaiteriez ouvrir à Penstowan, et elle m'a promis qu'elle vous toucherait un mot à mon sujet, pour la direction de la cuisine. Elle m'a dit que le mariage ferait un peu office d'essai.

Roger fit la moue. Il semblait hésiter sur la réaction à adopter.

—Je ne sais pas où vous avez entendu ça…, commença-t-il, mais je lui coupai la parole.

—Je le tiens d'une amie qui est employée au conseil municipal. C'est aussi là que Mel avait eu vent de tout ça. Alors, vous démentez ? Vous niez avoir acheté les deux bâtiments voisins du magasin des Penhaligon dans l'espoir de les transformer en hôtel ? Vous niez que la municipalité a refusé de vous donner son feu vert ?

—Je possède ces bâtiments, en effet, répondit Roger, tout à coup sur la défensive. Je les ai mis en location…

—Vous parlez de la boutique de la vieille hippie un peu folle qui vend des cristaux ? Je ne la vois pas tenir plus d'un été, intervint ma mère comme si nous échangions des banalités.

—Celle-là, oui, et la librairie, renchéris-je. Mais il a déposé une demande d'autorisation pour faire abattre les deux constructions et les transformer en parking. J'ai entendu dire que ce parking était destiné à l'hôtel de charme qu'il veut ouvrir à la place du grand magasin des Penhaligon, et qu'il avait chargé Cheryl de persuader Tony d'accepter.

—Malcolm ne donnera jamais son accord ! s'écria ma mère, sous le choc.

—Pas si la demande émane de Roger ici présent, mais venant de Cheryl, Tony aurait certainement fini par céder, et il aurait très bien pu persuader son père de conclure un partenariat avec les Laity. Ensuite, bien sûr, Roger aurait trouvé un moyen d'évincer ses associés, comme il l'a déjà fait par le passé.

—J'exige que vous quittiez ma propriété sur-le-champ !

Roger était si furieux qu'il m'avait presque craché ces mots à la figure. J'avais touché une corde sensible.

—Par exemple, avec cet agriculteur, du côté de Newquay, je crois, continuai-je sans me laisser démonter. Il vous a laissé utiliser une partie de ses terres pour l'un de vos campings, jusqu'au jour où il a découvert que ce terrain ne lui appartenait plus. Il y a aussi cet homme, qui possédait un terrain réservé aux mobil-homes à Truro…

—Déguerpissez avant que je n'appelle la police !

Roger brandit son téléphone.

—La disparition de Cheryl doit vraiment vous mettre des bâtons dans les roues, insistai-je. L'assassin de Mel a agi trop tard, Cheryl s'était déjà enfuie. Tous vos plans ont été contrecarrés, je me trompe ? Vous voilà avec deux boutiques inutiles sur les bras, qui vous coûtent sans doute plus en crédits hypothécaires et en maintenance qu'elles ne vous rapportent en loyers.

—C'est bon, je les appelle ! éructa Roger.

Je doutais qu'il passe à l'acte, mais mieux valait ne pas s'attarder, juste au cas où.

—Ne vous inquiétez pas, nous partons.

Je pressai ma mère vers la voiture. Avant de grimper derrière le volant, je m'arrêtai pour défier Roger du regard.

—Je sais que vous êtes impliqué, monsieur Laity. Je sais que vous cachez bien votre jeu, et que ça va beaucoup plus loin que ce que j'ai découvert à l'hôtel de ville aujourd'hui. La police tirera tout ça au clair. Vous feriez mieux d'avouer la vérité avant qu'elle ne la découvre.

Je montai à bord, démarrai et m'éloignai. Alors seulement, je remarquai à quel point je tremblais. Ma mère me scruta.

—Ça va, ma chérie ?

Elle m'offrit un bonbon et ajouta, avec son sens de l'euphémisme typique des Cornouailles :

—C'était un peu tendu, n'est-ce pas ?

—Vous avez fait QUOI ?

Incrédule, Daisy me jeta un regard noir. Nous dînions tranquillement dans la cuisine, quand ma mère avait tout déballé sur nos aventures de l'après-midi. *Merci, maman.*

—Maman, tu n'es plus flic ! me rappela Daisy, vraiment très remontée. Tu ne peux pas faire des trucs comme ça. Il aurait pu te blesser !

Rongée par la culpabilité, je pris sa main.

—Je suis désolée, mon cœur, mais tu sais, à aucun moment nous n'avons été en danger, la rassurai-je. Nana était avec moi. Et jamais je ne lui ferais courir le moindre risque – à toi non plus, d'ailleurs.

—S'il avait tenté quoi que ce soit, il aurait eu affaire à moi, affirma ma mère avec véhémence. J'ai suivi des cours de self-défense pour vieilles dames à la salle communale. Je l'aurais frappé avec mon sac à main ; ensuite, je lui aurais donné un bon coup de coude dans les roubignoles, et je l'aurais achevé d'un coup de clés dans les yeux.

Devant son expression féroce, Daisy et moi fûmes prises de gloussements. Ma mère eut l'air vexée, mais c'était de bonne guerre. Après tout, elle venait de me dénoncer à ma fille.

Je pouffai encore lorsque je me levai pour débarrasser les assiettes.

—Excuse-moi, ma chérie. Je t'ai promis de ne plus jamais me mettre en danger, et j'étais sincère. Mais je ne peux pas te promettre de ne plus intervenir dans cette affaire. Je me fais beaucoup de souci pour Tony, lui expliquai-je, ayant soudain perdu toute envie de rire. J'ai l'impression qu'il n'y a personne d'autre dans son camp. Pauvres Brenda et Malcolm, ils doivent être si inquiets. Et la mère de Mel… C'est pour elle aussi que je veux découvrir ce qu'il s'est réellement passé.

—Oui, mais, et si c'était vraiment lui, le coupable ? s'enquit Daisy.

Que répondre à cela ? Pourquoi étais-je aussi convaincue de l'innocence de Tony ?

Un bruit de moteur me sauva la mise. Quelqu'un se garait devant chez nous.

—À cette heure-ci ? Qui cela peut-il bien être ? s'étonna ma mère, alors que nous étions chez moi et qu'elle n'était de toute façon pas censée savoir qui pouvait se présenter ici.

Par la fenêtre, je vis Withers descendre de sa voiture et remonter l'allée d'un pas décidé.

—Oups…

***

J'ouvris la porte d'entrée alors qu'il levait seulement la main pour frapper.

—Inspecteur-Chef With…

—Bon sang, je peux savoir à quoi vous jouez ? me coupa-t-il, au comble de l'exaspération. Aujourd'hui, j'ai risqué ma place en vous informant de l'évolution de l'enquête, et c'est comme ça que vous me remerciez ?

—Que se passe-t-il ? demandai-je avec candeur.

Nous savions tous les deux que j'avais très bien compris de quoi il parlait.

—Une plainte a été déposée contre vous.

Je grinçai des dents. Naïvement, j'avais pensé que Roger Laity renoncerait à me dénoncer, puisqu'il était évident qu'il avait des choses à cacher.

—Quelle espèce de…

—Oh, parce que vous avez cru que Laity laisserait tomber ? Vous y êtes allée en imaginant qu'il serait ravi de vous voir débarquer sur le pas de sa porte pour l'accuser de… eh bien, pour être franc, je n'ai même pas compris ce que vous lui reprochez…

—Bonsoir, Inspecteur !

Ma mère venait d'apparaître à côté de moi.

—Puis-je vous offrir une tasse de thé ? demanda-t-elle avec un large sourire.

—Non, je ne veux pas de…

Withers s'interrompit, puis s'obligea à reprendre son sang-froid et à sourire à ma mère.

—Bonsoir, madame Parker. C'est gentil, mais non merci ; je dois simplement discuter avec Jodie.

—D'accord, très bien.

Mais elle ne bougea pas. Je levai les yeux au ciel.

—Il veut dire seul à seul, maman. Laisse tomber.

Je fis un pas en arrière pour l'inviter à entrer, puis l'emmenai dans le salon. Il prit place sur le canapé, tandis que je m'installais dans le fauteuil qui lui faisait face. Il secoua la tête.

—Que vais-je bien pouvoir faire de vous, Jodie ?

Il était calmé, mais pas besoin d'être devin pour comprendre qu'il était toujours furieux contre moi.

—Écoutez, je suis désolée, mais j'ai appris plein de choses sur les activités douteuses de Roger ce matin, et je me suis dit…

—Ce matin ? Avant de déjeuner avec moi, donc ? Et il ne vous a pas traversé l'esprit qu'il valait mieux m'en parler, avant de commettre cette erreur monumentale et de vous mettre ce type à dos ?

Il ponctuait chacune de ses questions rhétoriques de regards noirs. Et il y en avait beaucoup.

—Ces nouvelles informations vous ont-elles au moins permis de lui découvrir un mobile pour le meurtre de Mel ? Un véritable mobile, j'entends, précisa-t-il au moment où j'ouvrais la bouche.

Je la refermai. Il répondit lui-même :

—Non, je n'ai pas l'impression.

—Si, en quelque sorte, objectai-je. Ce qui est sûr, c'est qu'il avait de très bonnes raisons de vouloir que le mariage ait lieu, même s'il est évident qu'il ne porte pas du tout Tony dans son cœur.

—Vouloir que le mariage ait lieu et tuer quelqu'un qu'il n'avait, pour autant que je sache, jamais rencontré sont deux choses bien distinctes, rétorqua-t-il.

—Je sais, mais… il y a quelque chose de louche là-bas. Peut-être que cette voiture cachée dans le garage…

—Non, mais vous vous entendez ? « Cachée dans le garage » ? Vous pouvez me dire ce qu'on range dans un garage, en général ?

Je le dévisageai, perplexe.

—Eh bien, des cartons, des tondeuses, ce genre de trucs. Je ne connais personne qui y mette réellement sa voiture. Mais ce n'est pas là où je voulais en venir. Roger possède un gros Range Rover qu'il stationne devant chez lui. Je suppose que Mme Laity a, elle aussi, une belle automobile, mais, comme par hasard (Withers leva les yeux au ciel), elle séjourne à Helston en ce moment, alors que sa nièce, qu'elle a adoptée et élevée depuis ses quinze ans, a disparu. Je m'attendais donc à ce que les Laity entreposent une grosse cylindrée de luxe dans ce garage. Mais non, c'est un vieux tacot – et pas un ancêtre de collection à restaurer ni rien, juste une vieille Peugeot 205. Et il y avait un téléphone sur le plancher, qui ne devait pas y être depuis bien longtemps, parce qu'il avait encore de la batterie et, je ne sais pas vous, mais moi, il faut que je recharge le mien au moins tous les deux jours.

Withers leva une main.

—OK, une petite minute. Vous êtes entrée par effraction dans ce garage et vous l'avez fouillé ? Vous savez que même un agent de police n'a pas le droit de faire ça, alors un simple citoyen, n'en parlons pas !

—Je ne suis pas entrée par effraction ; la porte n'était pas fermée à clé. Mais c'est bizarre, vous ne trouvez pas ?

—Non, pas trop. Il a une vieille bagnole, et alors ?

—Pourriez-vous au moins lancer une recherche sur la plaque d'immatriculation ? Je l'ai notée. Voici le numéro.

Je sortis un bout de papier de ma poche.

—J'ai une très bonne mémoire pour les plaques, donc je suis certaine du début, mais il est possible que j'aie inversé les deux derniers chiffres.

Withers prit le papier et l'étudia avec l'air d'un homme qui ne sait plus trop comment il a atterri là.

—Je ne sais pas. Je suis venu ici pour vous remonter les bretelles, et vous croyez que je vais effectuer cette recherche pour vous ? lança-t-il en secouant la tête.

—Allons, vous allez le faire, non ?

Il soupira.

—Oui, mais uniquement pour vous prouver que cette voiture n'a rien de suspect.

Il prit son téléphone et appela le poste de police.

—Ah, super, vous êtes toujours là ! C'est pour l'identification d'une plaque d'immatriculation. Vous pourriez lancer une recherche pour moi ?

Il communiqua le numéro et attendit.

—Non, une Peugeot. Essayez en inversant les deux derniers numéros... Vous l'avez ? À quel nom est-elle enregistrée ?

Il se tourna vers moi et continua à parler :

—Craig Laity. Non, ça ira...

—Y a-t-il d'autres véhicules enregistrés au nom de Craig ? demandai-je.

—Attendez. Y a-t-il d'autres véhicules enregistrés au nom de ce propriétaire ?... Aucun. Non, c'est très bien. On se voit demain matin.

Il raccrocha.

—Mystère éclairci. C'est la voiture de Craig.

Je secouai vigoureusement la tête.

—Mystère pas éclairci du tout ! Craig est rentré chez lui à... Où habite-t-il déjà ? Oxford ? Comment a-t-il fait pour rentrer si la seule voiture qu'il possède se trouve dans ce garage ?

Withers leva les yeux au ciel.

—Je ne sais pas si vous en avez entendu parler, mais il existe des trucs appelés « trains ». C'est une sorte de gigantesque cheval de métal qui avance à toute vitesse sur des rails…

—Ha, ha, ha ! Très drôle. Où se situe la gare la plus proche ?

Il haussa les épaules.

—Je ne sais pas, moi. À Bude ?

—Tss-tss. Bude ? C'est une blague ? Dites plutôt Exeter. Voyager en train d'ici est un vrai cauchemar. Pourquoi prendre le train s'il possédait une automobile ? Ce n'est pas comme s'il lui suffisait de faire un saut plus tard pour la récupérer. Et à qui appartient ce téléphone ? Ce n'est pas celui de Cheryl. J'ai essayé de l'appeler, et il ne s'est pas mis à sonner.

—Très bien, Sherlock, à vous de me le dire : pourquoi Roger Laity conserve-t-il la voiture de son fils dans son garage ?

—Pourquoi *cache-t-il* la voiture de son fils ?

—Elle n'est pas cachée. Vous l'avez trouvée, c'est dire.

Je réfléchis un instant, puis… la révélation !

—Je sais pourquoi ! C'est évident, non ?

Withers avait l'air de tout sauf de trouver ça évident. Je souris.

—Nous avons établi que Cheryl avait un amant, d'accord ? Mais nous n'avons pas encore essayé d'identifier cet homme.

Withers me considéra, puis grimaça.

—Qui, Craig ? Beurk ! Mais c'est son cousin.

—Pas tout à fait. Craig est le beau-fils de Roger. Cheryl et lui sont cousins par alliance.

—Ils ont aussi grandi ensemble après la mort des parents de Cheryl. Je persiste et signe : beurk.

—Cheryl avait déjà quinze ans quand elle est arrivée dans la famille, et Craig devait avoir à peu près le même âge. Pensez à toutes ces hormones sécrétées par les adolescents… vous les imaginez, tous les deux sous le même toit ? Sur les photos que Tony a reçues, il est indéniable que Cheryl est déjà adulte ; ils n'ont peut-être cédé à la tentation qu'après leur majorité. Si ça se trouve, cela dure depuis des années !

Je m'emballais un peu trop.

—Ils ne sont pas du même sang, mais c'est vrai que le fait qu'ils aient grandi ensemble rend la chose un peu dégoûtante, reconnus-je. Pas étonnant qu'ils aient voulu garder le secret. Amours interdites à Boscastle !

—C'est bon, on n'est pas dans *Cinquante Nuances de Grey* non plus, fit remarquer Withers en riant.

Nos regards se croisèrent et, à mon grand étonnement, je vis les joues de l'inspecteur s'empourprer. Cela dit, les miennes étaient brûlantes aussi. Sans cesser de rire, il se leva et s'approcha de la fenêtre pour fuir mon regard ; j'en fus également soulagée.

—Bon. Admettons qu'ils aient une liaison, et puis quoi ? Vous êtes en train d'insinuer qu'ils se sont enfuis ensemble ?

J'acquiesçai.

—Ils ont tout laissé derrière eux pour démarrer une nouvelle vie dans un autre coin du pays, dans la peau de deux personnes totalement différentes. En fait, c'est plutôt romantique, roucoulai-je sans pouvoir m'en empêcher.

—Euh… si vous le dites, répliqua Withers, très pragmatique. En plus, c'est si facile de tout recommencer à zéro, n'est-ce pas ? Pardon, mais un nouveau nom, ça implique de dégoter de faux papiers d'identité. Ensuite, si vous voulez trouver du boulot, il faut se réinventer, faux documents à l'appui, tout un parcours d'études, des références… Tout ça demande une petite fortune, et à ma connaissance, ils n'ont pas d'argent, ni l'un ni l'autre.

—Dans ce cas, il reste une explication beaucoup moins romantique : Craig a tué Mel parce qu'elle menaçait de tout révéler, puis il a tué Cheryl parce que… pour une raison qu'il reste à éclaircir. Et maintenant, Roger Laity le cache quelque part. Ou peut-être qu'il est à Helston avec sa mère ; ça expliquerait la présence de sa voiture à Boscastle. Pendant ce temps-là, Roger remue ciel et terre pour lui trouver un faux passeport et un moyen de quitter le pays. Je parie que c'est ça qu'il cachait dans son sac de sport hier !

L'inspecteur-chef me considéra avec un air presque admiratif.

—Ah, vous l'avez également trouvé suspicieux ? Moi aussi, je me suis demandé ce que pouvait bien contenir ce sac. Je me suis dit qu'il allait peut-être retrouver sa maîtresse et qu'il était rempli de… joujoux.

Nous échangeâmes un regard et haussâmes les épaules.

—Mais c'est vrai qu'il pouvait très bien contenir tout le nécessaire pour que Craig puisse démarrer une nouvelle vie ailleurs, conclut-il.

Je hochai la tête.

—Ou alors, Craig Laity a d'abord tué Cheryl, Mel est tombée sur lui pendant qu'il déplaçait le corps et il lui a réglé son compte dans la foulée. Quoi qu'il en soit, Roger Laity protège un assassin.

Je raccompagnai Withers, qui s'arrêta sur le pas de la porte et se tourna vers moi avec un petit sourire.

—Vous êtes un vrai Columbo, vous, non ?

—Je croyais que j'étais Magnum ? répliquai-je en riant.

—C'est exact, désolé. Quand j'ai dit ça, je ne savais pas encore vraiment dans quoi j'avais mis les pieds…

Il me dévisagea, l'air déterminé.

—Écoutez, je vais être honnête. Tony reste notre principal suspect, et vous le savez, mais je vous promets de prendre votre hypothèse très au sérieux. Je vais me renseigner sur Craig Laity, et voir si la police d'Oxford peut retrouver sa trace.

—Était-il à l'hôtel, samedi, quand on a découvert le corps de Mel ? m'enquis-je. Il serait intéressant d'analyser sa déposition.

Withers secoua la tête.

—Aucune idée. Il y avait une centaine d'invités en plus du personnel. Et du traiteur, ajouta-t-il en souriant. Mes inspecteurs ont épluché tous les témoignages. J'y jetterai un œil aussi.

Soudain, un boulet de canon blanc se précipita dans nos jambes, au comble de l'excitation, manquant de me faire tomber. Withers me rattrapa, puis se pencha pour caresser Germaine qui, lassée d'être enfermée dans la cuisine avec ma mère et Daisy, était venue voir qui était notre visiteur. Aussitôt, elle se dressa sur ses pattes arrière et s'appuya sur sa jambe, couvrant son pantalon noir de poils blancs.

—Désolée, dis-je tandis qu'il frottait ses vêtements. Je ne suis pas encore habituée à avoir des poils partout.

Il haussa les sourcils.

—Vraiment partout ?

—Quel toupet ! Non, pas *vraiment* partout… À propos, j'ai réfléchi à ce qui avait bien pu pousser Tony à changer de pantalon. Vous avez relevé la présence de poils de chien dessus, non ? Un jour, il m'a confié que Cheryl était allergique aux chiens ; il a dû aller en enfiler un propre par réflexe. Et plus tard, quand vous lui avez demandé de vous fournir les vêtements qu'il portait ce soir-là, il vous a donné ceux qu'il avait sur lui avant d'aller se coucher, sans réfléchir.

Je souris devant son air médusé.

—Alors, j'ai raison ?

22

Le lendemain matin, je m'éveillai en proie à une vive agitation. Il était à peine 6 heures, mais le soleil perçait déjà à travers les rideaux ; une belle journée s'annonçait. Sur le plan météo, du moins.

Je bondis hors du lit (pas au sens propre) et préparai du thé. En général, Daisy se levait tôt aussi, mais pendant les vacances, elle s'attardait souvent pour lire. Ma mère avait retrouvé la chambre d'amis, où elle s'était enfin affranchie de son habitude de se lever à l'aube – habitude qu'elle avait gardée de l'époque où elle et mon père travaillaient. J'allais sans doute pouvoir profiter de la maison pour moi toute seule pendant deux heures. Germaine poussa ma main avec sa truffe. Oui, pardon : toute seule avec la chienne, bien sûr.

J'ouvris la porte de derrière pour qu'elle sorte dans le jardin. Elle était propre, mais même lorsque nous faisions un dernier tour du quartier le soir avant de nous coucher, le lendemain matin, je la retrouvais devant la porte, pattes croisées, attendant désespérément de pouvoir se soulager. J'avais quarante ans, je compatissais tout à fait.

Je pris ma tasse dehors, et m'assis sur le muret qui délimitait le fond de notre jardin, et qui surplombait la prairie voisine et, au-delà, les falaises. Cette rue comptait une dizaine de maisons, pour la moitié dotées d'un extérieur donnant sur la même prairie ; pourtant, il régnait toujours ici un calme et une sérénité incomparables, même au beau milieu de la journée. Seuls quelques bêlements de nos voisins les moutons troublaient le silence. À cet endroit, la vue était imprenable, mais je lui tournai le dos pour faire face à mon jardin. Qu'allais-je bien pouvoir faire de cette pelouse peu inspirante ? J'adorais les fleurs, mais j'avais tendance à oublier de les arroser pendant des semaines, puis à compenser ma négligence en les noyant avec des litres d'eau. Bizarrement, cette méthode n'avait jamais fait ses preuves. Il fallait que je me procure des plantes qui ne se laisseraient pas tuer si facilement…

Et Mel, s'était-elle laissé tuer facilement ?

Pourquoi cette question avait-elle germé dans mon esprit ? Elle jurait dans cette ravissante matinée ensoleillée. Je sirotai mon thé. À première vue (c'est-à-dire d'après mon rapide examen de la scène de crime, qui s'apparentait plus à un coup d'œil de fouine pendant que nous attendions l'arrivée de la police, et que j'essayais de contenir les badauds), Mel était tombée en arrière, et la base de son crâne avait heurté le banc. Cela aurait suffi à l'assommer, et la thèse de l'accident aurait été plausible. Cependant, la plaie qu'elle présentait sur le front venait rebattre les cartes. Était-ce le coup qu'elle avait reçu qui avait entraîné sa chute, ou bien l'avait-on achevée alors qu'elle gisait déjà au sol ? Je frissonnai malgré les rayons chauds du soleil ; il fallait éprouver une fureur à peine concevable pour s'agenouiller à côté d'une personne inconsciente, ou du moins immobilisée, et la frapper avec… avec quoi, d'ailleurs ? Aucune arme n'avait été découverte sur les lieux, mais il devait forcément s'agir d'un objet lourd et contondant. Une pierre, peut-être ? Quelques roches décoratives agrémentaient le bord du petit étang tout proche. Le meurtrier avait peut-être saisi la première qui lui était tombée sous la main, ce qui indiquait plutôt un acte spontané ou, en tout cas, non prémédité. Ensuite, il pouvait l'avoir jetée dans l'eau.

Tandis que je me creusais les méninges, Germaine s'en donnait à cœur joie. Elle était particulièrement remontée contre une longue plante jaune et hirsute, qui avait eu l'audace de pousser dans un petit coin ombragé et humide, le long de la clôture latérale. Quel culot ! Germaine tenta de la déloger, mais celle-ci ne céda pas, et gifla même la petite chienne en regagnant sa place. C'était bon pour cette fois, la mauvaise herbe s'en tirerait avec un avertissement. Mais Germaine la tenait à l'œil.

J'ôtai quelques pétales jaunes de son museau en riant.

—Laisse donc cette pauvre plante tranquille. Si elle est assez malavisée pour pousser dans notre jardin, alors, elle a besoin de consulter, pas d'être déterrée.

Je rentrai dans la maison, et servis un bol de croquettes à Germaine pour la récompenser du zèle qu'elle déployait dans la défense de notre maison contre la menace végétale. Je me préparai quelques tranches de pain grillé en l'écoutant dévorer son petit-déjeuner, puis allumai la télé. Impossible de me concentrer sur quoi que ce soit ; je ne tenais pas en place. J'achevai mon petit-déjeuner et plongeai sous la douche (ceci est une expression imagée ; priorité à la sécurité, bien sûr). Comme j'entendais du mouvement dans la chambre de Daisy, je passai ma tête dans l'entrebâillement pour la prévenir que j'allais à l'hôtel. Je n'avais toujours pas récupéré la nourriture que j'y entreposais depuis le jour du mariage, et il n'était pas question que leur chef irascible mette les pattes sur mes saucisses bio. Il y avait urgence.

Je laissai Daisy allongée dans son lit, en train de lire l'un des vieux romans d'Agatha Christie de sa mère à

Germaine (qui semblait apprécier), et pris la direction du *Parkview Manor Hotel.*

À mon arrivée, il n'y avait pas un chat à l'hôtel. Il était un peu tôt pour y trouver des clients en train de vaquer, si tant est qu'il restât des clients après la macabre découverte de samedi, qui ne devait pas figurer dans les belles brochures en papier glacé. Je souris à la réceptionniste – la même que lors de ma dernière visite –, et me dirigeai vers la cuisine. Le chef, Serge, venait de commencer à préparer le buffet du petit-déjeuner. C'était un homme d'une petite soixantaine d'années, aux cheveux sombres et à la peau claire, et doté d'un vague accent d'Europe de l'Est impossible à identifier. Lorsque j'entrai, il me décocha un regard noir et brandit sa spatule d'une façon un peu déstabilisante, mais ne pipa mot.

—Je viens juste récupérer mes saucisses, lui expliquai-je avec douceur. Et mes desserts. Laissez-moi dix minutes, et ce sera comme si je n'avais jamais mis les pieds ici.

Serge renifla. (Qu'insinuait-il ? Qu'il lui faudrait bien plus de dix minutes pour m'oublier et qu'il aurait peut-être même besoin d'un suivi psychologique pour y arriver, ou plutôt que j'étais si insignifiante qu'il m'avait déjà bannie de ses pensées, en admettant qu'il m'ait consacré la moindre pensée ?) Puis il retourna à son bacon entrelardé.

Je rangeai tout dans les casiers en plastique que j'avais apportés à peine quatre jours plus tôt, et les emportai tant bien que mal jusqu'à la Masomobile qui était garée juste devant l'entrée, détériorant à elle seule le standing de l'hôtel. Ce fut réglé en deux voyages, bien que je ne sois pas sûre d'avoir récupéré tous les desserts – il en manquait au moins un de chaque sorte. Je soupçonnais Serge de s'être sacrifié, et d'avoir goûté pour contrôler la qualité des produits de la concurrence. Hormis ce détail, tout se passa comme sur des roulettes. Cette fois, c'était bien fini. Plus besoin de remettre les pieds dans ce fichu hôtel.

Si tu veux jeter un dernier coup d'œil à la scène de crime, c'est le moment ou jamais, me susurra la petite voix dans ma tête, toujours là pour me fourrer dans le pétrin. Cela dit, elle n'avait pas tort. Je claquai les portières de la camionnette et, après avoir jeté un coup d'œil circulaire, me dirigeai vers les jardins.

La tente avait disparu, mais la zone autour du banc était toujours délimitée par du ruban de police. C'est tout ce qu'il restait pour marquer l'endroit où la vie de cette pauvre Mel avait pris fin. J'observai le bassin ornemental, bel et bien garni de grosses pierres, exactement comme dans mon souvenir. Celles-ci avaient été réparties autour de l'étang pour lui donner un aspect moins artificiel. L'une d'entre elles avait-elle été déplacée ? Difficile à dire, elles étaient disposées de façon aléatoire. Toutefois, en y regardant de plus près, je repérai un creux dans la boue. Quelque chose de lourd se trouvait encore à cet endroit peu de temps auparavant. Je m'accroupis et inspectai l'étang ; il ne devait pas être très profond, mais l'eau était sombre, et il était impossible de distinguer le fond avec les nénuphars et autres plantes aquatiques qui y poussaient, apportant de quoi grignoter et un peu d'ombre aux carpes koï. De toute façon, Withers y avait sûrement déjà pensé. Même s'il m'agaçait en considérant Tony comme le seul suspect crédible (heureusement, j'étais parvenue à lui instiller quelques doutes), il fallait reconnaître que c'était un bon flic et qu'il ne faisait pas n'importe quoi. De là à faire un pas de côté et à le laisser continuer seul… n'exagérons rien !

Je me redressai, et avisai le petit sentier d'herbe écrasée sur lequel Germaine m'avait entraînée l'autre jour. Celui-ci avait presque disparu. Sous l'effet combiné du soleil estival en journée et de la rosée abondante du matin, les herbes et autres graminées s'étaient déjà bien redressées. Seuls deux tuteurs en métal enfoncés dans le sol et le ruban de police permettaient encore de le repérer. Je contournai ces balises et m'avançai dans les hautes herbes, dont certaines étaient assez hautes pour me chatouiller les mains.

Le reste des jardins était parfaitement entretenu, Mère Nature était domptée, peignée, coiffée, parfois à deux doigts de la mort, mais ce coin-ci du parc était intact, afin de laisser les fleurs sauvages s'épanouir. Ainsi, au milieu des longues et vaporeuses inflorescences blanches des graminées se mêlaient les bleuets d'un bleu-violet profond, les petites fleurs jaunes du populage des marais, et celles de la circée de Paris, minuscules, rose pâle, presque en forme de cœur. Les abeilles vrombissaient de-ci de-là, ne rivalisant pas encore, à cette heure matinale, avec le bourdonnement incessant de la circulation estivale de l'A 39, qui battrait son plein d'ici midi. Un décor vraiment idyllique, si l'on faisait abstraction du fait qu'il avait été le théâtre d'au moins un meurtre. Selon moi, ce sentier avait été formé par le poids d'un cadavre traîné au sol, mais était-il possible qu'il s'agisse d'autre chose ? Une valise à roulettes, éventuellement ? Cheryl avait laissé la sienne dans sa voiture, mais peut-être était-ce un leurre, un moyen de diversion pour lancer les gens sur une fausse piste. Tony m'avait raconté qu'elle avait commencé à vendre des objets ; peut-être préparait-elle réellement sa fuite. Et si elle avait emporté un autre bagage… un kit d'évasion ? Oui, une très grosse valise pouvait avoir aplati l'herbe et formé ce sentier. Pourtant…

Je n'étais pas convaincue. Quelqu'un avait tracté un corps à cet endroit. Mort, blessé, ou même drogué, ça, je n'en avais aucune idée, mais ça ne me disait rien qui vaille. Les meurtres auxquels j'avais été confrontée au cours de ma carrière au sein de la police de Londres (uniquement pour des missions de garde ou d'escorte ; je n'étais qu'agent en uniforme, pas inspectrice) étaient tous sans ambiguïté. Dans neuf cas sur dix, un ex-mari ou un ex-partenaire avait assassiné la femme qui avait eu le cran de le quitter. C'était démoralisant, mais facile. Nous avions aussi eu quelques règlements de compte entre gangs, mais ces enquêtes-là n'étaient pas plus compliquées : des dealers qui devenaient un peu trop gourmands et recevaient une leçon du patron, ou des conflits de territoire. Mais cette affaire-ci me donnait mal au crâne. Et me laminait le cœur.

Je me rendis jusqu'au bout du sentier en écoutant le chant des oiseaux. C'était agréable, même si j'étais bien incapable d'identifier les espèces. Arrivée à la clôture, je jetai un coup d'œil à l'aire de repos en prenant soin de ne pas toucher les pieux vermoulus. Je n'avais aucune envie de m'enfoncer une autre écharde dans le doigt.

Sacrebleu ! L'aire de stationnement était (relativement) propre, cette fois, mais je venais de me rappeler où j'avais vu une tache d'huile semblable à celle qui se trouvait devant la maison de Roger Laity…

23

Je ne pouvais pas passer la journée là, à cogiter. Pas alors que la Masomobile m'attendait, remplie de saucisses bio (ceci n'est pas un euphémisme). Tout en poursuivant ma réflexion, je rebroussai chemin jusqu'au parking. J'étais tellement absorbée que je ne remarquai pas la voiture noire garée non loin.

—C'est vraiment plus fort que vous, hein ?

La voix de Withers m'arracha à mes pensées. Il se tenait sur le perron de l'hôtel, les mains sur les hanches.

—Mais j'ai une bonne excuse, aujourd'hui ! Je suis venue rechercher mes…

Pour une raison que j'ignore, prononcer le mot « saucisse » devant cet homme me mettait mal à l'aise ; il fallait éviter cela à tout prix.

—… saucisses.

C'est ce qui s'appelait échouer lamentablement.

Il sourit.

—Vous et vos saucisses… Existent-elles vraiment ? Ne serait-ce pas une pure invention de votre part, un prétexte pour revenir ici dans l'espoir de tomber sur moi ?

—Vous êtes bien présomptueux, ripostai-je. Désolée de vous décevoir, Inspecteur-Chef Withers, mais si vous procédez à une fouille en règle de mon véhicule, vous constaterez qu'il est rempli de porc.

Il éclata de rire.

—Pour être honnête, c'est la proposition la moins séduisante qu'on m'ait faite depuis longtemps.

Il contourna la Masomobile en étudiant les décalcomanies.

—Ces illustrations sont pour le moins… intéressantes, pour un traiteur…

—C'est ce que je pensais au début, mais je commence à m'y « attacher ». Pas au sens propre, bien sûr. Ce serait trop compliqué.

Il s'appuya contre le capot.

—En tout cas, grâce à ça, vous êtes facile à repérer et difficile à oublier. Cela dit, je ne risque pas de vous oublier, puisque chaque fois que je tourne la tête, je vous surprends sur ma scène de crime.

Je poussai un soupir et m'assis sur les marches de l'hôtel.

—Je ne le fais pas exprès.

Il haussa un sourcil.

—Bon, d'accord, c'est vrai, capitulai-je. Je ne peux pas m'en empêcher. Je crois que j'ai besoin de…

—Fouiner ?

Je ris.

—Vous saviez que mon surnom, à l'école, c'était la Fouine ? À l'époque, c'était infondé, mais je dois reconnaître qu'aujourd'hui, il n'est plus si loin de la réalité.

Withers s'assit à côté de moi.

—Voilà un point sur lequel nous sommes d'accord. Alors, Jodie la Fouine, voulez-vous savoir ce que je viens de découvrir ?

—Quoi ?

—Je viens de m'entretenir avec le serveur qui tenait le bar le soir du meurtre, et il m'a raconté qu'après la bagarre à laquelle vous avez mis un terme – épisode que, soit dit en passant, je regrette vraiment d'avoir raté –, quand la soirée a repris, Cheryl et Craig ont eu des mots.

—Quel genre de mots ?

Il esquissa un petit sourire contrit.

—Il aurait été intéressant de le savoir, n'est-ce pas ? Malheureusement, le serveur n'a pas réussi à entendre de quoi ils parlaient. D'après lui, ce n'était pas vraiment une dispute, mais ils n'avaient pas envie qu'on les entende, parce que dès que Tony les a rejoints, Craig s'est éloigné. Et ce n'est pas tout…

—Poursuivez.

—Craig a quitté la soirée très tôt. Le serveur n'a pas l'heure exacte, mais il pense que Craig et Roger sont tous les deux partis entre 22 h 30 et 22 h 45, alors que la plupart des invités sont restés jusqu'à près de minuit.

—Mmh…

—Comment ça, « mmh » ? Allez droit au but, Parker.

—L'aire de repos, vous savez, là où la boucle d'oreille de Cheryl a été retrouvée. L'autre jour, il y avait une sorte de tache d'huile sur le sol.

Il haussa les épaules.

—C'est une aire de repos. Les voitures qui y stationnent sont souvent en panne ; elles ont des fuites d'huile, de liquide de frein, de toutes sortes. On y trouve même des fluides corporels, parfois, précisa-t-il en souriant.

—Beurk, beurk, beurk ! En tout cas, ce n'était pas n'importe quelle tache, parce qu'on pouvait la voir là samedi, et elle n'y est plus. Elle était donc fraîche, et elle a séché depuis.

—Vous êtes retournée inspecter cette aire de repos ? Vous avez vraiment besoin de vous trouver un loisir.

—Mais j'en ai un : me mêler des enquêtes de police. En tout cas, il y avait une marque similaire dans l'allée de Roger Laity, pile à l'endroit où sa voiture était garée dimanche, quand nous sommes allés chez lui ensemble.

—Vous l'avez constaté pendant votre petite visite informelle d'hier ?

—Oui.

—Mmh.

—C'est ce que je disais.

Withers m'observa, songeur.

—Je dois vérifier si les experts ont pris des photos de l'aire de repos, et pas uniquement de l'endroit où la boucle d'oreille a été retrouvée. Je ne sais pas si ça pourrait servir de preuve, mais…

—Mais ça donne matière à réflexion.

Il acquiesça.

—Alors, allez-vous enfin reconnaître que Tony n'est pas coupable ? m'enquis-je.

Withers me considéra avec flegme.

—Non. Mais je veux bien reconnaître qu'il n'est plus le seul à avoir un vrai mobile ni à avoir eu l'occasion de passer à l'acte. C'est le mieux que je puisse faire pour l'instant.

Je souris.

—Ça fera l'affaire.

Je laissai Withers interroger la réceptionniste de l'hôtel – à travers les portes vitrées, je vis avec quel regard adorateur elle répondait à ses questions –, et rentrai chez moi. Je déchargeai la camionnette, et laissai ma mère et Daisy gérer le casse-tête logistique qui consistait à caser une centaine de panna cottas et de tartelettes au chocolat dans le frigo (je les soupçonnais d'avoir prévu d'en manger plusieurs pour parvenir à leurs fins), sans parler de ces satanées saucisses qui risquaient de devenir le drame de ma vie. Je repartis presque aussitôt. J'avais un rendez-vous.

—La voilà, la fameuse camionnette ?

Rob Trevarrow s'essuya les mains sur un chiffon maculé de graisse, geste de prédilection de tous les garagistes depuis des temps immémoriaux – ça doit faire partie de la formation pour devenir mécanicien automobile –, et examina la Masomobile. J'avais fait toute ma scolarité avec Rob ; à l'âge de six ans, il voulait être astronaute, mais vers seize ans, il avait pris conscience qu'il avait plus de chances de réussir s'il reprenait le garage familial. Par bonheur, il avait toujours été habile de ses mains (ce n'est pas mon amie Helen, qui était sortie avec lui en terminale, qui dirait le contraire), et il avait vite découvert qu'être capable de réparer à peu près tout ce qui possède un moteur lui garantirait une vie confortable, dans cette région où les gens restaient attachés à leurs vieilles bagnoles (et à leurs tracteurs, et à leurs épandeurs, et...) jusqu'à ce qu'elles tombent en morceaux.

—Je comprends mieux pourquoi tu veux la faire repeindre...

—Ce n'est pas que je n'aime pas, expliquai-je en riant, mais j'ai peur que ça induise le client en erreur.

Il hocha la tête.

—Le certificat de contrôle technique est encore valable. On va commencer par une vidange et un entretien général, comme ça, on pourra te dire s'il y a des réparations à prévoir. Et puis, on demandera à Gary, notre carrossier, d'effacer les décalcomanies et de la repeindre. Elle sera comme neuve. Tu préfères nous la confier tout de suite ? Le planning est déjà pas mal rempli la semaine prochaine, mais je peux m'occuper de l'entretien entre deux rendez-vous, si tu veux. Honnêtement, tu la récupéreras plus vite si l'on fait ainsi.

Je décidai de laisser la Masomobile entre les doigts agiles de Rob. D'ici, je pouvais rentrer à pied sans problème, et pour le reste, j'avais toujours ma voiture. Il m'indiqua où garer la camionnette pour qu'elle ne gêne pas.

En me rendant au bureau pour lui remettre les clés, je m'arrêtai net. Un Range Rover à l'allure familière était installé sur l'un des ponts élévateurs. Je me dépêchai d'aller trouver Rob.

—Ah, te voilà ! dis-je en lui tendant les clés de la Masomobile. Ce ne serait pas le Range Rover de Roger Laity que je vois là ?

—Si. Je ne savais pas que tu le connaissais.

—Oh, si. Je l'ai encore vu l'autre jour. (Cette partie-là, au moins, était vraie.) Il m'a expliqué qu'il cherchait un garagiste, parce qu'il avait une fuite ou quelque chose comme ça…

—Au radiateur, oui, m'apprit Rob.

—C'est moi qui lui ai fait remarquer, parce qu'il y avait comme une sorte de tache d'huile à l'endroit où il était stationné, mentis-je en prenant un air concentré, comme si j'essayais de me rappeler notre conversation.

—Oh, sûrement. C'est l'antigel qui coule. L'un des tuyaux doit être percé. Ça arrive souvent par ici, entre les nids-de-poule et les chemins de terre…

—Les taches sont difficiles à enlever ? Je me souviens d'avoir eu une fuite d'huile un jour, et ça a vraiment sali le béton dans mon garage.

—Non, normalement, ça s'évapore et ça ne laisse aucune trace.

Comme sur l'aire de repos. Intéressant.

Je quittai le garage et traversai Penstowan. Il était presque midi. J'avais bien envie de passer acheter des chaussons à la viande pour Daisy, maman et moi, mais j'en avais déjà mangé beaucoup depuis mon retour dans la région et, à ce rythme, je finirais bientôt par leur ressembler. Et puis, ce n'est pas comme si je n'avais pas un frigo rempli à ras bord à la maison… même si son contenu était tout aussi gras et déséquilibré qu'un chausson.

J'arrivais au bout de Fore Street, lorsque je reçus un appel de la dernière personne que je m'attendais à entendre : Tony.

—Tony ? Tout va bien ? Où es-tu ? Ils t'ont relâché ?

—Si tu me laisses en placer une, je pourrai peut-être t'expliquer.

Il avait l'air épuisé.

—Je suis chez moi, finit-il par répondre. Tu es occupée ?

Tony ouvrit sa porte, et me considéra pendant une demi-seconde avant de se jeter sur moi pour une énorme accolade. Cela me prit au dépourvu, mais ne fut pas pour me déplaire.

Lorsqu'il me lâcha enfin, je le suivis à l'intérieur.

—Comment se fait-il que tu sois sorti ? Je croyais qu'ils pouvaient encore te garder jusqu'à 13 heures.

—Moi aussi, mais l'inspecteur-chef Withers est arrivé en disant qu'ils n'avaient pas assez de preuves pour m'inculper, et que j'avais de la chance d'avoir des amis si loyaux.

Il se tourna vers moi.

—Je suppose qu'il faisait allusion à toi ?

Je haussai les épaules.

—Pas uniquement. Il y a également Callum et Debbie, et tes parents…

—Mais surtout toi, dit-il en souriant. J'ai entendu le vieux Davey discuter avec un autre ancien du poste – tu vois, le sergent qui s'occupe de l'accueil ? –, et apparemment, au début, Withers croyait dur comme fer que c'était moi, mais il a changé d'avis. Il paraît aussi qu'il a été aperçu en compagnie d'une certaine personne qui vient de se réinstaller à Penstowan…

—C'est possible…

Tony retrouva tout son sérieux.

—Si c'est bien à toi que je dois ma libération, je ne pourrai jamais assez te remercier. Quand j'étais dans cette salle d'interrogatoire, Withers m'a tellement retourné le cerveau que j'ai même failli croire qu'il avait raison, que c'était moi qui l'avais fait.

Il s'assit sur le canapé, et prit sa tête dans ses mains. Je m'installai à côté de lui, et passai un bras autour de ses épaules.

—Ça ne tourne plus rond dans ma tête. Je ne comprends pas comment tout ça a pu se produire. Je n'arrête pas de me répéter que je vais me réveiller et que tout ira bien.

—J'ai bien peur que non, mon bonhomme, dis-je en prenant mon plus bel accent cornique.

Je l'avais perdu au fil des ans. Il émit un petit rire.

—Tu parles comme une vraie d'ici.

Soudain, il se redressa.

—Écoute, je sais que tu n'aimais pas Cheryl…

Je secouai la tête.

—Ce n'est pas vrai. Je ne la connaissais pas assez. Tu l'aimais, et c'est tout ce qui compte.

—Je me rends compte que non, ça ne suffit pas. D'ailleurs, si je me remarie un jour, je veux être sûr que tous mes amis apprécient l'élue de mon cœur… Bref, j'ai rencontré Cheryl le jour où elle a été engagée au magasin. Elle était très polie, douée dans son travail, et tout, et tout, mais légèrement distante. Pour être franc, au début, je l'ai prise pour une pimbêche. Mais une fois, alors qu'elle pensait que personne ne la regardait, je l'ai vue telle qu'elle était, comme si son masque avait glissé. Et sous ce masque, j'ai découvert une fille un peu triste et un peu seule. Alors, j'ai voulu lui rendre le sourire et lui faire comprendre qu'elle n'avait pas besoin de porter un masque.

C'était du Tony tout craché. De l'extérieur, il ressemblait à n'importe quel amateur de cidre, de chaussons à la viande et de foot (enfin, en l'occurrence, il n'y ressemblait plus du tout ; je devais admettre qu'il était plutôt en forme), mais à l'intérieur, c'était un homme bien plus profond et sensible qu'il n'y paraissait, parfois même un peu douillet. Pourquoi n'étions-nous pas restés ensemble plus de deux semaines ?

Des coups retentirent à la porte. Nous échangeâmes un regard alarmé. La dernière fois que nous nous étions retrouvés assis à cet endroit et que quelqu'un avait frappé à la porte, c'était Withers. Et il était venu arrêter Tony.

Pas cette fois. On frappa de nouveau, puis :

—Oh hé, mon chéri ? Tu es là ?

Brenda.

Aussitôt, Tony alla ouvrir. Je souris au son de leurs voix étouffées ; visiblement, une nouvelle grosse accolade était en cours.

Brenda et Malcolm entrèrent, rayonnants et soulagés, suivis de Callum et Debbie. Tony semblait heureux, bien qu'un peu dépassé, de tous les revoir.

—Du thé ! Il nous faut du thé ! lançai-je d'un ton résolu.

Tandis qu'ils s'asseyaient et bavardaient, je m'éclipsai dans la cuisine.

Au moment où je saisis la bouilloire, mon téléphone tinta. Un message de Withers.

Pantalon de Tony couvert de poils de chien (comme vous le disiez). Pas de trace de sang, donc pas assez de preuves médico-légales pour l'inculper ni le maintenir en garde à vue. Satisfaite ?? NW

Une bouffée de triomphe m'envahit. Withers venait de reconnaître que j'avais raison, preuve écrite à l'appui ; jamais je n'effacerais ce message ! Et ce « NW » ? *Quel peut bien être son prénom. Neil ? Nigel ? Pitié, pas Nigel.*

Je relevai la tête, et découvris Tony qui m'observait avec curiosité. Je rangeai mon téléphone.

—Ce n'est rien. J'allais faire du thé.

Il sourit.

—Je m'en occupe. J'ai besoin de souffler un peu. C'est super que tout le monde soit venu, mais…

—Ça fait beaucoup d'un coup.

—Exactement.

Il me prit la bouilloire des mains et la remplit au robinet. Il semblait complètement lessivé, je le vis même chanceler. Je posai une main sur son bras pour l'apaiser.

—Tu as l'air exténué. Quand as-tu mangé pour la dernière fois ?

—Je ne sais pas. On m'a donné de la nourriture là-bas, mais je n'ai pas pu y toucher.

Son estomac gargouilla.

—Si j'avais su, je t'aurais apporté de la saucisse !

Il me regarda, et nous fûmes pris de gloussements incontrôlables.

—Je parie que tu sors ça à tous les mecs, lança-t-il entre deux hoquets. Tu crois que je n'ai pas repéré ta camionnette ?

Notre fou rire repartit de plus belle, et bientôt, nous dûmes nous accrocher l'un à l'autre pour ne pas tomber.

—Oh stop ! Stop ! m'écriai-je sans cesser de m'esclaffer. Oh, mon pauvre périnée…

—Tout va bien ?

Depuis l'embrasure de la porte, Brenda nous observait en souriant. Tony acquiesça, mais il n'était pas en état de répondre.

Nous finîmes par reprendre le contrôle, même si quelques gloussements hystériques nous échappaient encore de temps à autre, lorsque nos regards se croisaient. Brenda m'aida à transporter tout le nécessaire pour le thé au salon, et Tony ouvrit un paquet de biscuits qu'il dévora presque à lui tout seul.

—Bon, et maintenant ? lança-t-il.

Il avait de gros cernes sous les yeux et besoin de se raser, mais il semblait requinqué.

—Maintenant ? Maintenant, tu ne bouges plus d'ici et tu attends que la police mette le vrai tueur sous les verrous, lui ordonna Brenda.

—Et que Cheryl réapparaisse, ajouta Callum.

—Tu as l'air d'avoir besoin de piquer un petit roupillon, renchérit Debbie.

Tony secoua la tête.

—Je serai en pleine forme après une bonne douche. Mais je ne vais pas pouvoir rester là, à me tourner les pouces.

Difficile pour moi de contester ça ; j'avais ressenti la même chose pendant qu'il croupissait au poste. Cela dit, j'hésitais à partager avec lui toutes mes déductions – OK, mes folles conjectures et mes soupçons –,ne sachant pas si cela lui mettrait du baume au cœur ou, au contraire, lui plomberait le moral.

—Le pire, c'est de rester dans l'inconnu, déclara-t-il, comme s'il avait lu dans mes pensées. J'ignore totalement si Cheryl est morte ou en vie. Si elle m'a quitté ou si quelqu'un me l'a enlevée. Si je dois être en colère, affligé ou en deuil. Tout ce que je voudrais, c'est savoir ce que je dois ressentir.

Je devais lui faire part de tout ce que j'avais découvert, ou du moins de tout ce que je pensais avoir découvert. Mais d'abord…

—Et si tu commençais par une bonne douche ? suggérai-je. Ensuite, nous tiendrons un nouveau conseil de guerre.

Quinze minutes plus tard, il était assis face à nous, avec une autre tasse de thé à la main, rasé de frais et vêtu d'un tee-shirt et d'un short cargo propres. Il répandait une odeur bien plus agréable que précédemment, et ressemblait de plus en plus au bon vieux Tony que nous connaissions.

Était-il vraiment nécessaire de le bouleverser de nouveau maintenant ?

Cependant, il ne m'en laissa pas l'occasion et me devança. Il sortit une liasse de fins papiers de sa poche, et les étala devant nous sur la table basse.

—Je viens de trouver ça. Pendant que je m'habillais, j'ai fouillé la table de chevet de Cheryl, juste au cas où… je ne sais pas… Et je les ai trouvés cachés au fond du tiroir.

J'étudiai les documents. Il s'agissait de reçus intitulés « *Nancarrow Prêt sur gages.* »

—Ça vient du prêteur sur gages de Nancarrow Street, remarqua Malcolm.

—Oui, confirma Tony avant de s'adresser à moi. Donc, j'avais raison. Elle a vendu tous ces trucs.

—Quels trucs ? s'enquit Brenda, perdue.

Il lui tendit le paquet de reçus, et elle commença à les parcourir. Je me penchai pour lire à l'envers et déchiffrai ce que je pus.

—Ce sont les tickets qu'ils te donnent pour le jour où tu veux récupérer tes affaires, non ? demandai-je.

—Oui.

—Donc, elle ne les a pas vraiment vendues.

Pour moi, ça changeait tout.

—Elle les a mises en gage, continuai-je, et elle a gardé les reçus. Pourquoi ?

Tony haussa les épaules.

—Aucune idée.

—Tout y est : l'ordinateur, la statuette, et même les ustensiles de cuisine.

J'avais mal au cou à force de me contorsionner pour lire. Debbie prit les récépissés de la main de Brenda pour les éplucher à son tour.

—Nom d'une pipe en bois ! Mille livres pour une bague ?

—Oui, acquiesça Tony, déposée la veille de la soirée de bienvenue, à en juger la date qui figure sur le reçu. Je vois très bien de quelle bague il s'agit, c'est celle que lui a léguée sa mère. À la base, c'était le « quelque chose de vieux » qu'elle comptait porter à notre mariage. C'est une tradition que Cheryl voulait respecter : avoir sur soi quelque chose de vieux, de neuf, d'emprunté, etc., le jour de ses noces. Et puis, tu te souviens, maman, tu lui as dit que tu lui prêterais le collier de perles que tu arborais à ton propre mariage, et elle a répondu que ça lui ferait le quelque chose de vieux et d'emprunté en un seul objet ?

Il tritura le mince feuillet jaune pâle.

—Sur le moment, je n'y ai pas fait plus attention que ça, mais ça m'a surpris qu'elle renonce à porter la bague de sa mère. Et après ? Qu'est-ce que ça change ?

Je me penchai et lui pris la main.

—Si elle a gardé tous ces tickets, c'est qu'elle comptait récupérer ses affaires, tu comprends ? Tu sais ce que ça veut dire ? Qu'elle avait l'intention de rester dans la région, et de retourner chez le prêteur sur gages récupérer ce qu'elle pouvait. L'ordinateur et la bague en priorité, j'imagine. Elle n'avait pas prévu de te quitter ! Mais elle a dû avoir besoin d'argent rapidement.

—Elle n'avait qu'à m'en demander…

—Pas si elle voulait te cacher la raison pour laquelle elle avait besoin de cet argent, intervint Debbie.

Il se passa la main dans les cheveux en soupirant.

—Je commence à croire que je ne la connaissais pas du tout. D'abord, cette liaison, et maintenant ça. Je n'y comprends plus rien.

—Mais bien sûr ! m'exclamai-je en me redressant brusquement, renversant un peu de thé au passage. Sa liaison ! Les photos que tu as reçues, tu les as bien observées ?

Tout le monde me dévisagea comme si j'étais devenue folle, ou en tout cas insensible.

—Crois-le ou non, mais je n'avais pas très envie de les analyser de trop près, rétorqua Tony avec amertume.

—Non, non, je m'en doute, mais ce que je veux dire, c'est comment as-tu su de quand elles dataient ? Cheryl avait une autre coupe de cheveux ou…

Il leva les yeux au ciel.

—Je me répète, mais crois-le ou non, ses cheveux sont bien la dernière chose à laquelle j'ai fait attention. De toute façon, elle a la même coiffure depuis des années.

—Depuis 1987, ironisa Debbie dans sa barbe, ce qui lui valut un véhément coup de coude de Callum.

—Donc ces clichés ont très bien pu être pris il y a longtemps, peut-être même avant que vous ne soyez ensemble ? À quand remonte votre rencontre ?

—Deux ans, répondit Tony, songeur. Oui, il est possible que ces photos aient été prises avant…

—Alors si ça se trouve, elle n'avait pas de liaison du tout, conclus-je. Réfléchis. Elle s'apprête à épouser l'homme de ses rêves quand, tout à coup, quelqu'un surgit de son passé.

Tony esquissa un petit sourire triste.

—Ce type débarque et la menace de ruiner son mariage, poursuivis-je. Tony, elle n'était pas en train de rassembler de l'argent pour s'enfuir. Quelqu'un la faisait chanter !

24

Tony me scruta pendant un moment, puis secoua la tête.

—Non. Non, je ne suis pas convaincu. Je me fiche éperdument des histoires qu'elle a eues avant qu'on ne soit ensemble. Ce n'est pas comme si elle m'avait fait croire qu'elle était nonne. Je sais qu'elle a eu une vie avant notre rencontre, tout comme moi.

—Elle t'en avait déjà parlé ?

Il secoua de nouveau la tête.

—Non. Je n'ai jamais été très fan de ce genre de déballage. À quoi bon énumérer ses ex ou raconter la vie des personnes avec lesquelles on a couché avant ? Un jour, avant que nous n'emménagions ensemble, elle a commencé à m'expliquer tout ça, mais je lui ai dit franchement que je me fichais qu'elle ait eu une ou des centaines d'aventures avant moi. Ne me regarde pas comme ça, Jodie, je suis sincère.

—Non, non, je te crois, c'est très… très Tony. Non, je pensais à Richard et…

—Connard, m'interrompit-il.

Il n'avait jamais aimé mon ex.

—Euh… non… Richard. Mais c'est vrai que ça rime, ironisai-je.

Il haussa un sourcil.

—Oh, pardon, tu l'insultais vraiment. Bref, au début de ma relation avec le connard, il n'arrêtait pas avec ça, il voulait à tout prix savoir avec combien d'hommes j'avais couché, en me jurant que ça n'avait de toute façon aucune importance. Un jour, j'ai cédé et je lui ai dit, et là, il s'est mis à bouder. Allez savoir comment il aurait réagi si je lui avais donné le nombre exact…

Debbie émit un petit rire.

—Je vois très bien ce que tu veux dire…

Devant le regard alarmé de Callum, elle afficha un sourire radieux faussement innocent.

—Bien sûr, je n'ai pas eu besoin de mentir à Callum, puisque j'étais encore vierge le jour où nous nous sommes rencontrés…

Je ricanai.

—Eh oui, ils ne comprennent pas toujours que ce qui est valable pour l'un est valable pour l'autre, renchérit Brenda qui pouffait aussi.

Malcolm se tourna vers elle, l'air épouvanté, mais ne moufta pas. Il n'aurait pas osé, je crois.

Tony sourit et mélangea son thé avec son doigt ; une fine pellicule grasse avait commencé à se former à la surface (voilà pourquoi je déteste le lait entier).

—Comment ce type pouvait-il la faire chanter, puisqu'elle savait que je m'en fichais ? Elle avait trente et un ans ; évidemment qu'elle avait un passé.

Je songeai à la voiture cachée dans le garage de Roger Laity, et à la tache traître d'antigel ou de peu importe quoi, que j'avais repérée sur le sol de l'aire de repos, le jour où Mel avait été retrouvée morte. Tache identique à celle qui maculait le sol devant la maison des Laity.

—Peut-être que le problème n'est pas ce qu'elle a fait, mais *avec qui* elle l'a fait, suggérai-je avec prudence.

Il me regarda sans comprendre.

—Comme un homme marié ou une femme ? demanda Callum.

—Mais ça aussi, je m'en fiche, protesta Tony.

Je m'attendais à ce qu'il ajoute une grivoiserie du style : « Avec une autre femme, j'aurais même réclamé plus de photos, hé, hé, hé ! », mais il n'en fit rien, et je m'en réjouis intérieurement. Cela dit, Mel l'avait quitté pour son instructrice d'auto-école ; ce n'était donc peut-être pas si surprenant. Quand bien même, Richard le connard n'aurait jamais laissé passer une occasion de faire une réflexion à la fois vulgaire et sexiste – bref, de se comporter en parfait crétin. Comment avais-je pu avoir aussi mauvais goût en matière de mecs ?

—Non, je pense par exemple à quelqu'un comme… son propre frère ?

—Elle n'a pas de frère, intervint Malcolm, mais Tony et Callum échangèrent des regards, et je compris que j'avais visé dans le mille.

—Craig, fit Tony avec un petit rire amer. Ce satané Craig.

—Tu penses que c'est possible ? Je veux dire, je sais que « techniquement », il n'était pas son frère, mais son oncle et sa tante n'auraient pas vu ça d'un très bon œil, n'est-ce pas ? Ils les ont éduqués ensemble, comme frère et sœur, alors ce serait un peu…

Le seul mot qui me venait était celui qu'avait employé Withers la veille.

—… beurk.

—Oh oui, ça me paraît tout à fait plausible, répondit Tony. Il était toujours en train de tourner autour de Cheryl. Ils étaient très proches, jusqu'au jour où elle a emménagé avec moi ; ça l'a vraiment foutu en rogne, et l'on ne l'a presque plus revu, ce qui me convenait tout à fait. Au tout début de notre relation, Cheryl m'a invité à faire la connaissance de son oncle et de sa tante, et Craig se trouvait justement là. Roger et lui ont passé toute la soirée à me rabaisser, à se moquer du magasin, du fait que Mel m'ait quitté pour une femme… Bref, à peu près tout y est passé. Sa tante Pauline était plutôt sympa, dans le genre timide. Elle ouvrait à peine la bouche, et son fils la menait par le bout du nez, c'était évident. Alors oui, de toutes les liaisons que Cheryl aurait pu avoir, que Craig ait été son amant qui m'aurait rendu dingue si je l'avais appris. Cela dit, même dans ce cas, j'aurais été choqué, et puis je serais passé à autre chose ! Vous pensez que Cheryl n'avait pas compris ça ?

Tony était vraiment quelqu'un de bien, et il méritait tellement mieux… Je posai une main sur son bras.

—Peut-être que tu n'étais pas le seul à qui elle voulait cacher cette relation. Tu sais, il n'y a pas que moi qui trouve ça un peu dégueu, et…

Je me tus. Il n'avait sûrement aucune envie d'apprendre que le bruit de cette liaison incestueuse se répandait déjà dans toute la ville. Je rétropédalai en vitesse.

—Je veux dire, vous aussi, vous trouvez que ce n'est pas correct, n'est-ce pas ? demandai-je aux autres.

Ceux-ci hochèrent la tête, mais Tony ne fut pas dupe.

—Nom d'un chien, Jodie, qui d'autre est au courant ? À qui en as-tu parlé ?

—Seulement à l'inspecteur-chef Withers.

Je m'efforçai d'ignorer la façon dont Debbie haussa les sourcils en entendant ce nom. Bon sang, elle était pire que ma mère.

—Désolée, je l'ai vu hier soir, et je lui ai fait part de mes soupçons, continuai-je. Je n'étais pas au courant pour le chantage, cela dit. L'hypothèse à laquelle je suis parvenue, c'est que soit Cheryl s'est enfuie avec lui, soit elle…

Pas besoin d'achever cette phrase, tout le monde connaissait la fin : « est morte ».

Tony prit une profonde inspiration.

—Qu'est-ce qui te fait croire que Craig est mêlé à tout ça ? Je déteste ce type, mais, que je sache, il ne connaît – pardon, ne connaissait – même pas Mel.

—Il était présent à la soirée de vendredi, arguai-je. Je ne me rappelle pas l'avoir vu dans la salle quand je suis partie, mais pour être honnête, je n'ai pas cherché après lui non plus. Et samedi, il était là ? Je n'ai aperçu aucun des Laity, il me semble.

—Roger était là, intervint Callum. En tant que témoin, j'essayais de diriger les premiers convives vers le bar pour un verre de bienvenue. Il m'a prévenu que Craig était en retard, mais qu'il ne raterait pas la réception.

—Pourtant, Roger savait pertinemment qu'il n'arriverait pas parce que…

—Parce que quoi ? Tu es au courant de quelque chose ? m'interrogea Tony, penché en avant. Jodie, tu dois me le dire. Je vais devenir fou.

—D'accord, alors d'abord, je veux que ce soit bien clair : je ne sais pas tout. Ce n'est que mon hypothèse.

J'inspirai longuement, le temps de mettre toutes mes idées en place, puis me jetai à l'eau.

—Bon, vous êtes au courant que la police a retrouvé l'une des boucles d'oreilles de Cheryl ?

Ils acquiescèrent tous.

—Eh bien, en réalité, c'est moi qui l'ai retrouvée. J'ai découvert une sorte de sentier dans l'herbe, qui traversait les jardins jusqu'à une aire de repos de l'A 39. La boucle était juste à côté de la clôture. L'un d'entre vous se souvient-il des vêtements que portait Craig vendredi soir ?

—Je n'en ai pas la moindre idée, répondit Tony, perplexe.

Malcolm sortit son téléphone de sa poche.

—J'ai pris quelques photos. Craig et Roger sont restés près de nous pendant un moment. Tiens, je ne vois rien. J'ai laissé mes lunettes à la maison…

Il me confia son téléphone, et je parcourus sa galerie. Après avoir fait défiler plusieurs photos de pieds (sans doute ceux de Malcolm) et un gros plan du dos de Brenda, je finis par tomber sur un cliché de la fête. Un groupe d'hommes debout au bar, Tony, au centre, en train de rire à quelque chose que Callum (qui était donc présent ce soir-là et que je n'avais même pas reconnu) venait de dire. Derrière eux se tenait Craig Laity, la mine renfrognée, vêtu d'une chemise blanche à fines rayures bleues ou grises. Exactement le même tissu que le petit lambeau qui était accroché à la clôture.

—Oh, Tony, fis-je, la voix un peu tremblante. Je commence à croire que j'ai raison. Il a peut-être tué Cheryl.

Je racontai au conseil de guerre toute l'histoire du sentier qui avait peut-être été formé par une valise, mais plus probablement par un corps traîné dans l'herbe. Je leur parlai de la tache non identifiée sur le sol de l'aire de repos, et de cette autre tache chez les Laity ; ce n'était peut-être qu'une simple coïncidence, mais j'avais la furieuse impression que le Range Rover de Roger, dont l'antigel fuyait, avait été garé sur cette aire récemment. Je leur parlai aussi de la voiture de Craig parquée (cachée) dans le garage de Boscastle, alors que tout portait à croire qu'il était rentré dans l'Oxfordshire (où tout le monde s'accorda à dire qu'il était impensable de s'y rendre en train si l'on possédait son propre moyen de locomotion), et de sa mère partie, comme par hasard, passer quelques jours à Helston. J'évoquai le sac de sport de Roger Laity, qui était peut-être rempli de sous-vêtements coquins et d'un jouet à piles quelconque (idée visiblement encore plus « beurk » que celle de Craig et Cheryl couchant ensemble), mais qui aurait très bien pu contenir des vêtements et de l'argent pour l'évasion de Craig.

—Tu crois que Craig a…

Tony déglutit avec peine, incapable de formuler sa pensée à voix haute.

—… Tu crois qu'il a fait une bêtise et qu'il a demandé l'aide de Roger ?

—N'aurait-il pas appelé sa mère, plutôt que Roger ? s'étonna Brenda.

Franchement, en pareilles circonstances, Tony aurait à coup sûr appelé sa mère plutôt que son père, certes adorable, mais qui n'aurait pas été d'une quelconque utilité avec son tempérament désinvolte typique des Cornouailles.

—J'y ai bien réfléchi, répondis-je. Lequel des deux est le plus susceptible de trouver une solution ? Qui a beaucoup de contacts ? Qui est en mesure de débloquer beaucoup de liquide rapidement sans attirer l'attention ? Qui sait comment se procurer un faux passeport ou une fausse pièce d'identité ?

Tony acquiesça.

—Roger. Oui, tu as raison. Pauline serait prête à tout pour lui, mais en réalité, elle n'aurait pas pu faire grand-chose.

—Alors, quoi ? s'enquit Debbie ? Tu crois qu'il a pris la fuite ?

Je secouai la tête.

—C'est un peu trop tôt. Il faut plusieurs jours pour obtenir de faux papiers. À moins que tout ait été prémédité, mais je ne pense pas qu'il avait prévu de tuer Mel. Pourquoi aurait-il fait ça ? Il ne la connaissait même pas. Mon petit doigt me dit que Mel est tombée sur Cheryl et lui par hasard, et qu'elle a essayé de mettre un terme à ce qu'il se passait. Non, il doit se terrer quelque part.

—Roger lui a fourni une planque, conclut Debbie d'un air déterminé.

—C'est ça.

—Et s'il le cachait dans une caravane de l'un de ses campings…, suggéra Callum.

—C'est possible, dis-je, mais lequel ? Il en possède une flopée.

Soudain, Tony se mit à fouiller la pièce du regard.

—Où est le chien ?

—Germaine ? Chez moi, pourquoi ?

Il sourit, une lueur exaltée dans le regard.

—Et si on l'emmenait faire une petite promenade ?

***

Je n'étais pas persuadée qu'emmener Tony en repérage dans les divers campings que possédaient les Laity soit une excellente idée – Dieu sait de quoi il était capable si nous mettions la main sur Craig –, mais son petit séjour en cellule l'avait rendu fébrile, et si je n'y allais pas avec lui, il serait capable de s'y aventurer seul et de faire preuve d'imprudence (encore plus que moi, s'entend).

Nous enquêtâmes sur l'empire Laity grâce à Google, et dressâmes une liste des campings situés dans un rayon de quinze kilomètres autour de Boscastle, pour la simple et bonne raison que nous ne pouvions pas tous les inspecter en un après-midi. Nous éliminâmes les terrains réservés aux tentes – quel meurtrier en cavale perdrait son temps à monter une tente ? – pour nous concentrer sur ceux qui proposaient la location de caravanes déjà installées sur place.

Après écrémage, il resta quatre terrains de camping, tous sillonnés ou contournés par des sentiers publics.

—Nous, on s'occupe de celui de Trebarwith, décréta Debbie. Nous comptions de toute façon emmener les enfants à Tintagel.

—Et nous, de celui de St Juliot, déclara Brenda. Je connais un charmant petit pub où nous pourrons prendre le thé au retour.

—Toi et moi, on peut se charger des deux derniers, me proposa Tony.

Je nourrissais toujours des doutes, mais depuis que j'avais vendu la mèche, tout le monde semblait si déterminé à retrouver Craig que je ne voyais pas comment arrêter le train.

—D'accord, capitulai-je. Mais n'oubliez pas que nous ne sommes pas là pour procéder à une arrestation ; nous ne faisons que jeter un coup d'œil. Soyez discrets, et ne prenez pas le moindre risque.

Je passai les troupes en revue : deux retraités d'un âge avancé, un gros chauve et une pipelette du Nord, et ils prenaient tous ça comme un jeu. Tout à coup, mes ex-collègues de Londres me manquèrent terriblement. Je poussai un soupir.

—Soyez prudents.

Tony me déposa chez moi, à la base juste le temps que j'aille chercher Germaine, mais ma mère et Daisy insistèrent toutes les deux pour nous accompagner. Au début, l'idée me parut mauvaise, mais Tony sembla s'apaiser en leur présence. Peut-être l'aideraient-elles à se maîtriser en cas de grabuge, même si, en toute honnêteté, je ne pensais pas que nous retrouverions Craig ; mon intuition avait beau clamer qu'il était toujours planqué dans le coin, il y avait beaucoup trop de cachettes envisageables. En outre, il était aussi possible que Roger l'ait déplacé après ma petite visite de la veille. Comme quoi, se jeter la tête la première n'était pas toujours la meilleure des stratégies. Bien sûr, je ne l'avouerais jamais en présence de l'inspecteur-chef Withers, pas même sous la torture.

—Allez, je vous emmène à Millook Haven ! lança Tony comme s'il venait d'avoir l'idée.

Ma mère nous dévisagea avec curiosité à tour de rôle ; elle était peut-être farfelue, mais surtout loin d'être bête, et elle avait compris qu'il se tramait quelque chose. Toutefois, elle n'émit aucun commentaire.

C'était une belle journée. Nous empruntâmes le sentier qui longeait les falaises et, pour la première fois depuis que je l'avais croisé au magasin au début de toute cette histoire, Tony sembla se détendre. Bien sûr, il avait été pris dans le tumulte des préparatifs du mariage, et l'effroyable nervosité de Cheryl (désormais compréhensible, si elle craignait de voir débarquer Craig pour tout gâcher) avait dû se répercuter sur lui aussi, lui qui était d'un naturel si tranquille d'ordinaire.

Germaine gambadait devant nous, reniflant la piste des lapins sauvages, même s'il était peu probable qu'elle sache comment réagir si elle en croisait réellement un. Daisy la poursuivait en riant, tandis que ma mère, qui souffrait d'arthrite aux genoux ces derniers temps, peinait un peu à nous suivre. D'ailleurs, arrivée à la hauteur d'un grand rocher plat qui dominait l'océan, elle se laissa choir et nous annonça qu'elle nous attendrait là.

Je poursuivis la promenade avec Tony. Je l'étudiais tandis qu'il inspirait profondément l'air marin, ses joues reprenant peu à peu des couleurs. Il semblait presque heureux. Presque.

Il me surprit en train de l'observer.

—Quoi ? fit-il en riant.

—Rien. Je suis contente de retrouver le bon vieux Tony, c'est tout.

Il sourit.

—Si tu crois que je vais m'essuyer le nez sur ma manche…

—On n'est pas obligés de remonter jusqu'à ce bon vieux Tony-là non plus.

Il faisait chaud. Les yeux plissés pour ne pas être éblouie, je contemplais le paysage. Les rayons de l'astre du jour se reflétaient sur les flots turquoise et ondulants.

—Tu vois comme l'eau scintille au soleil ? C'est à ça que j'ai pensé pendant que j'accouchais de Daisy. Je voulais éviter la péridurale…

—Quelle idée ! s'écria Tony, incrédule. Mais pourquoi ? Moi, au contraire, j'aurais voulu qu'on m'injecte tous les médocs possibles. En fait, j'aurais même préféré qu'on m'endorme complètement et qu'on me réveille après l'accouchement.

Je ris.

—Oui, j'ai changé d'avis à mi-parcours, et j'ai demandé la péridurale. J'ai envoyé balader toutes ces idioties d'enfantement naturel, mais ça a quand même duré des heures. J'étais épuisée et, à un certain moment, la sage-femme m'a dit de penser à mon endroit préféré, de visualiser quelque chose qui me rendait heureuse, et c'est à ça que j'ai pensé. L'océan de la côte nord des Cornouailles. Toi, moi, notre vieille bande de potes en train de nager au large de la plage de Widemouth, le jour où l'on a vu des dauphins, tu te rappelles ? Pourtant, j'ai plongé dans des mers bien plus chaudes, mais ici, l'eau est incomparable quand il fait beau. Même si tu le quittes, cet endroit, lui ne te quitte plus jamais.

—Bien sûr que je me rappelle. Ça veut dire que tu es revenue pour de bon, alors ?

—Oh, il ne faut jamais dire jamais, comme on dit, mais oui, c'est l'idée.

—Ta mère sera ravie de l'entendre. Et moi aussi.

Nous nous arrêtâmes face à l'océan. Derrière nous, tout en haut de la colline, se trouvait le camping des Laity.

—Tu es toujours décidé ? demandai-je à Tony.

—Quoi, à débusquer Craig ? Plus que jamais. Même si, à la réflexion, nous aurions dû surveiller la maison de Roger et nous contenter de le suivre au moment où il sortait.

La colère de Withers la veille, lorsqu'il m'avait rendu visite après que Laity avait déposé plainte contre moi, me revint en mémoire.

—Mmh, je ne crois pas. Ce bon vieux Roger est déjà à deux doigts de me coller une ordonnance restrictive sur le dos, alors s'il nous surprend en pleine filature… Bon, allons-y. Mais tu ne fonces pas tête baissée, lui rappelai-je avec un petit sourire contrit. Ça, c'est mon boulot.

***

Nous gravîmes la colline et suivîmes le sentier jusqu'à l'intérieur du camping. C'était la première semaine des vacances d'été ; hormis la falaise que nous venions d'escalader, peu encourageante et pas du tout adaptée aux familles, tout le territoire des Cornouailles était envahi de touristes, et ce camping ne faisait pas exception. Nous déambulâmes entre les caravanes en direction de la petite boutique et du bureau d'accueil, sans cesser de guetter la présence de Roger Laity. Je voulais à tout prix éviter de me faire repérer. Heureusement, il brillait par son absence.

Toutes les caravanes semblaient occupées. Des enfants jouaient un peu partout, les serviettes de plage séchaient dehors, et les tongs ensablées attendaient sur les seuils – autant de signes typiques des vacances à la mer. Aucune des locations n'avait l'air d'abriter un fugitif, mais au fond, fallait-il un air particulier pour ça ?

Tony me consulta du regard.

—On passe au suivant.

Nous redescendîmes la colline, récupérant chien, grand-mère et enfant au passage, puis reprîmes la voiture pour nous rendre quelques kilomètres plus loin sur la côte, dans les environs de Bude. En chemin, nous fîmes une pause déjeuner dans un petit bistrot qui donnait sur un étang et une réserve naturelle. J'en oubliais presque que nous n'étions pas là uniquement pour profiter d'une agréable sortie en famille. Cela dit, il me suffit d'un coup d'œil à Tony – qui jouait fébrilement avec sa nourriture dans son assiette, incapable d'avaler plus d'une bouchée – pour me rappeler que nous étions à la recherche d'un meurtrier dans des endroits improbables.

25

Pour terminer le repas en beauté – une salade avec du maquereau si frais qu'il nageait presque encore –, nous commandâmes du thé, et un milk-shake au chocolat pour Daisy. Ce dernier avait l'air si bon que même Germaine – dont l'haleine exhalait des relents de poisson surprenants, dans la mesure où nous nous étions tous mis d'accord pour ne rien lui donner – se léchait les babines.

Le téléphone de Tony émit un petit « blip ».

—Message de ma mère, annonça-t-il. Ils ont pris un délicieux thé à la crème à St Juliot.

Il m'adressa un regard appuyé que je traduisis par : « rien d'autre à signaler ».

—Dans ce cas, en route pour le camping de Bude, je suppose, déclara ma mère.

Tony et moi échangeâmes un regard coupable, et elle éclata de rire.

—Je ne suis pas la vieille folle que vous imaginez, vous savez.

Puis elle avisa l'assiette de Tony.

—Tu ne manges plus ?

Il secoua la tête.

—Non, je n'ai pas très faim…

Sa voix mourut tandis que, sous nos yeux embarrassés, dégoûtés, mais aussi empreints d'une certaine fierté – après tout, nous l'avions payé –, ma mère emballait les restes de poisson dans sa serviette de table et rangeait le tout dans son sac à main. Par chance, Daisy était trop occupée à jouer avec Germaine pour le remarquer, car à son âge, ce genre de chose m'aurait fait mourir de honte.

—Le terrain de camping se trouve en bordure des marais. On peut les traverser après avoir longé le canal, si tu te sens d'attaque, maman.

—C'est une très jolie balade et c'est plat, assura Tony.

Ma mère leva les yeux au ciel.

—Je viens de vous dire de ne pas me prendre pour une vieille folle. Je peux très bien marcher.

Je lui souris.

—Bien sûr, on n'en doute pas. Et puis, en cas de coup de mou, tu pourras toujours faire une pause et manger ton poisson…

Nous reprîmes notre route. Le bistrot où nous avions déjeuné était très prisé des randonneurs, tout comme le sentier qui longeait le canal, même si la plus grande affluence arriverait un peu plus tard dans la saison, lorsque les familles seraient rentrées chez elles. Ce jour-là, l'ambiance était plutôt calme, la plupart des touristes étant en train de profiter des plages de sable de Widemouth Bay et de Summerleaze.

Daisy papotait gaiement avec Tony tout en tenant Germaine en laisse ; ici, nous ne pouvions pas laisser cette dernière folâtrer à sa guise, elle risquait à tout moment de prendre un canard en chasse dans les roseaux et de finir dans le canal. J'avançais un peu en retrait avec ma mère qui, en dépit de ses discours combatifs, pantelait un peu.

—Il est encore temps de faire demi-tour et d'y aller en voiture, suggérai-je.

Mais elle secoua la tête.

—Non, le grand air et un peu d'exercice me font le plus grand bien.

Elle sourit et désigna du menton nos compagnons plus rapides.

—Regarde-les, ces deux-là. Ils s'entendent comme larrons en foire.

Puis avec un regard sournois :

—Tu vois ? Tu aurais pu tomber sur bien pire.

—Arrête ça tout de suite, la sermonnai-je.

Pourtant, mon cœur papillonnait bel et bien de les voir aussi complices. Surtout que mon adorable fille n'avait pas souvent eu l'occasion de passer du temps avec son vrai père. Traîner ensemble, papoter, se promener, rire comme elle était en train de le faire avec Tony, elle n'avait jamais connu ça. Nous n'avions même jamais passé de véritables vacances en famille. La plupart du temps, nous venions rendre visite à mes parents seules. Lorsque j'avais épousé Richard, notre hiérarchie ne voyait pas d'un très bon œil les couples de collègues ; j'avais donc demandé ma mutation (parce que c'était toujours moi qui me sacrifiais). Richard avait ainsi pu prétexter à souhait qu'il ne pouvait pas prendre congé ou échanger ses gardes, et finalement, j'étais le dindon de la farce. Je n'avais découvert le pot aux roses que bien plus tard, lorsque j'avais croisé mon ancien sergent, toujours en poste dans le même service, et que j'avais évoqué ce problème avec lui. En réalité, ce n'était qu'un tissu de mensonges : mon cher ex prenait bien ses congés, mais il préférait passer tout ce temps avec ses maîtresses plutôt qu'avec sa fille.

La balade se poursuivit. Les promeneurs que nous croisions nous saluaient avec le sourire, se rendant pour la plupart au bistrot que nous venions de quitter pour prendre un thé. Nous traversâmes une petite route peu fréquentée, puis empruntâmes un pont pour franchir le canal. Le cours d'eau commença à s'élargir, et la rivière Strat apparut sur notre droite. Entre les deux, des champs qui se mueraient bientôt en marais et, plus loin encore, la ville de Bude.

Si la promenade sur les falaises avait eu un effet bénéfique sur Tony, ce n'était rien à côté de celle-ci ; il paraissait si détendu que je m'attendais presque à ce qu'il se mette à siffloter. Il montra toutes sortes de plantes à Daisy, qui donna remarquablement l'impression de s'y intéresser, alors que ce ne devait pas être le cas. Brave enfant. Elle s'arrêta pour laisser Germaine lever la patte contre un tronc d'arbre, ce qui nous donna l'occasion de les rattraper.

—Vous vous amusez bien ? demandai-je.

Ils sourirent tous les deux.

—Oui ! Tony me parlait de l'observation des oiseaux, expliqua Daisy.

Je le considérai, un peu surprise ; je n'arrivais pas à l'imaginer avec des jumelles. Il éclata de rire.

—Ne me regarde pas comme ça ! Je venais souvent ici avec mon grand-père. On peut observer toutes sortes d'oiseaux, et pas que des mouettes. Milans noirs, bruants des roseaux, et parfois martins-pêcheurs. J'adorais venir ici avec lui. Ce n'est plus arrivé depuis une éternité.

Nous reprîmes notre chemin, et croisâmes un groupe de jeunes kayakistes avant de tourner, de franchir la Strat et de nous éloigner de la ville, avec les marais sur notre gauche. Soudain, Germaine aboya joyeusement et s'élança vers un oiseau (aucune idée de l'espèce, mais Tony le savait peut-être) qui ne demandait rien à personne, posé sur un vieux piquet de clôture envahi de longues salicaires. Bien sûr, l'oiseau s'envola avec un regard dédaigneux pour échapper à cette gredine de boule blanche, qui parvint à emmêler sa laisse autour du vieux poteau presque invisible sous les inflorescences violettes en épi.

—Ah là là, c'est pas très malin, maugréai-je en me frayant un chemin dans les hautes herbes.

Je me débattis avec la laisse pendant un certain temps, durant lequel les autres restèrent plantés là, à s'esclaffer lorsque le chien emmêlait presque aussitôt les longueurs de corde que je venais de dégager. Toutefois, nous finîmes par regagner le sentier, un peu ébouriffés et à bout de souffle. Tony ôta quelque chose de mes cheveux et me le tendit.

—Une fleur pour vous, milady.

Je la pris.

—Attends, tu en as une autre ; en fait, tu en as plein partout…

—Quoi ? Où ça ?

Je lâchai la fleur pour secouer et frotter mes cheveux.

Il écarta gentiment ma main.

—Si tu veux bien rester tranquille, je vais t'en débarrasser.

Il leva une tige et l'examina avec intérêt. Légèrement collante et velue, celle-ci portait sur toute sa longueur de nombreuses petites fleurs jaunes et des feuilles d'un vert vif.

—En fait, tu as choisi de t'étaler sur une plante plutôt rare. Le gaillet croisette. C'est le seul endroit des Cornouailles où il pousse.

—Merci, David Attenborough, raillai-je avant de m'arrêter net.

Je saisis la plante qu'il tenait pour l'étudier de plus près.

—On ne le trouve nulle part ailleurs ? Rien qu'ici ? l'interrogeai-je.

Il hocha la tête.

—Ici, oui. C'est une espèce qu'on croise exclusivement dans le Nord.

Je l'observai de nouveau pour être certaine, mais il n'y avait pas de doute.

—J'en ai déjà vu, coincé dans la calandre du Range Rover de Roger, quand je suis allée le voir avec l'inspecteur-chef Withers dimanche.

—Quoi ? Tu es sûre ?

J'acquiesçai.

—Ça veut dire qu'il est venu ici, dans ces marais, déduisit Tony.

—Mais il n'y a nulle part où se cacher, ce ne sont que des marécages, notai-je. Et Roger n'a aucune raison de passer par ici avec sa voiture pour rejoindre son camping.

—Non…

Tony et moi échangeâmes un regard préoccupé. Sans un mot, nous braquâmes tous les deux notre attention vers un affût en contrebas du sentier. Les passionnés d'ornithologie de la région venaient s'y installer pour observer, entre autres, la bernache du Canada qui migrait jusqu'ici. Plus loin, on apercevait le portail qui marquait le début de la réserve naturelle, et que les gardes forestiers franchissaient régulièrement pour procéder à des prélèvements.

Je me tournai vers ma mère.

—Et si tu restais ici avec Daisy, histoire de reprendre un peu ton souffle ? suggérai-je. Tony et moi voudrions jeter un coup d'œil à ces marécages, là-bas, mais Germaine n'y est pas autorisée à cause des oiseaux.

Daisy commença à protester, mais ma mère s'appuya lourdement à son bras.

—Oh oui, reste avec moi. Tiens, aide-moi à trouver un endroit où m'asseoir ; mon genou fait des siennes, gémit-elle en m'adressant un clin d'œil.

Merci, maman.

Nous gravîmes un échalier, et suivîmes le sentier en silence. Le temps était toujours magnifique et ensoleillé. Pourtant je frissonnai.

Nous atteignîmes l'affût. Vide. Nous scrutâmes les roselières à travers les ouvertures, mais rien.

—Tout est si calme, fis-je remarquer.

C'en était même inquiétant. Tony me prit la main, et nous regagnâmes le sentier jusqu'aux abords de la zone interdite au public.

Une voie d'accès accidentée menait jusqu'au portail de l'autre côté, duquel de vieux tas de bois et de la végétation avaient été disposés, de manière à fournir un habitat aux insectes et aux hérissons. Nous balayâmes les alentours du regard, mais tout était désert. Nous examinâmes le portail, pensant le trouver cadenassé ; il y avait bien une chaîne enroulée autour du montant et d'une partie du vantail, mais le cadenas rouillé ne fermait plus. N'importe qui pouvait le défaire, ouvrir les grilles et passer avec une voiture.

Nous pénétrâmes dans la réserve naturelle. Ici, malgré la chaleur du soleil, le sol était en permanence humide ; nous identifiâmes des traces de pneu dans la boue et les suivîmes. Celles-ci s'interrompirent abruptement, peu avant une portion d'eau stagnante envahie de roseaux.

Je jetai un coup d'œil à Tony, je n'étais pas sûre de vouloir continuer ; visiblement, il n'en avait guère plus envie. Pourtant, il le fallait. Nous avançâmes au bord de la zone aqueuse. Tout à coup, tout me parut irréel : l'éclat du soleil de l'après-midi sur ces eaux immobiles, le bourdonnement des insectes dans les buissons et les roseaux, le chant des oiseaux… et puis nous, au milieu de ce décor.

« Blip. » Nous sursautâmes tous les deux. Ce n'était que la notification d'un message sur le téléphone de Tony.

—C'est Callum. D'après lui, il y a une caravane au camping de Trebarwith qui est susceptible de servir de cachette. C'est la seule qui a l'air vide.

—Craig s'y planque peut-être, dis-je, même si j'en doutais.

—C'est peu probable. C'est quoi, ça ? demanda Tony, la voix tout à coup rauque et sèche.

Je suivis la direction pointée par son doigt.

Au milieu des roseaux, quelque chose flottait. Une masse recroquevillée, déformée, gonflée par l'humidité. Le reflet du soleil sur l'eau était si éblouissant qu'il me fallut un moment pour distinguer des cheveux sombres et une chemise blanche. À cette distance, impossible de vérifier si celle-ci était ornée de fines rayures grises ou bleues, mais je savais déjà que c'était le cas.

Nous venions de retrouver Craig Laity.

26

— J'imagine que ce n'est pas la peine que je vous demande ce que vous faisiez là ?

Withers me considérait en haussant un sourcil, l'air caustique.

—Tony voulait juste me montrer une rougeole écarlate, me défendis-je avec un petit sourire innocent.

Tony poussa un reniflement moqueur.

—Rousserolle effarvatte, rectifia-t-il en contenant à grand-peine un éclat de rire hystérique. C'est un oiseau.

Withers leva les yeux au ciel.

—Je vois. Et comme par hasard, vous êtes tombé sur le cadavre d'un suspect potentiel dans l'enquête du meurtre de votre ex-femme ?

—Oui, confirma Tony. Quelle coïncidence, n'est-ce pas ?

Les deux hommes se regardèrent en chiens de faïence. Faisant mine d'écraser une mouche agaçante, je me giflai.

—Pfiou, ça grouille de testostérone par ici, non ? ironisai-je.

Tony baissa la tête. Withers se tourna vers moi et croisa les bras.

—Alors nous vous écoutons, Miss Marple. Pourquoi avez-vous jugé bon d'entraîner le principal suspect…

—Le principal suspect ? l'interrompit Tony. Vous m'avez libéré, vous vous rappelez ?

—… d'entraîner le principal suspect à la recherche du seul autre suspect dont nous disposions ? À aucun moment vous n'avez pensé que cela risquait de paraître louche, que ce soit justement vous deux qui découvriez le corps de Craig ? « Oh ! Regardez, imita-t-il, sarcastique. Le voilà, il est tombé dans les marécages et il s'est noyé. Affaire classée. » Vous ne vous êtes pas dit que c'était un peu trop cousu de fil blanc ?

—En toute honnêteté, Inspecteur, non, rétorquai-je. Parce que nous ne nous attendions pas à tomber sur son cadavre. Nous pensions qu'il se planquait dans l'une des caravanes de son beau-père.

J'expliquai à Withers que nous avions remarqué la présence de fleurs de gaillet croisette au cours d'une innocente promenade le long du canal – il n'avait pas besoin de savoir que nous avions décidé de fouiller les terrains de Laity, et que nous avions déjà fait chou blanc dans trois de ses campings –, puis que je m'étais souvenue d'avoir aperçu ces mêmes petites fleurs jaunes sur la voiture de Roger, le jour où il m'avait emmenée chez ce dernier.

—Je me rappelle que sa voiture était couverte de boue, répliqua Withers, songeur. De là à affirmer que des herbes étaient accrochées à son parechoc… Soit. Et vous avez donc décidé de traverser ces marécages. Pourquoi ?

—Il y a un terrain de camping, juste de l'autre côté de la réserve, répondis-je. Je crois qu'il appartient à Roger Laity.

J'omis de préciser que j'en étais sûre, mais il devait déjà s'en douter.

—Nous avons pensé qu'une partie de son terrain devait déborder sur les marécages, et qu'il y avait peut-être déplacé une caravane ou une tente, ou on ne sait quoi pour que Craig puisse se cacher. Puisque nous étions déjà sur place, nous avons décidé de venir jeter un petit coup d'œil avant de vous appeler. Je veux dire, nous ne voulions pas risquer de vous alerter pour rien.

—Et comment avez-vous atterri ici ? Le camping se trouve complètement à l'opposé.

—Nous avons repéré quelque chose, dit Tony.

—Depuis le sentier ?

—Oui.

—Le sentier qui se trouve tout là-bas, à quatre cents mètres d'ici, derrière une ribambelle de roseaux et une cabane d'observation ?

—Un affût, précisai-je.

—Pardon ?

—Ça s'appelle un affût. Et non, bien sûr que nous n'avons pas aperçu le corps de là-bas, mais il y avait beaucoup d'oiseaux qui s'agitaient à ce niveau-ci. Pensant qu'ils tournaient autour d'une carcasse d'animal ou quelque chose de ce genre, nous avons cru bon de venir vérifier.

—Voilà qui me paraît plausible, rétorqua Withers. C'est n'importe quoi, mais c'est plausible. À présent, je vous suggère de rentrer chez vous, monsieur Penhaligon, afin que nous puissions vous trouver facilement.

Tony et moi ouvrîmes la bouche pour protester, mais Withers ne nous laissa pas le temps d'en placer une.

—Vous avez sûrement envie d'être tenu informé si nous avons des nouvelles de Mll Laity, non ?

Puis il s'adressa à moi.

—Quant à vous, Jod... mademoiselle Parker, j'aimerais vous rappeler que votre mère âgée et votre jeune adolescente ne sont pas là pour jouer au docteur Watson, alors si d'aventure il vous prenait encore l'envie de fouiner là où vous ne devez pas, veillez à les laisser à la maison, merci.

À ces mots, il tourna les talons et s'éloigna, déléguant à un agent en uniforme – le jeune gars nerveux de l'hôtel – la misson de nous escorter jusqu'à l'entrée de la réserve.

Tandis que nous rebroussions chemin, Tony grommela :

—Quel petit con, ce Withers. Il ne se prend pas pour n'importe qui.

Je haussai les épaules.

—Cela dit, ajouta-t-il, je crois qu'il t'aime bien. Mais tu vaux mieux que lui.

***

Le reste de la journée se déroula sans heurts. Tony nous ramena à la maison, puis rentra chez lui après avoir décliné l'invitation à dîner de ma mère. La découverte du cadavre de Craig nous avait tous choqués ; nous étions tellement persuadés que c'était lui le tueur, et que Roger le cachait quelque part. Tony s'était muré dans le silence pendant le court trajet de retour, et j'avais pris conscience que, même s'il détestait Craig, retrouver ainsi son corps ne lui avait apporté aucune satisfaction.

Nous passâmes le reste de l'après-midi au jardin, ma mère et moi à désherber (enfin, moi à désherber et ma mère à m'indiquer les endroits que j'oubliais), et Daisy à bavarder avec les moutons, assise sur le mur, les pieds dans le vide. Germaine était allongée derrière elle, à l'ombre, langue pendante ; elle avait chaud, mais refusait de s'éloigner de sa jeune maîtresse. C'était si mignon… Une preuve de plus que nous avions fait le bon choix ! Abstraction faite de l'explosion du nombre de morts violentes depuis notre arrivée, Penstowan était un endroit merveilleux pour élever des enfants…

Nous nous installâmes devant la télé après un savoureux dîner – pâtes à la carbonara et salade. L'espace d'un instant, j'avais envisagé de préparer de la saucisse et de la purée, mais je m'étais ravisée ; à vrai dire, si je ne voyais plus jamais une saucisse de ma vie, je crois que je ne m'en porterais pas plus mal. À 21 h 30, Daisy alla se coucher, et je montai avec elle pour la border, non qu'elle en ait besoin. (C'est plutôt moi qui en avais besoin. D'ailleurs, notre petit rituel de l'histoire du soir me manquait terriblement… Pourquoi faut-il que nos enfants grandissent si vite ?) Ensuite, j'emmenai Germaine faire un dernier tour du quartier.

C'était une agréable soirée d'été, le soleil commençait seulement à disparaître. Dans cette région septentrionale du pays, il se couchait plus tard qu'à Londres. Perdue dans mes pensées, je patientais tandis que Germaine reniflait un lampadaire pour déterminer si c'était celui-là qu'elle allait gratifier d'un jet d'urine, ou si nous devions pousser jusqu'au suivant.

—Jodie.

Je sursautai et fis volte-face. Withers était en train de m'observer.

—Désolé, je ne voulais pas vous faire peur. Vous êtes occupée ?

Je désignai Germaine.

—Pas exactement. J'attends qu'elle fasse sa petite affaire.

La chienne leva la patte de façon expérimentale, comme si elle étudiait son angle d'attaque, puis, trouvant sans doute que ce dernier laissait à désirer, elle rabaissa la patte et se remit à trottiner.

Withers sourit, et nous continuâmes à flâner ensemble jusqu'au réverbère suivant.

—J'ai pensé qu'une petite mise à jour sur l'affaire vous ferait plaisir.

—C'est le cas, mais…

Je m'interrompis et le dévisageai.

—Pourquoi partagez-vous tout cela avec moi ? Il n'y a pas si longtemps, vous ne m'auriez même pas donné l'heure, et maintenant…

—C'est vrai, et je m'en excuse…

Il se passa la main dans les cheveux, ce qui le décoiffa, mais le rendit aussi encore plus sexy. *Bon sang.*

—Ça m'aide de discuter de l'enquête avec quelqu'un. Avant, j'en aurais parlé avec mon référent, mais ici, je n'en ai pas. La plupart du temps, je suis le plus haut gradé du poste, ou alors, il faudrait que j'aille jusque Barnstaple. Bref, il n'y a personne ici avec qui je puisse vraiment parler de tout ça.

Il doit être célibataire. Ma mère serait ravie de l'apprendre. Moi, je m'en fichais éperdument, bien sûr.

—Balancez la purée.

Nous continuâmes à déambuler, laissant la corde se débobiner et Germaine gambader devant nous.

—Je suis allé voir Roger et Pauline Laity. Pour leur annoncer la mauvaise nouvelle.

—Pauline est rentrée ? Comment l'a-t-elle pris ?

—Elle est dévastée, bien sûr. Il m'a semblé qu'elle pensait sincèrement qu'il était reparti dans l'Oxfordshire.

—Et Roger ? Avez-vous obtenu un mandat de perquisition pour son garage ?

—Non. Je ne voulais pas qu'il devine que nous avons des soupçons sur lui.

Il soupira.

—En admettant que nous en ayons, ajouta-t-il. Je ne sais plus quoi penser. Je lui ai demandé de me raconter le départ de Craig, à quelle heure il avait démarré, si c'était lui qui conduisait, quelle route il avait prise et s'il avait fait allusion à une personne qu'il comptait passer voir en chemin.

—Et ?

Soudain, Germaine dressa les oreilles ; un autre promeneur et son chien tournèrent au coin de notre rue. Je reconnus aussitôt l'un de nos voisins, en compagnie de son labrador déjà âgé. Ce dernier aboyait furieusement lorsqu'on passait devant leur maison, mais se taisait et adoptait un air penaud si l'on faisait mine de s'approcher, comme s'il avait oublié ce qu'il était censé faire ensuite.

—Craig serait reparti samedi, alors que Pauline et lui se trouvaient à l'hôtel pour assister au mariage. Pauline n'était pas ravie qu'il n'ait pas pris la peine de leur dire au revoir ; apparemment, il aurait juste laissé une note qu'ils ont trouvée samedi après-midi en rentrant chez eux. Je leur ai demandé s'ils avaient conservé cette note, mais Roger a répondu qu'il l'avait jetée avant que sa femme ne l'aperçoive, parce qu'elle était déjà dans tous ses états.

Il me jeta un coup d'œil.

—Ça vous paraît crédible ?

—Pas du tout, répondis-je, mais tout le monde n'a pas la chance d'être en bons termes avec ses parents, n'est-ce pas ? S'étaient-ils disputés ?

—Pauline affirme que non, mais Roger a reconnu avoir échangé quelques mots durs avec lui, vendredi soir.

—À quel propos ?

—Sa présence au mariage de Cheryl alors qu'il n'avait pas été invité.

J'émis un petit rire.

—Pourtant, il s'en fichait pas mal vendredi, quand ils ont débarqué tous les deux à la soirée. Tony était très embarrassé, et Cheryl n'était pas enchantée non plus, ça sautait aux yeux, mais Roger, lui, semblait trouver ça hilarant.

Donc, pour lui, Craig était tout simplement rentré chez lui samedi après-midi, et tout allait bien, c'est ça ?

—Pas tout à fait. D'après lui, la voiture de Craig refusait de démarrer, et il avait décidé de la laisser chez ses parents.

—Vraisemblablement… pas.

—Je lui ai demandé comment Craig avait fait pour rentrer chez lui sans véhicule et s'il n'en avait pas besoin dans l'Oxfordshire, mais il m'a juste répondu qu'il lui avait promis de le faire réparer, et que Craig avait l'habitude de faire de l'auto-stop. Selon lui, il avait prévu de se rendre jusqu'à Exeter ainsi, puis de prendre le train.

—Sous-entendu : il serait monté dans la voiture de la mauvaise personne ?

Withers hocha la tête.

—Je n'y crois pas une seconde, souligna-t-il, mais je ne crois pas non plus que Roger l'ait assassiné avant de se débarrasser de son corps dans les marais.

—Pourtant, il s'y est bel et bien rendu. Les petites fleurs jaunes de gaillet machin le prouvent.

—Excepté que nous n'avons pas pu confirmer la preuve des fleurs de gaillet croisette. Indépendamment du reste, sa voiture n'était pas là cet après-midi, je n'ai pas pu y jeter un coup d'œil.

—Non, elle est en réparation chez Trevarrow. Vous voyez, le garage automobile sur Ghyll Street ? J'y ai déposé ma camionnette ce matin, et le Range Rover de Roger y était déjà. Apparemment, il aurait une fuite…

Les traits de Withers s'illuminèrent.

—Alors, vous aviez raison pour la tache ? Malheureusement, les experts médico-légaux n'ont pas pris beaucoup de photos de l'aire de repos, ils n'ont que le segment de clôture où le lambeau de la chemise de Craig était accroché.

—Crotte !

—Oui. Crotte.

Nous arrivions au bout de la rue lorsque Germaine se décida enfin à lever la patte pour de bon, et nous détournâmes discrètement la tête. Puis Withers braqua son regard sur moi.

—Je vous crois, pour la tache sur l'aire de repos et la forte probabilité qu'elle provienne de la voiture de Roger. Et pour les fleurs jaunes aussi, du reste. D'ailleurs, si vous vous rappelez bien, quand nous sommes allés l'interroger dimanche, Roger m'a certifié que Craig était parti ce matin-là. Alors, soit il mentait dimanche, soit il ment maintenant. Malgré tout, rien de tout cela ne prouve qu'il a commis quoi que ce soit. Il n'a toujours aucun mobile pour le meurtre de Mel, pas plus que pour celui de Craig. Et puis, il y a Cheryl ; en admettant qu'elle ait elle aussi été assassinée, quel serait le mobile de Roger ? Comme vous l'avez déjà fait remarquer, même s'il ne porte pas Tony dans son cœur, il avait tout à gagner de l'union de sa nièce avec lui. Si ses projets prévoyaient de mettre la main sur le magasin familial des Penhaligon, alors Cheryl était son meilleur atout pour influencer ses propriétaires dans son sens. Conclusion : une seule personne avait un bon mobile et a eu l'occasion de commettre tous ces crimes.

—Ne me dites pas que vous continuez à soupçonner Tony ?

—Essayez de voir les choses de mon point de vue. Nous savons que Cheryl le trompait…

—Nous avons retrouvé des tickets de prêteur sur gages à son nom !

Mais au fait, je ne l'avais pas tenu informé de nos récentes découvertes…

—Nous pensons que quelqu'un – sans doute Craig luimême – faisait chanter Cheryl en la menaçant de montrer à

Tony des photos de sa liaison. C'est pour ça qu'elle vendait ses affaires, elle avait besoin d'argent rapidement.

—Qui vous dit que ce n'était pas Mel qui la faisait chanter ? demanda Withers. Cheryl n'a pas réussi à rassembler assez d'argent pour la faire taire, alors Mel a tout raconté à Tony, qui est devenu fou, puis a tué Cheryl et Craig dans un accès de fureur et de jalousie, après quoi il a assassiné Mel pour qu'elle ne puisse pas le dénoncer. Ça tient parfaitement la route.

—Pas si vous connaissiez Tony. Pas du tout.

—Nous en revenons toujours au même point. Vous fréquentez le suspect. Moi pas. Je suis objectif, vous ne l'êtes pas.

Je ne me laisserais pas faire.

—Mon père disait souvent qu'être flic dans un endroit comme Penstowan, c'est à la fois un avantage et un inconvénient, parce que vous connaissez forcément les gens sur lesquels vous enquêtez. D'après lui, c'est un inconvénient, car vous avez parfois la certitude que quelqu'un est coupable, vous savez à qui vous avez affaire, mais vous ne pouvez pas le prouver ; par conséquent, ce coupable s'en sort impunément, et ça vous rend fou. À d'autres moments, c'est l'inverse, vous ne pouvez pas vous empêcher de chercher un moyen d'innocenter quelqu'un parce que vous êtes conscient que, même si tous les indices l'accablent, il est incapable de commettre un crime.

Withers haussa les sourcils.

—Et quand est-ce que c'est un avantage, alors ?

—Alors ça, si je le savais… Pourquoi croyez-vous que j'ai intégré la police de Londres ? Mais le truc, c'est…

—Le truc, c'est que vous avez la certitude que Tony est incapable de commettre un meurtre, donc deux, voire trois, n'en parlons pas. Et, pour être tout à fait honnête, même si tout l'accuse, je n'y crois pas non plus.

—Ah non ?

—Non. C'est à cause de vous, bon sang. Si vous n'aviez pas été là, je l'aurais fait coffrer depuis belle lurette.

—Heureusement que je suis là, répliquai-je en souriant. Je m'en voudrais beaucoup que vous commettiez une erreur judiciaire.

Je baissai les yeux sur Germaine, à présent assise à côté de sa petite flaque, la mine satisfaite, puis reportai mon attention sur Withers.

—La question, c'est : et maintenant, que faisons-nous ? Pardon, que faites-vous ?

« Et maintenant, que faisons-nous ? »

Telle était la question. Et en dépit de ce que j'avais dit à l'inspecteur-chef, je parlais bien de « nous », car à ce stade, il était impensable que j'abandonne.

Allongée sur mon lit, j'écoutais les ronflements de Germaine dans la chambre voisine, celle de Daisy. La petite chienne avait grimpé aux pieds de ma fille, qui avait tendu une main ensommeillée pour caresser sa tête duveteuse en murmurant quelque chose. À présent, elles dormaient toutes les deux à poings fermés, et l'une des deux au moins était en train de rêver qu'elle pourchassait des lapins, à en juger l'agitation de ses petites pattes.

Et maintenant, que faisons-nous ? Il ne restait plus qu'une chose à faire : tout reprendre depuis le début. Remonter jusqu'au samedi matin, avant même que le corps de Mel n'ait été découvert ou que Craig ne soit mort. Remonter jusqu'à la disparition de Cheryl. Où était-elle ? Et surtout, était-elle toujours vivante ?

27

Le lendemain matin, ces questions me hantaient toujours lorsque je m'éveillai. Cheryl était-elle en vie ? Withers était convaincu qu'elle était morte et qu'ils cherchaient désormais un cadavre plutôt qu'une personne disparue – cadavre qu'ils ne retrouveraient peut-être jamais. Entre l'océan, les falaises et les marécages, nous étions entourés d'endroits où, selon les conditions climatiques et les marées, un corps pouvait rester inaperçu pendant des années. La veille, avant de lui souhaiter bonne nuit, j'avais interrogé l'inspecteur-chef :

—Vous pensez qu'elle est morte, au vu des circonstances ?

Il avait énuméré les éléments qui étayaient sa réponse sur les doigts de l'une de ses mains.

—*Primo*, elle a disparu vêtue d'une robe de cocktail rouge en soie et de talons aiguilles ; Tony n'a pas pu identifier d'autre pièce manquante dans sa garde-robe, et nous n'avons pas retrouvé cette robe de cocktail dans sa valise ni dans sa chambre d'hôtel. Nous sommes donc pratiquement certains que c'est ce qu'elle portait. Or, ce n'est pas vraiment une tenue adaptée pour tuer deux personnes ni pour prendre la fuite. *Deuzio*, à notre connaissance, elle n'a rien emporté, hormis son téléphone. Elle a tout laissé derrière elle : ses vêtements, son sac à main avec toutes ses cartes de banque et son passeport… Nous n'avons relevé aucune activité sur son compte en banque, elle n'a retiré aucune somme d'argent. Alors, à moins qu'elle possède un compte secret tout à fait distinct, elle est sans le sou. *Tertio*, elle n'a été repérée sur aucune image de vidéosurveillance, nulle part dans la région. L'hôtel ne dispose pas de caméras, parce que c'est un bâtiment classé, et qu'apparemment, c'est plus important que la sécurité des clients… (Nous levâmes tous les deux les yeux au ciel.) Mais la ville est truffée de caméras : aux distributeurs de billets, à la gare d'Exeter, à celle de Barnstaple, à plusieurs arrêts de bus. Aucune n'a enregistré sa présence. Elle s'est évaporée dans la nature.

—Et puis, dans cette robe, elle ne serait pas passée inaperçue.

Il sourit.

—En effet, ça ne court pas les rues, à Penstowan. Et enfin, nous pensons qu'elle avait son téléphone sur elle – en tout cas, nous ne l'avons retrouvé nulle part –, et après le dernier message qu'elle a envoyé à Tony vers 23 heures, plus rien. Il a été coupé, nous ne pouvons même pas le localiser. Si c'est elle qui a tué Mel et Craig pour que Tony ne découvre pas sa liaison, où a-t-elle pu s'enfuir ? Et puis, si elle était toujours en vie, on imagine qu'elle aurait au moins prévenu Tony qu'elle allait bien avant de jeter son téléphone.

Qui restait-il comme meurtrier potentiel ? J'avais l'intime conviction que ce n'était pas Tony. C'était un homme doux, drôle, qui avait un très grand cœur. Je l'avais déjà vu pleurer devant plusieurs films. Bon sang, il se passionnait en secret pour l'ornithologie ! Pourtant…

Qui d'autre avait un mobile pour tuer ces trois personnes ? Roger Laity ne m'inspirait pas confiance ; il avait menti à Withers sur le jour du départ de Craig, et j'étais sûre à quatre-vingt-dix-neuf pour cent qu'il avait stationné sur cette aire de repos vendredi soir, et qu'il s'était également rendu dans les marais. Cependant, Withers avait raison ; Tony était le seul qui possédait un mobile. Si Tony avait été un inconnu, aurais-je été aussi convaincue de son innocence ? Dans ma tête, la petite voix, celle qui la veille était bien trop occupée à se pâmer devant les biceps et la barbe de trois jours de Withers et à spéculer sur sa situation conjugale, se manifesta. *Serais-tu aussi sûre de son innocence si tu avais passé ces vingt dernières années à Penstowan plutôt qu'à Londres ?*

Ignorant cette petite voix, je préparai le petit-déjeuner pour ma mère, Daisy et moi. Je continuai à faire la sourde oreille tandis que je prenais une douche et que je m'habillais. Hélas, j'avais beau faire, il m'était impossible de l'oublier totalement. Ça commençait à me rendre folle.

Tiens, nous n'étions que mercredi ; j'avais l'impression qu'il s'était écoulé des lustres depuis le jour du Mariage-qui-n'avait-pas-eu-lieu. Il s'en était passé des choses, depuis mon retour de Londres, à peine trois semaines plus tôt. Et moi qui avais eu peur de m'ennuyer, de trouver le rythme de la vie trop lent ici !

Daisy dévora une tartine grillée. Ce matin, elle avait rendez-vous avec sa nouvelle copine Jade, et quelques-uns des amis de celle-ci pour prendre un bus peu fréquenté dans le but d'aller visiter Barnstaple. Elle passerait une bonne partie de la journée dehors. J'étais contente, elle avait besoin de fréquenter des jeunes de son âge. Et puis, elle se serait déjà fait quelques connaissances lorsqu'elle rentrerait dans sa nouvelle école en septembre. De mon côté, en revanche, je me retrouvais un peu désœuvrée. Enfin, je pouvais toujours commencer à plancher sur le site Internet de *Fourchette et Festins*, ou la réalisation de tracts, bref, à m'activer, afin d'être rémunérée pour mon travail au plus vite. Techniquement, c'était le moment parfait pour m'y mettre. Techniquement.

—Tu n'as qu'à m'accompagner au club des retraités, proposa ma mère. Je vais te présenter ma bande.

L'idée de passer la matinée assise dans une salle paroissiale en compagnie de petits vieux, avec une tasse de café soluble tiède, ne me parut pas des plus passionnantes (bizarrement), mais peut-être avais-je eu mon content d'activités palpitantes ces derniers jours. Peut-être qu'une matinée paisible (barbante) à écouter ma mère et ses camarades parler de varices, loin de tout ce qui s'apparentait à du travail, était exactement ce dont j'avais besoin pour faire le vide et être un peu plus objective. Et puis, noyée dans un océan de potins, la petite voix qui me harcelait et qui cherchait à me convaincre de la culpabilité de Tony disparaîtrait peut-être.

La salle paroissiale n'était pas loin de chez moi ; nous aurions pu nous y rendre à pied, mais après les efforts des deux derniers jours, c'était un peu trop pour ma mère, alors je nous y emmenai en voiture. Assise sur la banquette arrière, Germaine passait la tête par la fenêtre. Lundi, j'avais réussi à faire une halte à l'animalerie où j'avais acheté une sorte de harnais spécial qui se fixait à la ceinture de sécurité, et qui empêchait ainsi Germaine de s'adonner à son art de l'évasion pendant les trajets. Elle avait dû se résigner à sentir le vent dans son pelage et à goûter l'air marin de sa langue pendante et baveuse.

Je me garai aussi près que possible de la salle paroissiale. La rue était remplie de voitures ; ces réunions étaient, à n'en pas douter, le rendez-vous immanquable du mercredi matin. Tandis que je détachais Germaine, je sentis mon téléphone vibrer. Un texto de Tony :

Bonjour. Comment ça va, ce matin ?

Je répondrais plus tard. J'avais besoin de passer un peu de temps sans penser à lui, à l'enquête, et à cette petite voix perfide dans ma tête.

—Je ne savais pas que ce genre de matinées était ton truc !

Je relevai la tête. Debbie se tenait devant moi, tout sourire. Derrière elle, Callum se dirigeait vers leur voiture garée non loin ; il était en train de gérer une dispute entre leurs deux enfants qui en avaient visiblement marre de bien se comporter. Elle me serra dans ses bras.

—J'ai appris ce qu'il s'est passé hier. Ça a dû être un sacré choc de découvrir Craig comme ça ! Comment te sens-tu ?

—Ça va.

C'était presque vrai. Ce n'était pas la première fois que je découvrais un cadavre, loin de là, mais c'était le premier qui me touchait plus ou moins personnellement.

—Je crois que Tony est très secoué, ajoutai-je.

—Oh oui, j'imagine. Pauvre Tony. Ce n'est vraiment pas facile pour lui, en ce moment. Qu'en pense ton bel inspecteur ?

—Ce n'est pas *mon* inspecteur…

—Peut-être, mais qu'est-ce qu'il est beau, hein ?

Je ne pus m'empêcher de rire.

—Eh bien, oui… Je ne sais pas. Pour lui, Tony reste le suspect numéro un, mais il ne peut pas le prouver, et il ne sait plus lui-même s'il croit à sa propre théorie.

Callum nous rejoignit.

—Salut, Jodie, ça va ? Il faut qu'on y aille, ma chérie ; il nous attend…

—Oh, comme c'est intrigant ! Qui donc vous attend ? interrogea ma mère qui avait épié notre conversation sans le moindre scrupule.

—Ne faites pas attention à elle, m'excusai-je. Elle n'a aucune idée de ce que sont la vie privée et l'espace personnel.

Debbie rit, puis échangea un regard avec Callum.

—Ce n'est pas grave. Nous avons rendez-vous avec un agent immobilier.

—Vous envisagez de revenir vous installer par ici ?

Je l'espérais de tout cœur. Avoir Debbie pour voisine serait génial.

—Il est encore trop tôt pour se prononcer, mais… on ne sait jamais. Nous cherchons une maison du côté de Widemouth Bay.

—Tenez-moi au courant ! lançai-je tandis qu'ils s'éloignaient avec leurs deux enfants.

Nous franchîmes les grandes portes vitrées de la salle paroissiale, payâmes notre entrée – trois livres par personne, tous les bénéfices étaient reversés à l'église –, et nous nous frayâmes un chemin entre les tables et les chaises posées dans la salle de réception principale. Je suivais ma mère avec l'impression d'être la cinquième roue du carrosse, tandis qu'elle adressait quelques mots à tous ceux qu'elle croisait, saluait des gens installés à l'autre bout de la pièce, bref, prenait possession des lieux comme une véritable pro du réseautage. Plusieurs personnes m'arrêtèrent pour caresser Germaine, certaines mentionnant Mel et « cette terrible affaire » qui m'avait amenée à hériter du chien.

—Youhou ! Shirl', par ici !

Un couple âgé vêtu de pulls assortis et assis dans un coin nous faisait signe. Ma mère le rejoignit, tout sourire. Je me traînai derrière elle sans conviction.

—Qui voilà ? Les empêcheurs de tourner en rond ! lança-t-elle en s'asseyant à leur table.

Je les reconnus vaguement – ils s'appelaient Les et Janet. J'échangeai les civilités d'usage et satisfis leur curiosité : comment se passait mon installation ? Étais-je contente de ma nouvelle maison ? Est-ce que ça plaisait à Daisy ? Cependant, un sujet était sur toutes les lèvres, à en juger les bribes que j'avais saisies au vol.

—Est-ce que tu tiens le coup, ma chérie ? demanda gentiment Janet. Quelle terrible affaire !

—Oui, c'est une terrible affaire, renchérit Les en hochant la tête.

Je fus bien obligée d'abonder dans leur sens : quelle terrible affaire, en effet !

—Oh, vous savez ce que c'est, répondis-je évasivement.

Tous deux acquiescèrent, même s'il était évident qu'ils ne pouvaient pas savoir.

Une dame encore plus âgée, vêtue d'un tablier blanc de serveuse, s'approcha de nous.

—Bonjour, Joanie ! dit Les en élevant la voix. Comment vas-tu, ce matin ?

À l'évidence, cette brave Joanie était un peu dure de la feuille.

—Oh oui, vraiment, répondit l'intéressée.

Autour de la table, tout le monde échangea un sourire amusé, mais bienveillant.

Nous passâmes notre commande – du thé pour Les et moi, du café pour ma mère et Janet, et un plateau de biscuits –, puis la brave Joanie s'éclipsa. D'autres amis de ma mère nous rejoignirent, des gens que je n'avais jamais vus et dont je n'espérais pas retenir les noms, qui étaient venus s'installer dans la région après la retraite. Le temps que Joanie réapparaisse avec nos boissons – elle était peut-être vieille, mais ses bras tenaient encore la route, et seules quelques gouttes de mon thé finirent dans la sous-tasse –, nous étions neuf autour de la table. Dans la salle, le volume avait considérablement augmenté. C'était bondé.

Je sirotai ma boisson, grignotai un petit gâteau Bourbon et finis par me détendre. Les nouveaux amis de ma mère, ceux qui venaient de l'intérieur du pays, étaient sympas. J'avais beau les avoir tous traités de vieux croûtons (je voulais surtout taquiner ma mère), ils n'étaient, en réalité, pas si âgés. J'avais toujours eu du mal à retenir l'âge de ma mère ; elle avait trente ans à ma naissance (ce qui, à l'époque, était assez tard pour un premier enfant, mais elle n'était pas parvenue à tomber enceinte avant), donc elle n'avait que soixante-dix ans, et tous les membres de son petit groupe devaient avoir à peu près le même âge. Si mon père avait encore été parmi nous, il aurait eu soixante-douze ans, mais il était mort à quelques mois de la retraite, dans la plus pure tradition des films de flics hollywoodiens.

La joyeuse bande papotait et riait en évoquant des gens que je ne connaissais pas, mais ça ne me dérangeait pas de rester en retrait et d'écouter. Tout à coup, l'un d'entre eux, dont j'avais oublié le nom, se tourna vers ma mère.

—Quelle pauvre femme, la mère Laity. Elle doit être dévastée ! Perdre ainsi son fils et sa fille adoptive d'un coup.

Je m'immisçai dans la conversation :

—C'est vrai. Elle qui était déjà bouleversée par la disparition de Cheryl ; rentrer chez elle et apprendre que Craig est mort… Pauvre femme.

—Rentrer chez elle ? s'étonna Janet. Mais d'où revenait-elle ? C'est curieux de partir en voyage alors qu'un de vos enfants a disparu, même si ce n'est pas votre enfant biologique. Cela dit, cette Pauline a toujours été un peu bizarre.

—Je comprendrais que Roger soit bouleversé, mais pas elle..., affirma un autre petit vieux.

—Pourquoi Roger aurait-il plus de raisons d'être bouleversé ? m'enquis-je.

Ils échangèrent des regards à la fois coupables et impatients de tout révéler.

—J'ai loupé un épisode ? insistai-je.

—Tu es au courant que son frère Hamish et Donna ont quitté la ville brusquement, il y a pas mal d'années ?

—Qui est Donna ?

—La mère de Cheryl, répondit ma mère.

Donna. Pas Clare ni Eileen, donc... Je levai les yeux au ciel. Quand je raconterais ça à Daisy, elle serait morte de rire.

—Donna a beaucoup joué avec les sentiments des deux frères Laity...

—Ça, c'est bien vrai ! approuva ma mère avec une note d'admiration dans la voix.

—La garce, s'offusqua Janet.

—Euh... oui, c'est ce que je voulais dire, se ravisa ma mère en adoptant aussitôt un air désapprobateur auquel je ne crus pas une seconde.

—Bref, ils se sont mariés, ils sont partis vivre à Bristol, et cinq mois plus tard, Cheryl naissait, raconta Janet.

—Quoi ? Alors tu crois que Roger pourrait être...

Je me tournai vers ma mère.

—Mais pourquoi ne m'as-tu rien dit ? Je me demande si l'inspecteur-chef Withers est au courant. Ça pourrait changer la donne.

—Je n'aime pas médire, se justifia ma mère d'un air pieux.

—Ah bon ? Et depuis quand ? raillai-je.

—En tout cas, ce n'est pas très correct de la part de Pauline de s'en aller ainsi, alors que son mari était bouleversé, intervint Les.

—D'après Roger, ses nerfs avaient été mis à rude épreuve, alors elle était partie passer quelques jours avec sa mère, expliquai-je en prenant un biscuit – un Jammie Dodgers – pour le tremper dans mon thé.

Janet secoua la tête en riant.

—Les nerfs de qui ? De Pauline ? Mon œil ! Et sa mère est morte il y a des années.

Je me redressai vivement, réveillant Germaine qui était tombée endormie à mes pieds. On aurait pu fabriquer un cheese-cake avec toutes les mies qui recouvraient désormais son pelage.

—Elle a perdu sa mère ? Et son père ou un autre membre de sa famille ?

Roger nous avait assuré qu'elle rendait visite à sa mère, c'était une certitude, mais on ne pouvait pas vraiment se fier à ce qu'il disait.

Janet secoua de nouveau la tête.

—Son père vit dans une maison de repos, ou en tout cas vivait ; je ne sais pas s'il est toujours de ce monde. Je crois qu'elle a une sœur qui habite à Reading, et peut-être quelques neveux et nièces dans ce coin-là. Elle et son premier mari, Mark, possédaient une imprimerie, et j'étais leur employée. Pauline n'était pas bavarde, mais dans l'entreprise, c'est elle qui prenait toutes les décisions. Mark passait son temps à sortir et à jouer au golf avec les clients, mais c'est elle qui dirigeait tout. Il ne faut pas se laisser berner par son apparente timidité.

—Elle n'a pas hésité un instant à liquider l'entreprise et à licencier tout le monde quand Mark est mort et qu'elle a jeté son dévolu sur Roger, expliqua Les. Janet était employée là-bas depuis seize ans, et en une journée, c'était fini. Plus de boulot.

—Attendez, si je comprends bien, elle n'a pas de famille ni aucun lien dans les Cornouailles ? Même pas à, disons, Helston ?

Le brouillard de fatigue et d'émotion qui engluait mon cerveau depuis la découverte de Craig la veille commençait à se lever.

—Helston ? Ça m'étonnerait. Oh, oui, s'il te plaît, la même chose, répondit Janet à Joanie qui était revenue nous proposer des boissons.

Je déclinai une autre tasse de thé, et prétextai de devoir emmener Germaine faire un petit pipi pour m'éclipser. Ma mère me dévisagea ; elle devait entendre le crépitement des synapses dans ma tête.

—Tu peux y aller, si tu veux. Ne te tracasse pas pour moi ; il y aura certainement quelqu'un qui pourra me ramener à la maison.

Je hochai la tête et sortis, l'esprit en ébullition.

28

Je laissai Germaine renifler la pelouse d'un talus tandis que je passais en revue ce que je venais d'apprendre. Ainsi, Roger – qui était peut-être le père de Cheryl, et pas son oncle – n'était pas le seul menteur dans la famille Laity. Où donc s'était rendue Pauline, puisque ce ne pouvait pas être auprès de sa mère ? À Helston, ou ailleurs ?

La liste de campings que nous avions établie la veille me revint en mémoire. L'un d'entre eux se trouvait près de Helston, non loin du Loe, le plus grand lac d'eau douce des Cornouailles, un site pittoresque très prisé. Des images du corps de Craig, le visage plongé dans l'eau stagnante, me traversèrent l'esprit. Cheryl avait-elle subi un sort similaire dans le Loe ? Pauline s'était-elle débarrassée du corps de Cheryl pendant que Roger se chargeait de celui de Craig ?

Je secouai la tête pour chasser cette idée ; c'était ridicule. On parlait des Laity, pas des Manson. J'imaginais sans peine Roger et Pauline escroquer quelqu'un et le dépouiller de toutes ses économies, mais se lancer dans une folie meurtrière et assassiner leurs propres descendants, beaucoup moins.

Il fallait que je me rende à Helston. J'attachai de nouveau Germaine à la banquette arrière – elle me regarda exactement comme Daisy lorsque je l'installais dans son siège bébé à l'époque, comme pour dire « Oh non, maman, tu gâches tout mon plaisir ! » –, puis je grimpai derrière le volant. Au moment de démarrer, j'hésitai : devais-je avertir Withers ? Je sentais qu'il fallait que je prévienne quelqu'un de l'endroit où je me rendais, juste au cas où, et en même temps, si je mettais Withers au courant de mes projets, il m'empêcherait d'y aller. Et sans savoir s'il enverrait un agent là-bas pour vérifier ou s'il balaierait mes allégations d'un revers de la main… Non, j'irais sur place et je ferais le tour du camping en restant très prudente, exactement comme la veille, mais sans détour improvisé dans les marécages. Si je ressortais bredouille du camping, j'emmènerais Germaine se promener autour du lac, sans prendre aucun risque. Et si je repérais quelque chose de louche, je ne mènerais pas ma propre enquête : j'appellerais aussitôt Withers et j'attendrais son arrivée. Je n'étais pas stupide ; je ne ferais rien de dangereux ni d'héroïque. Je l'avais promis à Daisy. Alors, pourquoi avais-je un nœud d'anxiété à l'estomac ?

Je pouvais toujours appeler Tony. Il m'accompagnerait. Bonne idée. Je m'exécutai aussitôt… mais tombai sur sa messagerie vocale. *Zut !* Je raccrochai et fis une seconde tentative, mais j'atterris directement sur la messagerie. J'attendis le bip, puis lui exposai tout ce que je venais d'apprendre dans un résumé, et lui annonçai que je prenais la route pour Helston. Ensuite, je démarrai.

***

Je mis à peu près une heure et demie pour atteindre Helston. Au fur et à mesure du trajet, je me relaxais. Arrivée au fameux tournant que je redoutais sur l'A 39, j'étais même exaltée. Cette aventure était excitante ! Revenir dans les Cornouailles avait été une idée fantastique et la création de mon entreprise de services traiteur me réjouissait (pour peu qu'elle démarre un jour et qu'on me donne quelque chose à cuisiner), mais cette petite escapade me procurait bien plus d'adrénaline que la préparation d'un velouté ne le pourrait jamais. Je n'avais jamais été inspectrice, mais j'avais toujours adoré fouiner. J'allumai la radio et me mis à chanter à tue-tête, vitre baissée. J'étais enfin *heureuse.* Non pas que je fusse malheureuse ; je ne l'étais plus depuis un moment. Depuis que j'avais évacué ce porc infidèle de ma vie et de celle de Daisy, que j'avais décidé de reprendre des études de cuisine et d'emprunter une voie radicalement différente, plus saine, j'allais bien. Pourtant, était-ce le soleil resplendissant, l'air marin, la bonne musique à fond dans la voiture ou la perspective de ce qui m'attendait (possible que l'inspecteur-chef Withers se cache quelque part au milieu de tout ça), toujours était-il que mon taux de satisfaction s'était envolé et atteignait des sommets.

Je traversai la ville de Helston et pris la direction de Porthleven. Je souris en apercevant le panneau qui annonçait le petit parc d'attractions de mon enfance – rien à voir avec les énormes structures comme Alton Towers –, un endroit charmant et amusant où mes parents m'emmenaient quand j'étais petite. Je continuai en direction du terrain de camping.

Ce dernier se situait au bout d'une route de campagne étroite, et il n'y avait nulle part où se garer alentour ; alors, j'entrai dans le domaine et me garai devant le petit bureau d'accueil et la boutique. Dieu merci, j'avais pris ma voiture et pas la Masomobile ; si Roger ou Pauline étaient là, ils ne reconnaîtraient pas ma Toyota, en revanche, ils n'auraient pas manqué de repérer ma camionnette. *Note à moi-même : à l'avenir, entreprendre toute mission personnelle en voiture et pas en camionnette.* Je souris. Entreprendre des missions à l'avenir ? J'avais déclaré à Withers que j'étais enquêtrice à titre privé, mais je ne le pensais pas vraiment ; c'était sorti sur un coup de tête, parce qu'il m'agaçait. Mais peut-être que, tout au fond de moi, je le pensais vraiment…

Je détachai Germaine et m'apprêtais à lui permettre de sortir avant de me raviser : il y avait un panneau « chiens interdits » devant l'accueil. Cela s'appliquait-il à tout le camping ? Je baissai légèrement la vitre et lui caressai la tête.

—Désolée, ma belle. Je vais devoir te laisser ici un petit moment. Mais je te promets de t'emmener faire une jolie…

Je faillis prononcer le mot qui aurait déclenché une tornade d'excitation, et m'aurait empêchée de la laisser là.

—… P.R.O.M.E.N.A.D.E, épelai-je. Promis.

Je claquai la portière, puis, sur une impulsion, entrai dans le bureau d'accueil. Derrière le comptoir, une jeune fille en pleine communication téléphonique semblait s'ennuyer. Elle interrompit sa conversation pour m'adresser un gentil sourire.

—Puis-je vous aider ?

—Bonjour. J'aimerais investir dans une résidence de vacances dans la région, mentis-je, et l'une de mes amies m'a recommandé ce camping. Vous la connaissez peut-être, elle s'appelle Cheryl.

Le regard de la fille demeura vide.

—Non, je ne la connais pas. Vous voulez jeter un coup d'œil à l'une de nos caravanes ?

—Ça vous dérange si je fais un petit tour dans le camping ? J'aimerais d'abord vérifier que la situation me plaît, et voir les commodités.

—Bien sûr, faites donc.

Elle me tendit un prospectus comportant un plan.

—Les caravanes résidentielles sont installées ici…

Elle désigna une zone qui bordait la forêt et surplombait le lac.

—Pour l'instant, cette caravane ainsi que ces deux-ci, qui sont voisines, sont à vendre. Je ne peux pas vous autoriser à les visiter en l'absence des propriétaires, mais si vous vous plaisez ici, revenez me voir, et je vous ferai visiter notre caravane témoin. Vous pourrez vous faire une idée.

—Je vous remercie pour votre aide précieuse.

J'étais sincère, car avec un peu de chance, ces véhicules à vendre, et donc inoccupés, représentaient l'endroit idéal pour cacher un cadavre le temps que la pression retombe…

Je quittai le bureau, et suivis le plan en m'efforçant de faire abstraction des jappements malheureux de Germaine qui provenaient de la voiture. Je culpabilisais, mais je n'en avais que pour cinq minutes. Le camping n'était pas très grand ; il ne comptait qu'une trentaine de caravanes en tout. Je commençai par fouiner du côté de celles qui étaient à vendre ; j'avais déjà une excuse au cas où quelqu'un me poserait des questions. Quant aux autres, je me contenterais d'y jeter un coup d'œil discret.

Mon téléphone se mit à vibrer dans ma poche. Je le sortis et découvris avec stupeur trois appels manqués de Tony. Cela dit, la couverture réseau n'était pas optimale dans cette partie du pays, surtout dans les zones les plus rurales. Je n'avais que deux barres de signal, mais cela devait suffire pour passer un coup de fil. Je le rappellerais dès que j'aurais regagné ma voiture.

J'empruntai le sentier asphalté entre les rangées de tentes, fermées pour la plupart, les occupants étant partis prendre du bon temps sur une plage ou profiter des plaisirs de Porthleven (dans mon enfance, il y avait là-bas un vendeur spécialisé dans les chaussons à la viande ; ils étaient presque aussi bons que chez *Rowe*, à Penstowan… presque). L'extrémité du camping était délimitée par une rangée d'arbres ; c'était là que trônait le bloc des sanitaires. Arrivée à la hauteur des poubelles, je tournai à gauche et me retrouvai face aux caravanes.

Cette partie reculée du domaine, fraîche et ombragée, était très paisible. Je connaissais des gens qui vivaient dans ce genre de caravanes la plus grande partie de l'année ; dans les Cornouailles, tout le monde n'avait pas la chance de se payer un charmant cottage en pierre avec vue sur la mer. Il pouvait y régner une chaleur insupportable en été, alors la situation ici était idéale. L'hiver, en revanche, il devait y faire froid et humide.

À l'instar des tentes, la plupart de ces caravanes semblaient occupées par des familles en vacances. Des maillots de bain et des serviettes séchaient dehors – peut-être les touristes avaient-ils profité des joies de la plage la veille, et étaient-ils partis visiter l'île de St Michael Mount ou se mêler à la foule à St Ives aujourd'hui. En tout cas, tout laissait penser qu'il n'y avait personne à l'intérieur.

Je m'avançai jusqu'à la première caravane à vendre. Les rideaux n'étaient pas tirés et deux fenêtres étaient entrouvertes. Le personnel d'entretien du camping devait être payé pour aérer les caravanes inoccupées. Même topo pour sa voisine : vide, mais rideaux ouverts. À l'avant, quelques marches menaient à une double porte-fenêtre ; je les gravis avec nonchalance et pressai mon visage contre la vitre. Je distinguai une cuisine et un coin salon, mais aucun signe de vie. Je contournai le mobil-home, mais les fenêtres étaient trop hautes pour que je puisse les atteindre.

Les caravanes suivantes étaient occupées. Je poussai jusqu'à la dernière, qui était aussi à vendre. Celle-ci était installée un peu à l'écart du reste de la rangée, à l'ombre d'un arbre, ce qui, par une chaude journée comme celle-ci, devait être appréciable. En revanche, ce devait être un cauchemar en hiver, pendant les journées mornes et grises, lorsque la brume marine recouvrait tout et ne se dissipait plus de tout le mois de janvier. Il faisait si sombre, sous cet arbre ; le contraste avec la lumière que le soleil déversait partout ailleurs était saisissant, et il me fallut un moment pour remarquer que les rideaux étaient fermés.

Je restai immobile pendant un certain temps. Que faire ? Frapper ? Devais-je m'attendre à trouver un être vivant à l'intérieur, ou bien me tenais-je devant le tombeau temporaire de Cheryl ? Je frissonnai, pas uniquement à cause de l'ombre.

Cette caravane, comme beaucoup d'autres, possédait quelques marches menant à une double porte-fenêtre. Je les gravis nerveusement, et pressai de nouveau mon visage contre la vitre. Il devait faire très sombre à l'intérieur…

Tiens. Était-ce de la lumière que j'apercevais ? À travers les ondulations du rideau, j'avais l'impression de distinguer une faible lueur, mais difficile de l'affirmer, à cause de quelques rayons de soleil diffus qui parvenaient à s'infiltrer entre les branches et qui se reflétaient sur la vitre. À moins que la porte de la chambre soit restée ouverte et qu'il s'agisse d'un rai de lumière provenant de cette pièce ? Aucune idée. Je reculai, frustrée. Cependant, les rideaux fermés en disaient long (selon moi, du moins).

Si le cadavre de Cheryl était réellement caché à l'intérieur, cela faisait plusieurs jours qu'il attendait. Son parfum devait davantage s'apparenter aux effluves d'un reste de repas abandonné depuis des semaines qu'à *Obsession* de Calvin Klein. Je déglutis avec peine, posai mon nez contre la vitre et reniflai avec précaution.

Rien.

Les dépouilles répandaient rapidement une odeur très forte. Si j'y avais réfléchi à deux fois au lieu de foncer tête baissée (même si c'était toujours mieux que fuir la queue entre les jambes), j'aurais compris qu'un camping n'était vraiment pas la cachette idéale pour un corps. L'odeur nauséabonde n'aurait pas manqué d'alerter les touristes. Quel soulagement ! Pour paraphraser Oscar Wilde : trouver deux cadavres en une semaine, c'est un malheur, mais en trouver trois, c'est un…

Je n'eus pas l'occasion d'achever ma pensée, car devant moi, la porte-fenêtre s'entrouvrit, et une voix terrifiée lança :

—Jodie ?

29

Lorsque j'eus recouvré mes esprits et réarrangé mes vêtements, j'étudiai, bouche bée, le visage blême qui se tenait devant moi. Sans maquillage, les cheveux négligés, elle était presque méconnaissable, mais elle était surtout vivante.

—Cheryl ?

Bien sûr que c'était elle, mais c'était à peine croyable pour moi. Withers avait fini par me convaincre qu'elle était morte.

—Entre, vite !

Elle m'attira à l'intérieur et referma la porte.

Je balayai la pièce du regard. Joliment décorée, mais si sombre que le rendu était froid et inhospitalier. Des magazines jonchaient le sol à côté du canapé, et la télé était allumée, le son réglé très bas. Cheryl alla se placer derrière le comptoir du coin cuisine, mettant une barrière entre nous.

Elle n'avait pas l'air en forme. Où était passée la jeune femme à l'apparence si soignée, si sûre d'elle qu'elle passait pour une pimbêche ? Celle qui avait remis en question chaque point de mon menu, qui avait pris ma tenue de haut à la soirée de bienvenue, et qui avait volé le cœur de mon plus vieil ami ? Elle n'était plus que l'ombre d'elle-même. Ses ongles manucurés, que j'avais eu l'occasion d'admirer autour du cou de Mel, étaient désormais rongés et écaillés. Exit les tenues des années quatre-vingt en puissance ; la robe de cocktail rouge en soie, qui clamait haut et fort glamour et sophistication, avait cédé la place à un survêtement en velours noir débraillé qui grommelait « marque de supermarché ».

Toutefois, j'entrevis l'ancienne Cheryl lorsque, remarquant mon examen, certes pas très discret, elle rassembla assez de courage pour dire :

—Du thé ?

Je la dévisageai, atterrée et totalement incrédule. Elle avait ruiné la vie de Tony, et tout ce qui lui venait à l'esprit, c'était de m'offrir le thé ? Elle soutint mon regard avec aplomb pendant quelques secondes, mais bientôt, sa lèvre inférieure se mit à trembler et ses yeux s'emplirent de larmes. *Nous y voilà*, songeai-je. En effet, nous y étions. Son visage se décomposa, et elle plongea celui-ci dans ses mains avant de fondre en larmes sans retenue. Malgré la colère et le dégoût qu'elle m'inspirait, je ne pus m'empêcher d'éprouver un peu de pitié. Elle semblait déboussolée, confuse ; rien à voir avec la Cheryl que j'avais brièvement connue et détestée. Je la rejoignis et la pris dans mes bras. Je m'attendais à ce qu'elle résiste et me repousse, mais non, elle posa sa tête sur mon épaule et pleura de plus belle.

Je l'amenai jusqu'au canapé, et la fis asseoir tout en fouillant mes poches en quête d'un mouchoir. Ensuite, je m'installai à côté d'elle, passai un bras autour de ses épaules, et attendis que les sanglots se tarissent.

Une fois le flot de larmes asséché, elle s'apaisa peu à peu, même si son souffle restait rauque et saccadé.

—Bon, et maintenant, si tu m'expliquais ce qu'il se passe ici ?

Ses yeux s'embuèrent de nouveau.

—Je n'ai pas l'intention de te sonner les cloches, m'empressai-je de la rassurer, mais j'ai besoin de comprendre pour pouvoir t'aider.

Elle prit une profonde inspiration, s'essuya les yeux, se moucha, puis voulut me rendre mon mouchoir. Je refusai d'un geste.

—Garde-le… Raconte-moi plutôt ce qu'il s'est passé vendredi soir.

—Je ne sais pas par où commencer…

—D'accord. Alors, laisse-moi te résumer ce que nous avons découvert pour l'instant.

—Nous ?

—La police. Et moi. Et Tony.

À la mention de ce dernier, elle fut une fois de plus au bord des larmes, et mon ventre se serra. Peut-être l'aimait-elle vraiment, en fin de compte.

—Il va bien, au fait. Même s'il se fait un sang d'encre pour toi, bien sûr.

Et qu'il risque de se retrouver en prison pour trois meurtres qu'il n'a pas commis. Je me gardai bien de formuler cette pensée à voix haute. Je voulais à tout prix éviter qu'elle recommence à pleurer.

—Nous avons trouvé les tickets du prêteur sur gages. Tu avais besoin d'argent, et vite. Quelqu'un te faisait chanter, c'est ça ?

Elle me considéra, stupéfaite, puis acquiesça.

—Tu avais une liaison…

—Non ! s'écria-t-elle en secouant la tête avec véhémence. C'est faux. Ce n'est pas ce qui…

—Craig ?

Une lueur qui s'apparentait à de la honte envahit son regard, et elle hocha la tête.

—Nous… nous avions eu une relation. Nous étions toujours ensemble quand j'ai rencontré Tony, mais dès que j'ai compris que ça devenait sérieux avec lui, j'ai rompu avec Craig. De toute façon, ça m'avait toujours mise mal à l'aise. Je sais que nous ne sommes pas vraiment frère et sœur, mais nous avons été élevés comme tels. Quand j'ai emménagé avec mon oncle et ma tante, j'avais quinze ans, et Craig dix-sept. À l'instant même où je l'ai vu, j'ai eu envie de lui comme jamais, et c'était réciproque. Nous avons résisté, mais le jour de mon dix-huitième anniversaire…

—Cela a duré aussi longtemps ?

J'étais sous le choc. Ils avaient été en couple pendant des années.

—Non, non. Après cette première nuit, nous avons tout fait pour éviter de nous retrouver seuls, et pendant un moment, j'ai cru que passer à l'acte nous avait guéris. Craig a dû partir pour le boulot, tout était oublié. Mais il a fini par revenir. Et ce jour-là, on aurait de nouveau dit deux ados.

Elle étudia ses ongles.

—Le plus idiot, c'est qu'à ce moment-là, je n'étais même plus amoureuse de lui. Il a toujours eu un sens de l'humour cruel, mais ça avait empiré à son retour. Il était cynique et plein d'amertume. Seulement voilà, il exerçait une sorte de pouvoir sur moi… Je ne sais pas pourquoi…

—Que s'est-il passé quand tu as rompu avec lui ?

—Au début, on aurait dit qu'il s'en fichait ; il prenait un petit sourire narquois et il disait que je reviendrais. Mais le jour où il a rencontré Tony, il est devenu fou de rage. Il n'en revenait pas que je l'aie largué pour quelqu'un comme Tony.

—Pour quelqu'un de gentil, drôle et respectable, c'est ça ?

Une bouffée d'indignation courroucée me submergea.

Elle hocha la tête.

—Exactement. Il m'a harcelée pendant une éternité, et puis ça s'est tassé. J'ai cru qu'il avait fini par l'accepter. Malheureusement, quand Tony et moi avons annoncé notre intention de nous marier, Craig m'a menacée de tout lui révéler. J'ai paniqué, et je lui ai proposé de l'argent pour qu'il nous laisse tranquilles.

—Venons-en à vendredi soir. Visiblement, tu ne t'attendais pas à le voir ?

Elle secoua la tête.

—Non. Le jour même, je l'avais payé pour qu'il garde ses distances. Et puis voilà qu'il a débarqué… J'ai eu l'impression… qu'il était venu me chercher, qu'il n'abandonnerait jamais. J'ai commencé à penser qu'il valait peut-être mieux renoncer, tout simplement, et partir avec lui. Tu comprends ? demanda-t-elle d'un regard implorant.

Je comprenais. Dans mon ancienne vie, j'avais travaillé sur tellement de dossiers d'abus que je repérais directement le harcèlement psychologique.

—Il te contrôlait. Il faisait tout pour te persuader que tu avais besoin de lui.

Elle sembla presque soulagée.

—Oui. Alors, quand Mel s'en est prise à moi, j'ai cru qu'elle était au courant pour lui et moi, et qu'elle allait tout révéler à Tony. Puis Craig est apparu, et là, j'ai pensé que tout était fichu, que ça ne fonctionnerait jamais. Ensuite, j'ai compris que Mel ne savait rien, mais c'était trop tard, comme si le destin m'avait lancé un avertissement, et que ce n'était qu'une question de temps.

—Quand je suis montée pour voir si tout allait bien, tu t'apprêtais à t'enfuir ?

Elle soupira et se leva pour se servir un verre d'eau au robinet de la cuisine. Elle posa le verre froid sur son front pour se rafraîchir.

—Je ne savais pas quoi faire. J'ai décidé de tout avouer à Tony à la fin de la soirée, et de lui demander s'il voulait toujours de moi après ça. Puis j'ai commencé à lui écrire une lettre, de peur de ne pas réussir à lui parler.

—Mais tu t'es arrêtée après « Cher Tony ».

—Oui, je n'ai pas eu l'occasion d'aller plus loin.

Elle but une gorgée d'eau.

—Craig m'a appelée et m'a ordonné de le rejoindre dans le jardin. Si je refusais, il menaçait d'aller au bar sur-le-champ pour montrer une certaine photo à Tony. Et il m'a envoyé la photo en question. C'était…

—Je crois que je devine. Il a envoyé quelques tirages au format A4 chez vous. Tony les a reçus le lendemain.

—Oh, mon Dieu…

Elle détourna la tête, et je ne pus voir si elle se remettait à pleurer.

—Tony s'en fiche, lui assurai-je. Enfin, sur le coup, il a été bouleversé, bien sûr, mais si tu lui avais tout raconté, il ne t'aurait rien reproché.

—Je sais.

Elle se ressaisit.

—J'ai été si bête. J'aurais dû tout de suite aller trouver Tony moi-même, mais au lieu de ça, j'ai rejoint Craig dans les jardins pour le supplier de me laisser tranquille. Mel était en train d'installer son chien dans la voiture ; je suis passée en douce derrière elle.

Cheryl tremblait. Je lui pris la main. Même si je ne l'appréciais pas, comment rester insensible face à ce qu'elle avait subi ?

—Quand j'ai annoncé à Craig que je refusais de m'enfuir avec lui, il a pété les plombs. Il m'a craché à la figure et il a décrété que, dans ce cas, personne d'autre ne m'aurait. J'ai cru qu'il allait me tuer.

—Qu'a-t-il fait ?

Elle écarta légèrement le col de son gilet à capuche, qui était fermé jusqu'en haut. Son cou était couvert de bleus ; on distinguait très clairement la forme des doigts de Craig. Elle me considéra, tremblante comme une feuille, mais le regard déterminé.

—J'ai essayé de m'échapper, mais je n'ai pas réussi. Je commençais à perdre conscience, et d'un coup, il m'a lâchée.

—Quoi ? Comment ça, d'un coup ?

—C'était Mel. Elle a dû nous entendre. Elle tenait une grosse pierre. Elle l'avait frappé à la tête, mais pas assez fort pour le tuer.

La panique imprégna ses yeux tandis que les souvenirs remontaient à la surface, et je serrai sa main. Elle prit une profonde inspiration.

—Craig s'est tourné vers elle, il lui a pris la pierre des mains et il l'a abattue sur son crâne. Ensuite, tout est un peu confus. Je la vois allongée sur le sol et lui, à califourchon sur elle. Pourtant, j'avais l'impression qu'elle était déjà morte. J'ai ramassé la pierre qu'il avait jetée sur le côté et je l'ai frappé de toutes mes forces. Je l'ai tué.

Elle chancela. Je lui pris le verre des mains avant qu'elle ne le lâche, et la ramenai au canapé en la portant à moitié.

—C'était de la légitime défense, conclus-je.

Elle acquiesça, puis recommença à sangloter.

—Pauvre Mel. Elle a juste voulu m'aider…

Je préférais éviter que ça reparte en crise de larmes incontrôlable, mais je pris le risque de continuer malgré tout.

—Ce que je ne comprends pas, c'est ce qu'il s'est passé ensuite. Pourquoi avoir déplacé le corps de Craig ? Pourquoi ne pas avoir appelé la police ?

—Je ne sais pas, répondit-elle entre deux hoquets. J'ai paniqué. J'ai appelé mon oncle, mais il n'a pas répondu. Je suppose qu'il était dans la salle de réception et qu'il n'a pas entendu son téléphone sonner. Alors, j'ai contacté tante Pauline. Tout ce que je voulais, c'est que quelqu'un me dise ce que je devais faire.

—Mais pourquoi diable t'a-t-elle conseillé de déplacer Craig ? Et pourquoi laisser Mel sur place ? C'est bizarre.

—Elle m'a dit que, dans ce genre d'affaires, la police n'était jamais du côté des femmes. Elle m'a expliqué que les agents trouveraient les photos de Craig, qu'ils comprendraient que nous étions amants, et qu'ils croiraient que je les avais tués tous les deux, Mel et lui, pour les empêcher de tout révéler à Tony.

—N'importe quoi. Si tu leur avais tout expliqué directement, ils t'auraient crue, surtout avec la réputation de Craig. Et Tony ? Tu l'as abandonné comme ça, dans le flou le plus total ?

—Je suis recherchée, la police pense que je les ai assassinés tous les deux. Tante Pauline me l'a dit. Depuis le temps, Tony doit avoir compris qu'il vivrait bien mieux sans moi. Je me cache ici, en attendant que mon oncle et ma tante m'aident à quitter le pays.

Un petit rire méprisant m'échappa.

—Pauline perd complètement les pédales. Tout le monde pense que tu es morte. Et la police a arrêté Tony pour les trois meurtres.

Je m’abstins de préciser qu’il avait été relâché ; tant que je n’aurais pas remis Cheryl entre les mains de Withers, il n’était pas dit que Tony ne repasserait pas encore par la case prison.

—Mais c’est… Tony ne ferait jamais de mal à une mouche ! protesta Cheryl, l’air sincèrement choqué. Pourquoi Pauline ne m’a-t-elle pas prévenue ? Je ne comprends pas…

—Qu’est-ce que tu ne comprends pas ?

Nous sursautâmes toutes les deux. Pauline Laity venait d’apparaître dans l’encadrement de la porte.

—Vous ! fit-elle en m’apercevant. Qu’est-ce que vous fichez là ? Je croyais que vous étiez traiteur ! Apparemment, vous faites tout, sauf cuisiner. Cheryl, mon cœur, je ne sais pas ce que cette femme t’a raconté, mais ne gobe surtout pas ça. Elle a des vues sur Tony, elle veut te dégager de son chemin.

—Quel baratin ! Cheryl, ta tante délire complètement. Si c’est elle qui t’a dit de déplacer le corps de Craig et de t’en débarrasser dans les marais, elle n’a fait qu’aggraver la situation.

—Quoi ? Tu l’as jeté dans les marais ?! s’écria Cheryl, horrifiée. Je croyais… que tu l’avais enterré ! C’était ton fils ! Comment as-tu pu… ?

—… prêter main-forte à sa meurtrière, c’est ça ? la coupa Pauline en ricanant.

Comment les gens pouvaient-ils trouver cette femme timide ? Tony s’était laissé duper ; l’inspecteur-chef Withers aussi. Elle lui avait servi son plus beau jeu de mère éplorée, et il était tombé dans le panneau.

—Comment ai-je pu aider la femme qui lui a brisé le cœur et qui l’a éloigné de moi ?

La réalité m’apparut enfin.

—En fait, vous ne l'aidez pas du tout, dis-je. Vous vous démenez pour faire d'elle la coupable.

—Elle *est* coupable ! Elle l'a assassiné !

—C'était de la légitime défense, arguai-je calmement, et vous le savez très bien. Sinon, pourquoi vous donneriez-vous tout ce mal pour l'incriminer et transformer son geste en acte prémédité ? Mais nous sommes bien conscients que ce n'est pas le cas.

—Vous ne savez rien du tout, cracha Pauline.

Cependant, elle semblait de moins en moins sûre d'elle.

—Non ? Nous savons que c'est la voiture de Roger qui a servi à déplacer le corps de Craig. Nous savons qu'elle est restée garée sur l'aire de repos le temps que vous traîniez le corps dans les hautes herbes et lui fassiez franchir la clôture. Nous savons que cette même voiture s'est rendue dans les marais. Étiez-vous au volant, ou était-ce Roger, ça, nous l'ignorons. Mon petit doigt me dit que vous avez convaincu votre mari de s'en charger pendant que vous ameniez Cheryl ici. Vous étiez au courant qu'il serait prêt à tout pour l'aider.

—Qu'est-ce qui te fait dire ça ? s'enquit Cheryl, perdue.

Pauline me jeta un regard noir.

—Avez-vous idée du nombre d'années qu'il a fallu à Roger pour considérer Craig comme son fils ? Il n'avait que quatre ans lorsque nous nous sommes mariés ; c'était un petit garçon qui avait besoin d'un papa. Chaque fois que Roger le présentait aux autres comme son « beau-fils », ça me brisait le cœur. Et puis, tu as débarqué, toi, la parfaite petite princesse.

—Mais oncle Roger n'a jamais…

—Il n'est pas son oncle, n'est-ce pas ? objectai-je.

Cheryl se tourna vivement vers moi, les yeux écarquillés, tandis que Pauline me dévisageait tel un chat qui s'apprête à bondir sur une souris, le regard mauvais. Lentement, elle s'avança vers la cuisine, ouvrit un tiroir, et en sortit un grand couteau qu'elle posa sur le plan de travail.

—Les hommes sont si stupides, répondit Pauline. Il a mis longtemps à le comprendre, mais moi, je l'ai su à l'instant même où je l'ai vue.

Puis elle s'adressa à Cheryl.

—C'est pour ça que ta mère s'est enfuie, ma chérie... Elle savait que le bébé qu'elle portait n'était pas celui de son mari, mais celui de son beau-frère. Je l'ai deviné tout de suite, c'est comme ça. Et puis, bien sûr, quand Roger a enfin percuté... Tu étais informée qu'il avait fait modifier son testament ? Tout ce qui devait revenir à Craig t'appartient désormais. Et moi, il fallait que je joue le jeu, que je te traite telle ma propre fille. Comme si ce n'était pas déjà assez dur de vivre en étant consciente qu'il ne m'aimerait jamais comme il avait aimé ta mère.

—Vous étiez au courant de leur liaison ? Vous saviez ce que Craig faisait subir à Cheryl ? l'interrogeai-je sans quitter ses mains des yeux.

Elle rit.

—Ce qu'*il* lui faisait subir ? Elle s'est servie de lui jusqu'au jour où elle a dégoté un type qu'elle croyait plus riche que lui. Elle ne vaut pas mieux que sa mère.

Cheryl bondit, prête à se jeter sur Pauline, mais je la retins par le bras.

—Non, lui intimai-je avec flegme.

Sans cesser de glousser, Pauline s'empara du couteau et étudia la lame.

—Je n'ai jamais éprouvé le besoin de tuer qui que ce soit, déclara-t-elle. Je n'avais pas prévu de t'éliminer, d'ailleurs, même si tu as assassiné mon fils adoré.

—Le fils adoré qui n'était qu'un horrible manipulateur ? Vous avez vraiment fait du beau boulot, Pauline, me moquai-je. Il doit y avoir quelque part un trophée de la Mère de l'année avec votre nom dessus.

Je cherchais à l'éloigner du plan de travail. En douceur, je fis reculer Cheryl vers la porte-fenêtre. Dehors, un chien se mit à aboyer. Ces aboiements, je les connaissais…

—Vous avez tout gâché en venant ici, déclara Pauline, toujours concentrée sur le couteau. Je comptais la garder enfermée le plus longtemps possible, la séquestrer jusqu'à ce qu'elle devienne folle, puis la livrer à la police. Je me serais arrangée pour qu'elle tombe pour les deux meurtres. Ou peut-être que je l'aurais laissée moisir jusqu'à ce qu'elle se suicide, je ne sais pas. Mon plan n'était pas encore défini jusque-là.

Je reculai, poussant Cheryl à m'imiter. Pauline s'écarta du plan de travail pour s'approcher de nous.

—Oh non, vous partez déjà ? railla-t-elle.

Dehors, les aboiements redoublèrent d'intensité ; Germaine avait une fois de plus réussi son numéro d'évasion et sautillait devant la porte-fenêtre. Je me tournai à moitié, et projetai Cheryl vers la sortie au moment où Pauline se jetait sur moi en brandissant le couteau…

Tout se passa très vite. La porte s'ouvrit brusquement au moment où Cheryl l'atteignait. Withers apparut sur le seuil, Tony juste derrière lui. Germaine se rua sur Pauline, qui abattit le couteau en hurlant et…

—Ne touchez pas à mon chien !

Je lui balançai à la tête l'extincteur que j'avais repéré à côté de la télévision un peu plus tôt.

Celui-ci heurta son crâne avec un « bunk » sonore, et elle s'effondra sur le sol de la caravane, inanimée.

—Est-ce que tout va b… ? commença Withers.

Il s'arrêta en me voyant debout, devant le corps prostré de Pauline.

Je soulevai l'extincteur.

—La situation commençait à devenir un peu délicate, mais tout est réglé, lui assurai-je avec un petit rire, avant de me laisser choir sur le sol.

Au comble de l'excitation, Germaine se précipita sur moi et me couvrit de baisers baveux.

30

À mon grand soulagement, Pauline reprit connaissance quelques minutes plus tard. Au départ, c'était son bras que je visais, avec l'intention de lui faire lâcher le couteau plutôt que de l'assommer, mais ensuite, elle s'en était prise à Germaine, et j'avais vu rouge. Elle semblait regretter d'être revenue à elle ; il faut dire qu'elle était menottée et sous la vigilance du vieux Davey Trelawney. À l'arrivée de l'ambulance, elle fut hissée sur ses pieds, puis emmenée à l'hôpital pour un examen médical complet. Elle serait ensuite escortée jusqu'au poste de police de Penstowan.

Cheryl vola dans les bras de Tony et éclata en sanglots. Tony semblait soulagé, mais je ne pus m'empêcher de remarquer un certain malaise. Il se montrait même un peu distant envers elle.

—Ça va ? s'inquiéta Withers.

J'occupais le siège passager de sa voiture, emmitouflée dans une couverture – à l'époque où je devais m'occuper de personnes en état de choc, les couvrir était quelque chose que je faisais systématiquement. J'avais trouvé ça plutôt réconfortant au début, mais à présent, j'avais un peu trop chaud. (À moins que ce soit la présence de l'inspecteur-chef Withers qui fasse grimper la température ?) On m'avait apporté un café, et Germaine était couchée à mes pieds. J'avais l'impression qu'elle ne me laisserait plus jamais sortir de son champ de vision. Daisy ferait sans doute pareil dès que nous serions rentrées à la maison. Si je lui racontais mes mésaventures, bien sûr.

—Ça va. Mais je n'ai jamais été aussi heureuse de vous voir. Vous êtes tombé pile au bon moment.

—Vous l'avez échappé belle, confirma-t-il. Même si j'imagine que ça ne suffira pas à vous convaincre de vous en tenir à la cuisine, dorénavant…

—Oh si, je vous assure, Inspecteur-Chef Withers, répliquai-je avec un sourire faussement ingénu.

Il secoua la tête en riant.

—Bon sang. Le pire, c'est que je parie que vous avez trouvé ça amusant. J'ai bien peur de devoir vous placer sous surveillance, à l'avenir.

Je me débarrassai de la couverture, je risquais de prendre feu. Bien sûr, c'était à cause du soleil ; la perspective d'être épiée par le bel inspecteur n'avait rien à voir là-dedans…

—Alors, comment m'avez-vous retrouvée ? demandai-je. Tony a donné l'alerte ?

—Grand Dieu, non. Je me suis rendu chez lui pour l'arrêter une énième fois et il s'apprêtait justement à sortir.

Son sourire m'indiqua qu'il plaisantait.

—Non, il a fait irruption au poste en bafouillant au sujet d'un message vocal que vous lui aviez laissé. J'ai pensé qu'il valait mieux rappliquer ici avant que vous ne vous fourriez dans le pétrin.

—Trop tard, badinai-je.

—Comme d'habitude, rétorqua-t-il avec un sourire désabusé. J'aurais dû me douter que le temps que nous vous rejoignions, vous auriez déjà résolu l'enquête. À notre arrivée, votre cinglé de chien venait de s'échapper de votre voiture ; nous n'avons plus eu qu'à le suivre, il nous a menés tout droit à cette caravane.

Les secours avaient terminé d'examiner Cheryl. Ils adressèrent un signe à Withers, qui en adressa un à son tour à un agent en civil. Sans la brusquer, le policier la fit monter à bord d'une voiture de patrouille et l'emmena.

—Que va-t-il lui arriver ? m'inquiétai-je.

Withers haussa les épaules.

—Je ne sais pas exactement. Elle a tué Craig par légitime défense, ça ne fait pas un pli. Et il est évident que cette situation absurde a été orchestrée par Pauline Laity. Je suppose que Cheryl ira en prison, mais pas longtemps. Elle ne représente aucun danger pour la société, contrairement à sa tante Pauline qui, elle, est... plus flippante.

Je ris, mais il avait raison ; Pauline délirait complètement.

—Elle et Roger vont tomber pour entrave à la justice et complicité de meurtre après les faits... On dirait que ce cher Roger était prêt à tout pour sauver sa petite chérie.

—À tout, sauf à lui révéler qu'il était son père.

Il acquiesça.

—Ce ne doit pas être simple d'annoncer ça à quelqu'un.

Je jetai un coup d'œil en direction de la dernière ambulance. L'infirmier claqua les portières, puis le véhicule s'éloigna, laissant Tony planté là, seul, l'air désorienté. Withers suivit mon regard.

—Vous feriez mieux d'aller lui parler, me suggéra-t-il. S'il n'était pas venu me trouver, ça aurait pu se terminer tout autrement. Et il a insisté pour accourir à votre secours avec nous.

Les jambes beaucoup moins flageolantes, je rejoignis Tony. L'adrénaline qui m'avait portée tout au long de cet épisode commençait à s'estomper.

—Alors..., fis-je.

—Alors..., fit-il.

Nous éclatâmes de rire.

—Je ne sais pas quoi te dire, reconnut-il. Comment te sens-tu ? Ce que tu viens de faire est… incroyable…

—Euh… merci.

—Et stupide. Très, très stupide. S'il t'était arrivé quoi que ce soit…

—Mais il ne m'est rien arrivé.

—Non, Dieu merci.

Il prit mes mains et scruta mon visage.

—Tu es sûre que ça va ? insista-t-il. Je suis tellement désolé de ne pas avoir répondu à ton appel. Je suis allé travailler pour essayer de me changer les idées, et je n'ai pas entendu mon téléphone. Quand j'ai découvert ton message, j'étais si inquiet… Tu étais en train de te lancer dans…

—Je sais, je viens déjà de me faire gronder par Withers.

Tony sourit.

—J'ai foncé au poste, et je lui ai expliqué qu'il fallait qu'on aille à ta rescousse immédiatement. Pour être honnête, je n'ai pas dû insister longtemps pour le convaincre…

—Il m'aime bien, c'est toi-même qui l'as dit, rétorquai-je avec impertinence.

—C'est vrai, concéda-t-il en riant.

—Alors, Cheryl et toi…

—Je ne sais pas. On verra.

31

Deux jours plus tard, je me rendis à pied à Penstowan pour récupérer ma camionnette. Tout en marchant, je me repassai la conversation que j'avais eue avec Daisy ce matin-là, au petit-déjeuner.

—Alors, toute cette histoire d'enquête..., avait-elle commencé, hésitante.

Une énorme bouffée de culpabilité m'avait envahie. Il m'était impossible de prétendre que je regrettais de m'être impliquée dans cette affaire – je restais persuadée que si je n'y avais pas fourré mon nez, Tony aurait plus que probablement été accusé de meurtre –, et je ne pouvais pas non plus lui promettre de ne plus recommencer. Mais comment le lui expliquer ?

—Ma puce, je suis tellement désolée. Je t'avais fait une promesse, et nous n'étions pas arrivées ici depuis deux minutes que je me suis retrouvée dans cette histoire jusqu'au cou. Je n'aurais pas dû, je sais, mais…

—Non, tu as eu raison, m'interrompit-elle.

Elle soupira, l'air beaucoup plus mature qu'elle n'aurait dû l'être, du haut de ses douze ans, presque treize.

—Il fallait que tu aides Tony, et je suis contente que tu l'aies fait.

Elle joua avec sa cuillère dans son bol de Granola.

—Tu aimais vraiment faire partie de la police, hein ? Je ne m'étais pas rendu compte à quel point ça te manquait.

Je la regardai droit dans les yeux.

—C'est moi qui ai pris la décision de démissionner.

—Mais tu ne l'aurais pas fait si je ne te l'avais pas demandé.

Cette fois, c'est elle qui avait l'air de culpabiliser. Je la tirai de sa chaise pour la prendre dans mes bras et l'embrasser sur le front.

—Je suis ta maman ; mon premier but dans la vie, c'est de m'occuper de toi et de te rendre heureuse.

—Mais je veux que tu sois heureuse aussi. Et tu ne l'es jamais autant que quand tu te mêles de ce qui ne te regarde pas.

—Tu y vas un peu fort, protestai-je en riant. Mais ce n'est pas faux.

Elle s'écarta et me considéra avec le plus grand des sérieux. *Elle a été obligée de grandir trop vite*, pensai-je.

—Je ne t'imposerai plus de promesses que tu ne peux pas tenir, déclara-t-elle. Promets-moi seulement de ne plus jamais te mettre en danger.

—Alors ça, je m'y engage avec plaisir.

***

Il me fallut une trentaine de minutes pour rejoindre le garage, où Rob m'apprit qu'il n'avait pas tout à fait fini ; il me demanda de revenir une heure plus tard. Comment profiter pleinement de cette tranquillité inattendue et pour le moins inhabituelle, sans maman, ni Daisy, ni Tony, ni Withers, ni même le chien pour mobiliser mon attention, et sans meurtre à résoudre pour m'occuper l'esprit ? Je décidai de m'accorder un café et une part de gâteau chez *Rowe*.

—Jodie !

Je m'arrêtai, époustouflée. C'était bien la dernière personne que je m'attendais à croiser ici, ce qui était idiot, car il vivait sûrement dans le coin et devait bien manger.

—Inspecteur-Chef Withers.

—Je ne suis pas en service. Si je dois vous appeler Jodie, le moins que vous puissiez faire, c'est m'appeler Nathan.

—Nathan…

C'était donc ça, le « N » de « NW ». Je fis mentalement quelques essais. Bizarre. Cela dit, quel soulagement qu'il ne se nomme pas Nigel (sans vouloir offenser mes lecteurs prénommés Nigel).

Il rit.

—Quoi, vous pensiez que mes parents m'avaient baptisé « Inspecteur-Chef » ?

Son accent, qu'il camouflait en général, avait tout à coup fait surface.

—Ah, je me demandais justement d'où provenait votre accent, dis-je. Enfin, les rares fois où j'ai daigné vous accorder une pensée…

—Bien sûr.

Il ouvrit la porte, puis fit un pas de côté en la tenant pour me laisser passer.

—Puis-je vous offrir un café ?

—D'accord… Nathan.

Après nous être installés, nous n'ouvrîmes plus la bouche avant que la serveuse ne vienne prendre notre commande – un latte pour moi, un cappuccino et un muffin aux pommes pour lui.

—Je ne vous imaginais pas amateur de muffins, notai-je.

Ma remarque sembla l'amuser.

—Ah non ? Mais dites-moi, puisque vous êtes cuisinière – pardon, *chef* –, si vous deviez me préparer un dessert, lequel choisiriez-vous ?

—Je ne sais pas. Il faut que je *bûche* sur la question pour ne pas paraître *tarte*.

—Quels mauvais jeux de mots, gémit-il.

—Ah bon ? Moi qui me croyais *pétrie* de talent…

—Alors, gâteau simple ou pâtisserie élaborée ?

—La question est délicate, croyez-moi, c'est pas du *flan*.

Il rit.

—S'il vous plaît, vous seriez *chou*.

Pourvu que mes joues ne virent pas au rouge. *Non, s'il te plaît, ne rougis pas, ne rougis pas...*

—Quel coquin ! J'en reste *baba*.

La serveuse apporta nos boissons. Ce muffin semblait vraiment délicieux, je regrettai de ne pas en avoir commandé un. Au départ, c'était mon intention, mais j'avais voulu éviter d'avoir l'air de me bâfrer comme une truie devant With… Nathan. Oh, il me faudrait du temps pour m'y habituer. Quant à savoir pourquoi je me souciais tant de ce dont j'avais l'air devant lui, je préférais ne pas me pencher sur la question.

—À la réflexion, pourriez-vous apporter un second muffin ? demanda-t-il à la serveuse en me souriant.

Le petit con.

—Non, non, ça ira comme ça, protestai-je.

Il feignit la consternation.

—Mais ce n'était pas pour vous. Je compte en manger deux.

Il éclata de rire en me voyant lever les yeux au ciel.

Il sucra son café et mélangea.

—Liverpool.

—Pardon ?

—Mon accent. C'est de là que je viens. Enfin, de Crosby, pour être exact. Liverpool-sur-mer.

—Oh. Tiens, mais qu'est-ce qui vous a amené ici ?

—Ma fiancée et moi trouvions que c'était un magnifique endroit pour fonder une famille.

Cette information me fit l'effet d'un coup de poing à l'estomac, mais je m'abstins de tout commentaire.

Il but une gorgée de café.

—Elle a eu le coup de foudre pour la région, alors j'ai demandé ma mutation ici, j'ai acheté une maison... Tout ça pour apprendre que, finalement, elle restait à Crosby...

—Oh non, fis-je en espérant que mon air navré était crédible.

En mon for intérieur, j'exécutai plutôt une danse de la joie.

La serveuse déposa le second muffin devant moi, et je m'y attaquai avec gourmandise.

—Au fait, je tenais à m'excuser pour la fois où je vous ai menacée de vous arrêter.

—Laquelle ? m'enquis-je.

—Je ne sais pas... À combien de reprises est-ce arrivé ?

—Au moins trois, si mes souvenirs sont bons.

Il rit.

—D'accord, je m'excuse pour toutes les fois où je l'ai fait. Vous ne renoncez jamais, vous, hein ? Vous êtes coriace. Vous avez dû être un excellent flic.

Je faillis m'étouffer.

—Ah bon ? L'héritage n'est pas trop fameux pour mes épaules, finalement ? ironisai-je, toujours vexée par sa réflexion.

Il sembla sincèrement surpris.

—Vous ne vous souvenez pas ? insistai-je. Le jour où vous avez découvert qui était mon père, vous avez dit que c'était un « fameux héritage ». J'ai cru que vous sous-entendiez...

—Je ne sous-entendais rien du tout ! Bon sang, c'est à moi que je pensais en disant ça. Votre père était si apprécié, alors que moi je n'ai pas l'impression de faire l'unanimité, loin de là.

—Tiens, comme c'est curieux, je ne vois vraiment pas pourquoi, répliquai-je avec humour.

Il m'adressa un petit sourire triste.

—Je sais…

Le silence retomba, tandis que nous savourions notre café et notre muffin. Puis il redressa la tête.

—C'était sincère, vous avez dû être un excellent flic. Pourquoi avez-vous démissionné ?

Nous y étions. La question à un million de dollars. Étonnant, d'ailleurs, que personne d'autre ne me l'ait posée jusque-là ; pourtant, les spéculations allaient bon train sur les raisons de mon retour – certains pensaient que j'étais partie à la capitale pour me la péter, comme si Penstowan n'était pas assez bien pour moi.

—Savez-vous dans quelles circonstances mon père est mort ?

Il secoua la tête.

—Dans l'exercice de ses fonctions, c'est tout ce que je sais.

—Oui. En quelque sorte. Il n'allait plus vraiment sur le terrain après être devenu inspecteur principal, il faisait essentiellement du travail de bureau. Il est mort à l'âge de soixante-quatre ans. Il aurait dû arrêter plus tôt, mais on le laissait en poste parce qu'il gérait beaucoup d'administratif et qu'il n'avait pas de tâches physiques. Et puis, il y avait une pénurie d'agents expérimentés. Il ne restait que deux mois avant son anniversaire ; ensuite, il aurait atteint l'âge obligatoire de la retraite.

Je me rappelai le flash info de ce jour-là. À l'époque, j'avais quitté le nid, j'étais déjà à Londres, et c'était bien la dernière chose que je m'attendais à entendre à la radio.

—Un soir, alors qu'il rentrait chez lui, il a repéré deux ados au volant d'une voiture. Il les connaissait, il était au courant que cette voiture ne leur appartenait pas, alors, il a alerté le poste et il a prévenu qu'il allait les interpeller. Malheureusement, les deux gamins ont eu la trouille et ont appuyé sur le champignon. L'inévitable s'est produit : ils ont eu un accident dans un tournant, sur l'A 39. Vous savez, le fameux tournant… Et mon père, qui arrivait derrière, les a heurtés de plein fouet. Quelle mort stupide ! Tout ça à cause de deux ados qui s'ennuyaient…

—Je suis désolé, dit Nathan. Mais ce n'est pas ça qui vous a poussée à quitter les forces de l'ordre, si ?

—Non. Je ne sais pas si vous vous rappelez cette attaque au camion-bélier qui a eu lieu à Londres, il doit y avoir un an maintenant ? Nous avions reçu un appel nous avertissant de la présence d'une bombe dans une station de métro. Nous venions de commencer à l'évacuer, quand un cinglé a foncé avec son camion dans la foule de voyageurs.

—Je m'en souviens ; c'était horrible. Vous y étiez ?

—Oui. Nous étions cinq à procéder à l'évacuation quand le véhicule a déboulé sur le trottoir. Nous ne savions pas quoi faire ; il était impossible de renvoyer tout le monde dans la station parce que la bombe risquait toujours d'exploser, alors nous avons formé un bouclier humain devant les gens, et nous les avons redirigés vers un centre commercial tout proche. On s'est retrouvés pris entre le camion qui fonçait sur nous et une station de métro potentiellement sur le point d'exploser.

—Bon sang, Jodie…

Nathan sembla sur le point de prendre ma main, puis se ravisa. Petite déception.

—Ça aurait pu être bien pire. Le camion a terminé sa course dans un arrêt de bus – heureusement, plus personne n'attendait à l'intérieur –, puis le chauffeur est sorti en brandissant un grand couteau. Nous nous sommes jetés sur lui et nous l'avons désarmé. Et je vais être honnête, il est possible que quelques coups nous aient échappé. Plus tard, l'alerte à la bombe s'est révélée fausse, elle était destinée à faire sortir un maximum de gens de la station.

—Cela a dû être terrifiant. Pas étonnant que vous ayez raccroché après ça.

Je secouai la tête.

—Je n'ai pas été traumatisée au point de partir, si c'est ce que vous pensez.

—Non, ce n'est pas ce que je voulais dire.

—Je serais bien restée en poste. Oui, j'avais été secouée, mais quand on choisit ce métier, on en connaît les risques ; on est tous dans le même bain, on veille les uns sur les autres, pas vrai ?

Je souris en repensant à l'esprit de camaraderie, aux plaisanteries qui fusaient et à la bonne ambiance qui régnait à la cantine. J'adorais ça.

—J'ai pu consulter un psychologue, mais pas ma fille.

—Ah…

—Tout est filmé, de nos jours, pas vrai ? À cause de ces fichus téléphones portables. Et les chaînes d'info encouragent les gens à le faire en utilisant leurs images. Daisy n'avait que onze ans, alors elle n'a rien visionné à la télévision à l'époque, mais à l'école, certains de ses amis avaient tout vu. Ils lui ont demandé si elle avait vu sa mère agir comme une héroïne, alors elle est allée regarder sur Internet. Elle a fait des cauchemars pendant des semaines. Elle pleurait dès que je sortais de la maison. Et je me suis rappelé à quel point, enfant, je m'inquiétais pour mon père quand il partait en mission. Ici, je ne devais composer qu'avec des cambrioleurs et des voleurs de voitures. Daisy avait tellement plus de raisons de s'inquiéter.

—Voilà pourquoi vous avez démissionné, conclut Nathan.

—Oui. Ça me manque terriblement, je ne vous le cache pas, mais je ne regrette pas un instant d'être partie.

Nous achevâmes notre café, avant de retourner vaquer à nos occupations chacun de notre côté. Notre au revoir me parut étrange… presque formel. L'enquête était terminée, mais nos chemins seraient certainement amenés à se recroiser. Après tout, nous vivions à Penstowan. J'allai récupérer ma camionnette au garage.

Le moteur ne crachotait plus, il ronronnait. Rob avait raison : elle était comme neuve. Sauf lorsqu'on l'observait sous un certain angle. Selon la lumière, on devinait encore le léger contour de l'illustration, malgré plusieurs couches de peinture.

Ma camionnette était destinée à rester la Masomobile pour toujours. Je rentrai chez moi.

—Tu as de la visite, m'annonça ma mère en ouvrant la porte de la cuisine.

Assise sur le muret du jardin, je tournai le buste et aperçus Tony.

—Tout va bien ? demandai-je en me déplaçant pour qu'il puisse s'installer à côté de moi.

—Oui. Qu'est-ce que tu fais ?

—Je profite de la vue.

Il se hissa et bascula les jambes de l'autre côté pour regarder dans la même direction que moi, nos pieds ballant au-dessus de l'un des nombreux genêts qui constellaient la campagne des Cornouailles.

—Oh, wow.

—C'est pour ça que j'ai acheté cette demeure, mais je n'avais pas encore eu le temps de me poser ici et d'en profiter.

La plus grosse partie du jardin se trouvait le long de la maison, et il n'y avait qu'un petit carré d'herbe et ce muret à l'arrière. Comme nous étions à flanc de colline, le mur en pierre était assez bas pour que nous puissions nous y asseoir côté maison, mais trop haut pour que mes voisins moutons puissent l'atteindre côté prairie (du moins, je l'espérais). Au-delà des prairies, on apercevait les falaises, et au-delà encore, l'océan. Le soleil se coucha peu à peu, et le ciel vira à l'orange, au rouge pourpre, puis au bleu profond, se reflétant à la surface de l'eau.

—C'est si paisible, dit Tony.

—Oui.

Nous restâmes assis en silence, tandis que le soleil se noyait dans les flots.

—Tu ne m'as jamais demandé pourquoi j'avais quitté la police, lui fis-je remarquer.

Il sourit.

—Je crois l'avoir deviné. Je t'ai vue à la télé, tu sais.

—Je n'ai pas été traumatisée au point…

—Je n'ai jamais dit une chose pareille, se défendit-il en riant. Je n'oserais pas ! Tu as démissionné pour Daisy, non ? Je me rappelle à quel point tu t'inquiétais pour ton père, dans notre jeune temps, alors je me suis dit que tu ne voulais pas reproduire ça avec ta fille.

Je me tournai vers lui, épatée.

—Tony Penhaligon, ton intelligence émotionnelle est bluffante.

—Je ne suis pas sûr d'avoir compris, mais je vais le prendre comme un compliment.

Soudain, je perçus la présence de ma mère derrière nous et je tournai la tête. Elle nous tendit une tasse de thé à chacun.

—J'ai pensé que ça vous ferait plaisir.

—Merci, Shirley, répondit Tony. Vous vous joignez à nous ?

—Non, non, je vous laisse tranquilles…

Elle déguerpit avec un air satisfait. Aurait-elle eu ce même petit air, si elle avait su que j'avais pris un café avec le bel inspecteur-chef pas plus tard que cet après-midi-là ?

—Cheryl a été libérée sous caution, m'apprit Tony, les yeux braqués sur l'horizon, droit devant nous.

—Oui, je sais. J'ai vu Nathan Withers tout à l'heure.

Je sentis plus que je ne vis Tony se tourner vivement vers moi, avec une moue où se mêlaient désapprobation et stupeur.

—Oh, alors c'est Nathan, maintenant ?

—Il est réglo, le défendis-je.

Tony émit un petit reniflement moqueur.

—Quoi ? Il a ouvert les yeux en fin de compte, non ?

—Oui, reconnut Tony à contrecœur. C'était pas trop tôt. Sans toi, je serais encore en prison.

—Je ne sais pas.

Le silence retomba, et nous continuâmes à contempler l'horizon, heureux d'être ensemble, même si nous n'étions pas tout à fait d'accord concernant notre inspecteur-chef local.

—Elle est venue me voir, déclara-t-il au bout d'un moment.

—Qui ? Cheryl ?

—Oui.

—Oh.

Tant de questions se bousculaient dans ma tête, mais je me retins.

—Elle m'a demandé de lui laisser une seconde chance, dit-il, toujours concentré sur le paysage.

—Vraiment ?

De nouveau, cette sensation de coup de poing dans le ventre. Au fond, quelle importance que Cheryl et Tony forment de nouveau un couple ? Ça ne me regardait pas – je veux dire, ce n'est pas comme si j'avais des vues sur Tony. Cela dit, il était mon plus vieil ami, et aussi, j'en prenais seulement conscience, à moitié sous le choc, mon meilleur ami. Je n'étais pas habituée à un tel déferlement d'émotions, c'était trop pour moi. J'allais finir par développer un ulcère.

—Elle devra peut-être passer quelque temps en prison, tu sais. Je sais que c'était de la légitime défense, et je ne le lui reproche pas, mais malgré tout…

—J'ai répondu « non », me coupa Tony.

Il cueillit une petite fleur rose d'armérie marine, qui poussait dans l'une des fissures du mur.

—Je lui ai dit que je lui pardonnais, mais que ça ne suffisait pas. Je lui ai dit que si elle m'aimait vraiment, elle m'aurait fait confiance et laissé l'aider à se défaire de l'emprise de Craig. Tout ce qu'elle aurait eu à faire, c'était d'être honnête avec moi, et elle n'en a pas été capable. Et puis, le simple fait d'avoir songé à disparaître sans même me prévenir qu'elle allait bien… Je sais que Pauline lui mentait, mais elle n'a même pas pris la peine de se demander comment je vivais tout ça. Normalement, ce n'était pas à toi de prouver mon innocence, mais je suis bien content que tu l'aies fait.

Il se tourna vers moi et me tendit la fleur en souriant. Je l'acceptai.

—Comment te sens-tu après cette mise au point ? Est-ce que ça ira ? m'inquiétai-je.

Il méritait vraiment d'être heureux.

—Oui, ça ira. Mon seul regret, c'est de ne pas avoir pu goûter à ta cuisine.

—Oh, on peut très facilement remédier à ça ! m'esclaffai-je. Il doit rester deux cents saucisses de porc dans mon frigo.

Je repassai mes jambes de l'autre côté du mur, me levai et tendis la main à Tony. Il la prit, et je l'entraînai vers la maison.

—Allez, viens. Je vais te préparer le meilleur sandwich à la saucisse de ta vie.

FIN

La recette de Jodie, testée et approuvée

Poulet des Cornouailles à la marocaine (poulet marocornique ?), ou poulet « balancez tout dans un plat et enfournez »

Cette recette rapide et délicieuse est parfaite si vous avez des légumes qui traînent dans le frigo. C'est très simple : une fois que vous avez tout détaillé en morceaux, il suffit d'enfourner et d'attendre, ce qui vous laisse beaucoup de temps pour cogiter sur votre dernière affaire de meurtre, ou pour trouver comment prouver l'innocence de votre plus vieil ami. Pas mal !

1. Préchauffez le four à 200 °C. C'est chaud, mais pas autant que la température de la pièce lorsqu'un certain inspecteur-chef fait son entrée (mon four ne peut pas rivaliser avec lui).

2. Taillez en dés des carottes, des patates douces, des pommes de terre et ce que vous avez sous la main. N'oubliez pas que plus les dés seront gros, plus ça prendra du temps. Ceci est valable pour plein d'autres choses dans la vie, pas uniquement en cuisine. La citrouille et toutes les courges fonctionnent aussi très bien pour cette recette. Coupez un chou-fleur en fleurettes et un oignon rouge en quartiers. Écrasez au moins deux

gousses d'ail (ne faites jamais confiance à une recette qui ne prévoit qu'une seule gousse, ce ne sera jamais assez, pas même pour une recette appelée « une gousse d'ail »). En revanche, oubliez l'ail si vous comptez jouer à « Je bai... euh... J'embrasse, j'épouse ou je passe », sous peine d'être celui ou celle que tout le monde préférera passer. Le poivron rouge se marie aussi très bien à ce plat ; coupez-le grossièrement.

3. Arrosez généreusement les légumes d'huile d'olive, salez, poivrez, placez le tout dans un plat et enfournez. Laissez cuire pendant trente à quarante minutes, selon la taille de vos dés de légumes.

4. Prenez des filets de poulet (prévoyez-en un par personne). Saupoudrez une planche à découper de cumin, de coriandre et de flocons de piment en poudre (si vous aimez les plats épicés), puis roulez les filets de poulet dans ce mélange d'épices en veillant à bien en recouvrir les deux faces. Si vous êtes à l'école hôtelière, vous n'avez pas d'argent et vous essayez probablement d'économiser sur la viande. Dans ce cas, coupez le poulet en dés, et glissez ceux-ci sur des piques à brochette en alternant avec des morceaux de champignon, de poivron rouge et d'oignon. Un jour, j'ai essayé de remplacer le poulet par de la saucisse de Francfort que j'avais trouvée dans mon supermarché discount allemand – seulement 10 pence la boîte –, mais ce n'était pas la même chose... Enfournez le poulet. Les filets de poulet cuisent vite (environ vingt minutes, selon leur épaisseur), davantage encore en brochettes. Le plus rapide reste les saucisses de Francfort, mais le résultat sera dégueu et elles finiront dans l'estomac du chien.

5. Versez une tasse de couscous israélien dans une casserole et recouvrez d'eau chaude. Émiettez un cube de bouillon

et portez à ébullition pendant environ sept minutes. *Note à l'attention du lecteur* : vérifiez toujours les instructions sur le paquet lorsque vous essayez quelque chose pour la première fois. La première fois que j'ai testé le couscous israélien, qui est une sorte de couscous perlé, je l'ai traité comme n'importe quelle semoule à couscous : j'ai attendu que toute l'eau soit absorbée, et je me suis retrouvée avec des œufs de grenouille – une matière épaisse, gluante, et sans doute plus indiquée pour coller du papier peint que pour être servie en repas. C'était encore pire que les brochettes de saucisse de Francfort que j'avais servies avec. Vous pouvez bien sûr utiliser du couscous normal, mais la version israélienne se marie très bien avec les saveurs épicées ; et puis, ça fait très classe moyenne, vous ne trouvez pas ?

6. Égouttez le couscous et versez-le dans votre plat de légumes rôtis. Ajoutez une cuillère à soupe de pâte d'harissa (ou plus, si vous voulez avoir aussi chaud que moi quand je suis en présence de l'inspecteur-chef) et mélangez. Servez le poulet sur un lit de couscous aux légumes rôtis. Si vous en avez, le pain pita, ou une autre sorte de pain plat, fait des merveilles avec ce plat ; vous pourrez alors, par exemple, saucer l'harissa ou les jus de cuisson de la viande. Lorsque le repas est terminé, vous pouvez éventuellement poser le plat à terre pour laisser le chien le lécher. *Note à l'attention du lecteur* : ne faites pas ça. Nettoyer après le passage d'un chien atteint de diarrhée explosive est bien moins amusant que vous ne l'imaginez. Votre fille adolescente ne vous sera d'aucune aide, car elle est trop précieuse pour toucher du caca de chien. Quant à votre mère, elle regardera tout à coup sa montre, et décidera qu'il est temps pour elle de rentrer.

Bon appétit, mes chéris. Vous verrez, c'est top !

Remerciements

Ce livre a été écrit en des temps extraordinaires. La pandémie mondiale est complètement passée à côté de Penstowan, parce que nous en avions tous marre d'en entendre parler, mais je ne peux pas faire comme si elle n'avait pas existé.

J'ai passé quatorze années de ma vie entre la Nouvelle-Zélande et le Royaume-Uni. J'ai changé d'hémisphère pour la dernière fois (ou du moins, la dernière fois jusqu'au jour où je pourrai m'offrir une fermette dans les Cornouailles ou un palazzo vénitien) en 2019. Si je nourrissais des doutes sur mon retour en Nouvelle-Zélande, ils se sont tous très vite envolés en mars 2020, lorsque la Covid-19 est entrée sur le territoire. Le mercredi 25 mars, la Première ministre Jacinda Ardern et le Dr Ashley Bloomfield, directeur général de la santé, ont placé tout le pays en confinement strict, ce qui signifie qu'il nous était interdit de sortir de chez nous (sauf pour faire de l'exercice) pendant au moins quatre semaines. L'épreuve a même été prolongée. Cela a été difficile, mais a fonctionné, et me voilà en train de rédiger ces remerciements en octobre 2020, dans un pays où la vie a plus ou moins repris son cours normal.

Pendant ce confinement, je n'ai pas pu travailler – dans mon emploi, tout repose sur l'ouverture des commerces –, mais le gouvernement a rapidement mis en place des subventions salariales. Grâce à « l'argent de Jacinda », comme mon fils l'a aussitôt surnommé, je n'ai pas eu à m'inquiéter de ma situation financière. Ce qui veut dire que lorsque, au bout de deux semaines de confinement, les gens charmants de One More Chapter m'ont proposé un contrat pour ce livre, j'ai pu me concentrer sur l'écriture sans me tracasser des factures à payer. En effet, le gouvernement de Nouvelle-Zélande m'a rémunérée pour rédiger ce roman, alors il serait malvenu de ma part de ne pas le lui dédier ! Merci, Jacinda et Ashley, et merci la Nouvelle-Zélande (la *Team of 5 million*) d'avoir respecté les règles du jeu, d'avoir été gentils et d'avoir anéanti le coronavirus.

Ce livre est aussi dédié, et écrit, à ma mère et à mon père. Ma mère, Margaret, vit avec ma sœur Sue dans une petite ville du Devon, pile à la frontière avec les Cornouailles, et c'est cette ville ainsi que d'autres de la région qui m'ont inspiré la petite bourgade fictive de Penstowan. Les matinées du club des retraités existent vraiment ; j'ai bu du thé et mangé des biscuits Bourbon dans cette salle paroissiale. J'ai réellement appris à cuisiner en aidant ma mère, et je me rappelle les dîners que mon père et elle organisaient. Ma mère est bien moins zinzin que Shirley, mais elle est tout aussi drôle et adorable.

Mon père était un Eddie, comme celui de Jodie. Il n'était pas flic (il était maçon, ce qui explique peut-être pourquoi je n'étais pas aussi enthousiaste que Jodie à l'idée de marcher sur ses pas), mais il était grand et fort. C'était également un grand sentimental, qui a pleuré le jour où il a fait la connaissance de son petit-fils tout bébé. De lui, je n'ai hérité d'aucun talent de fin limier, mais l'observer tandis qu'il décorait ou réalisait toutes sortes de menus travaux dans la maison (en jurant parfois comme un charretier) m'a appris à déterminer quand je peux me lancer dans du DIY, et quand il vaut mieux que j'admette mes limites et fasse appel à un professionnel. Il adorait le golf (et les doughnuts) ; ses cendres ont été dispersées au niveau du dix-huitième trou du Holsworthy Golf Club. Je lui fais toujours signe quand je vais rendre visite à ma mère et que je passe devant le parcours de golf, et je suis incapable de

manger une barre de Cadbury fruits et noix (l'un de ses chocolats préférés) sans penser à lui.
Bon, je crois que j'en ai fini avec les trucs sentimentaux.
Passons aux remerciements ! J'ai la chance d'avoir le soutien d'un réseau formidable, je suis vraiment trop gâtée. L'écriture est une activité parfois solitaire, alors il est précieux de pouvoir s'en remettre à d'autres auteurs. Je suis si heureuse de pouvoir compter sur mes pom-pom girls Choc and Awe (l'origine de ce nom est une longue histoire), Carmen Radtke et Jade Bokhari, qui sont toujours là pour moi. Il y a aussi mes chères Renegade Writers (encore une longue histoire), Sandy Barker, Andie Newton et Nina Kaye. Merci, les filles, vous êtes toutes des autrices fantastiques et des amies incroyables, et je vous aime !
Un immense merci à la super équipe qui se cache derrière ce livre. Mon agent, Lina Langlee de la North Literary Agency, est une source d'encouragements et de soutien sans cesse renouvelée, et sans elle, j'aurais certainement abandonné. Ce fut un réel bonheur de travailler avec Hannah Todd, mon éditrice chez One More Chapter, et la merveilleuse bande de collaborateurs qui y œuvrent ; sans eux, Jodie n'existerait pas.
Et comme toujours, mes derniers remerciements sont pour mon mari Dominic et mon fils Lucas, parce qu'ils sont ma seule raison de sortir du lit le matin.

Un dernier apéro

FIONA LEITCH

Ancienne enquêtrice de la police londonienne venue profiter d'une vie paisible à la campagne, Jodie Parker a créé sa petite entreprise de restauration-traiteur. Et un gros contrat vient de tomber : elle est engagée pour préparer les petits fours du festival culturel organisé au village.
Mais à peine l'apéro est-il servi qu'un écrivain invité du festival, est retrouvé raide mort au pied d'une falaise. Peu de temps après, c'est une agente littéraire qui est victime d'un étrange accident...
Pour la police locale, le principal suspect est un artiste peintre que Jodie trouve particulièrement charmant... Pas le temps de faire la fine bouche : la détective amateur doit mettre la main à la pâte pour démasquer au plus vite le véritable meurtrier.

**Les enquêtes de Jodie Parker :
la série best-seller.**

city-editions.com

Achevé d'imprimer en décembre 2022
sur les presses de la Nouvelle Imprimerie Laballery
58500 Clamecy
Numéro d'impression : 211608

Imprimé en France

La Nouvelle Imprimerie Laballery est titulaire de la marque Imprim'Vert®